Scherz Krimi

Spannung mit Niveau

Don Smith

Üb' immer Mord und Redlichkeit

Scherz
Bern München Wien

Einzig berechtigte Übertragung aus dem Amerikanischen
von Robby Remmers
Titel des Originals: »Corsican Takeover«
(Früher bei Scherz erschienen unter dem deutschen Titel:
»Stunk im Milieu«)
Schutzumschlag von Heinz Looser
Foto: Thomas Cugini

2. Auflage 1993, ISBN 3-502-51436-4

Gesamtherstellung: Ebner Ulm

1

Seit Menschengedenken war kein Sommer in Europa so kalt und unangenehm gewesen, und die Hippies, die sich frierend unter ihren Parkas am Amsterdamer Damm zusammenkuschelten, wünschten, daß sie auf Ibiza oder in Torremolinos geblieben wären. Oder in Tanger. Dazu kam noch die galoppierende Inflation bei den Preisen für Stoff.
Da war Chris Randall besser dran als die meisten. Sein Rückflugtikket nach Boston hatte er noch nicht versilbern müssen, und er hatte noch ein paar Gulden übrig, um in der Wärme und im Schutz von Toon Hannekes *Krug* zu sitzen. Toon war es gleichgültig, wie lange seine jungen Kunden an den Tischen herumsaßen, solange sie wenigstens etwas bestellten. Chris Randall hatte eine kleine Tasse schwarzen Kaffees vor sich stehen. Lieber hätte er ein Bier getrunken, aber er hatte sich bei einer schönen, blonden, sechzehnjährigen Schwedin einen Tripper eingefangen, wodurch jeder Gang zur Toilette eine schmerzhafte Angelegenheit war.
Ihm gegenüber an dem kleinen runden Marmortischchen saß ein schmaler Holländer in mittleren Jahren, der in der Szene als Charly bekannt war. Niemand kannte seinen Nachnamen und nur wenige seine Adresse. Aber jeder wußte, daß er das beste Marihuana in der Stadt verkaufte und im Gegensatz zur Konkurrenz es nicht mit getrockneten Lindenblättern streckte. Und er betrog auch nicht beim Wiegen.
Für Charly sprachen noch zwei weitere Dinge: Er hatte als Soldat in Indonesien den rechten Arm verloren, und er hatte ein offenes, wohlwollendes Ohr wie ein Barkeeper. Wegen seiner Kriegsverletzung ließ ihn die Polizei relativ in Ruhe. Und da er viel Verständnis für die Probleme seiner jungen Kunden hatte, gewann er deren Freundschaft, obwohl er niemandem Kredit gewährte. Und er sprach ein brauchbares Amerikanisch.
Er war aus dem kalten Nieselregen draußen auf ein Glas Genever hereingekommen, um sich aufzuwärmen, und Chris Randall hatte ihn zu sich an den Tisch gewunken. Der zweiundzwanzigjährige amerikanische Student war während der letzten Wochen ein regelmäßiger, wenngleich kleiner Kunde geworden. Charly mochte ihn. Chris sagte:
»Ich verschwinde, Charly.«
»Sehr klug«, meinte der Holländer und nickte mit seinem Graukopf.

»Du hast mehr als die meisten hier auf dem Kasten.«
Chris lachte ironisch. »Da denkt mein Alter anders.«
»Das tun sie immer. Wie lange bist zu jetzt schon von daheim fort?«
»Drei Monate und zehn Tage. Ich hätte nur drei Monate bleiben sollen.«
»Warum?«
»Meine Zeit hier ist um.«
Charly musterte ihn eingehend. »Brauchst du Geld für dein Rückflugticket?«
»Nein, mein Ticket habe ich noch.« Chris legte seine Hand auf Charlys abgegriffene, gelbe, lederne Aktentasche, die auf dem Tisch zwischen ihnen lag. »Ich würde gern ein Kilo von dem, was da drin ist, nach drüben mitnehmen.«
»Hast du keine Angst vorm Zoll?«
»Wenn R. Wingate Randalls Sohn in Boston ankommt«, entgegnete er ironisch, »legen die Zollbeamten die Hand an die Mütze.«
»Ich wünschte, ich könnte dir helfen«, sagte Charly und schüttelte bedauernd den Kopf, »aber ich habe kein Bankkonto, um einen Scheck einzureichen.«
»Verstehe.«
»Warum weist du deine Bank nicht an, das Geld in bar zu schicken?«
Chris lachte. »Es ist nichts mehr auf dem Konto, Charly. Aber sowie ich drüben bin, wäre der Scheck wieder gedeckt!«
Der Holländer hob seine schmalen Schultern und rief kurz darauf den Kellner an den Tisch. Er zahlte seinen Gin und den Kaffee des Amerikaners. »Ich muß wieder an die Arbeit«, sagte er, stand auf und knöpfte seinen Mantel bis unters Kinn zu. Die Aktentasche klemmte er unter den Stummel seines rechten Armes. »Bis dann.«
Chris hob grüßend die Hand, und da ihn der erste Kaffee nichts gekostet hatte, bestellte er sich einen zweiten. Er hatte nicht allzusehr mit der Großzügigkeit des Dealers gerechnet, daher war auch seine Enttäuschung nicht groß. Er dachte bei sich: Mensch, das wäre eine Schau gewesen, zu Beginn des Herbstsemesters mit einem Kilo von Charlys bestem indischen Hanf aufzutauchen. In Gedanken machte er Kassensturz. Seine Uhr hatte er in Paris verkauft, und die Kamera hatte ihn in Rom überleben lassen. Von seiner Kleidung war auch nicht allzuviel übrig, er lächelte: Selbst eine Reinigung würde die Sachen kaum mehr annehmen.

Langsam schlenderte Charly die Straße hinunter, tätigte ein paar kleinere Geschäfte und lehnte auch einige ab, weil die Kunden Holländer waren. Er wußte sehr gut, daß die Toleranz der Polizei ihm gegenüber darauf beruhte, daß er niemals wissentlich an Einheimische verkaufte. Unter der Markise einer Kneipe blieb er stehen und sah in den grautriefenden Himmel hinauf und überlegte, ob er hineingehen und noch einen Drink nehmen oder lieber nach Hause gehen sollte. Es war schon fast sieben Uhr, und er war seit zehn Uhr morgens unterwegs.

Ein schwarzer Mercedes 280 fuhr an den Randstein und unterbrach seinen unentschlossenen Gedanken. Der Fahrer, Shagen Mulders, kurbelte das Fenster herunter.

»Ich habe schon in der ganzen Stadt nach dir gesucht«, sagte er. »Komm, steig ein.«

Charly setzte sich vorne auf den Beifahrersitz und klemmte seine Aktentasche zwischen die Knie. Der Mercedes fädelte sich wieder in den Verkehr ein.

»Wie läuft's denn so?« fragte Mulders.

»Die Kunden mit Geld sind nach Süden gefahren, der Sonne nach.«

»Kann ich ihnen nicht verdenken. Wenn ich Geld hätte, würde ich auch abhauen.«

Der Mann hinter dem Lenkrad war zehn Jahre jünger als Charly, rundlich, mit blondem, kurzem Haar und einem eckigen Gesicht. Er trug einen modernen grauen Anzug und duftete warm und sauber, wie jemand, der gerade aus der Dusche kommt, nachdem er aus dem Bett gestiegen ist – und zwar nicht aus seinem eigenen. Mulders war der Großhändler, von dem Charly kaufte. Außerdem handelte er mit Heroin aus Marseille und Aufputschpillen aus Deutschland. Charly weigerte sich, je mit etwas anderem zu dealen als mit Haschisch. Er fragte Mulders, was er von ihm wollte.

»Ich habe einen Kunden in New York, der zehn Kilo Cannabis möchte, und zwar schnell, und im Moment habe ich niemanden, der's liefern könnte.«

Charly starrte auf die geschäftigen Scheibenwischer und sagte nichts.

»Diese Studenten, die du belieferst – wir haben September, und sie müssen doch zurück zum Herbstsemester.«

»Ja, einige.«

»Vielleicht hat einer von ihnen Interesse, speziell wenn er mit einer Chartermaschine in eine kleinere Stadt fliegt.«

»Was zahlen Sie?«
»Zehn Prozent.«
»Von Ihrem Preis oder vom Straßenpreis?«
»Von meinem Preis«, antwortete Mulders trocken. Charly wußte, daß Mulders' Preis achtzehnhundert Gulden pro Kilo waren, das sind fünfhundert Dollar. »Dann spendier ich noch eine Reisetasche, die er für den Transport benutzen kann.«
Obwohl Charly schon seit einigen Jahren bei Mulders kaufte, mochte er ihn nicht. Er hätte nicht sagen können, wieso: Geschäftlich war Mulders immer korrekt gewesen. Und als er sich weigerte, die harten Sachen zu verkaufen, hatte Mulders ihn trotzdem in Ruhe gelassen. Vielleicht lag es an seinen Augen. An der Farbe und an der Kälte in ihnen. Sie waren blaßblau wie die Unterseite eines Eisbergs und genauso kalt und gefühllos. Und da Charly ihn nicht mochte, hatte er auch immer eine Möglichkeit gefunden, nichts anderes für Mulders tun zu müssen, was nicht zum Geschäft gehörte. So wie jetzt. Andererseits dachte er an Randall. Er war ein netter Junge, und er wollte ein Kilo mit nach Hause nehmen.
»Angenommen, der Kurier möchte in Naturalien bezahlt werden?«
Mulders zögerte einen Augenblick. »Das läßt sich machen. Er nimmt zehn mit für mich und bekommt eins gratis.«
»Ich werd mich umhören.«
»Mach das.« Mulders blätterte zwei Zehnguldennoten von einem dicken Bündel und reichte sie seinem Dealer. »Wenn du dich umgehört hast, kauf dir 'ne Flasche Bols und geh heim. Mir scheint, du kriegst eine Erkältung.«
Schweigend steckte Charly das Geld ein, und Mulders fuhr an den Randstein. Charly stieg aus und sah dem Mercedes nach, bis der Verkehr ihn aufgesogen hatte. Er wünschte, er könnte einen anderen Lieferanten finden.

Am nächsten Nachmittag trafen sich Charly und Chris Randall zufällig. Die kalte Wetterfront war ins Inland abgezogen, und es war ein schöner, weicher Spätsommertag. Chris saß mit einer Gruppe Gleichaltriger auf einer Wiese im Park und diskutierte hitzig mit ihnen die politische Lage in Amerika. Als Charly herankam, grüßten ihn alle und setzten ihre Diskussion fort. Er hockte sich neben Chris auf den Boden.
»Ich dachte, du wolltest zurückfliegen.«

»Mach ich auch, morgen nachmittag um vier.«
»Willst du immer noch ein Kilo mitnehmen?«
»Mensch, Charly, hast du ...?«
»Laß uns gehen.«
Gemeinsam verließen sie den Park und gingen zu einer Bar, wo die Kellner wegen der Wetterbesserung Tische und Stühle nach draußen gestellt hatten. Charly fragte Chris, was er trinken wollte. Chris bestellte ein Glas Milch und Charly einen Genever.
»Ich kenne einen Dealer, der zehn Kilo Haschisch hinüber in die Staaten liefern will.«
»Zehn? Mann, das ist ja 'ne Menge.«
»Der Kurier bekommt ein Kilo für sich.«
Chris schwieg, bis die Getränke kamen. Gedankenvoll nippte er an der Milch. »Und wie wird es transportiert?«
»In einer Spezialreisetasche, die der Dealer zur Verfügung stellt!«
»Ich kann es mir ja mal ansehen. Wer ist der Dealer?«
Charly zögerte. Wenn Mulders genannt werden wollte, war das seine Sache. »Er wird sich mit dir in Verbindung setzen.«
»Okay. Gehen wir zu ihm.«
»Warte hier. Ich geh mal telefonieren.«

Noch am selben Abend um sieben empfing Shagen Mulders Chris in einem Privatzimmer oberhalb einer Bar. Als Mulders diesen Treffpunkt vorschlug, wunderte sich Charly, daß er Randall nicht einfach in sein Büro bringen sollte, aber er sagte nichts dazu. Nachdem er Randall vorgestellt hatte, sagte Mulders, daß er ihn morgen sprechen würde. Charly verstand und ging.
Mulders fragte Chris, ob Charly ihm die Sache schon erklärt habe. Chris sagte, daß er nur wüßte, daß er zehn Kilo Haschisch in die Staaten bringen sollte, und daß der Auftraggeber dem Überbringer ein Kilo gäbe.
»Das stimmt«, sagte Mulders, während er den Jungen mit seinen kalten blauen Augen musterte. »Wohin fliegst du?«
»Boston.«
»Dein Ticket hast du?«
Chris klopfte auf seine Brusttasche. »KLM, morgen nachmittag.«
»Du lebst in Boston?«
»Stimmt.«
»Eigentlich bräuchte ich jemanden, der mehr in der New Yorker

Gegend landet, aber vielleicht läßt sich das arrangieren.«
»Bevor Sie das tun, möchte ich erst wissen, wie ich das Zeug durchkriegen soll.«
Mulders griff unter den Tisch und brachte eine große Leinenreisetasche zum Vorschein und stellte sie auf den Tisch. Die Nähte waren in gutem Zustand, aber man sah dem dunkelbraunen Stoff an, daß die Tasche schon viele Reisen hinter sich hatte. »Das ist einen alte, holländische Offiziersreisetasche«, erklärte er. »Sie sind heutzutage fast Museumsstücke. Ich hab sie in einem Leihhaus gekauft.« Er legte die Tasche auf die Seite, löste die Bodenriemen und öffnete das Bodenabteil. »Im oberen Teil kann man zwei Anzüge auf die Bügel hängen. Hast du welche?«
»Das werd ich schon schaffen.«
»Gut. Deine Hemden und deine anderen Sachen steckst du hier hinein.«
Er versuchte, die sechs Inch breite Kante der Tasche mit der Hand zusammenzudrücken. »Der Hersteller hat den ganzen Rahmen versteift, um die Kleider zu schützen. Innerhalb dieser Versteifung sind zweiundzwanzig Plastiksäckchen mit je fünfhundert Gramm der Klasse A, allerbesten indischen Haschischs. Schau es dir an.«
Sorgfältig inspizierte Chris die Innenseite der Tasche. Das Futter war glatt und sah so aus, als sei es seit Herstellung der Tasche unverändert. Die Außennähte schienen ebenfalls die Originalnähte zu sein. Er maß die Dicke mit einer Hand draußen und einer Hand drinnen. Es war schon etwas dicker, fiel aber kaum auf. »Wollen Sie damit sagen, daß die Ware da jetzt schon drin ist?«
Mulders nickte und Chris fuhr fort: »Das ist vielleicht 'n Ding. Soll ich die Tasche nach der Lieferung behalten?«
»Nein. Das ist nicht die erste Reise, die diese Tasche gemacht hat, und es wird auch nicht die letzte sein.« Er zog den Reißverschluß der Seitentasche zu und faltete sie zusammen. »Zusammenfaltbare Reisetaschen sind für unsere Zwecke günstiger, weil sie nicht so leicht zu vermessen sind, denn manchmal messen sie beim Zoll die Koffer.«
»Und was ist mit dem Geruch? Manchmal haben sie Hunde dabei.«
Mulders lächelte dünn. »Hier bei uns haben sie immer Hunde. Aber die Säckchen sind vakuumverschweißt und dann noch gereinigt. Also werd bloß nicht neugierig und mach eins auf.« Er stellte die Tasche wieder unter den Tisch und setzte sich. »Nun, was hältst du davon?«
»Wo soll ich's abliefern?«

»Zuerst – ja oder nein.«
»Ich mach's.«
»So leicht hast du noch nie Geld verdient. Laß mich mal deinen Paß sehen.« Chris warf seinen Paß auf den Tisch und Mulders blätterte ihn durch. Er nahm ein Kuvert und einen Kugelschreiber und schrieb sich Chris' Namen und Adresse und die Nummer seines Passes auf. Chris fragte, wozu er das brauchte, und Mulders lehnte sich zurück und sah ihn an.
»Der Inhalt dieser Tasche ist eine Menge Geld wert, Junge, und ich möchte wissen, wem ich das übergebe.«
Chris nahm seinen Paß zurück. »Also, wo soll ich es abliefern?«
»Ich weiß noch nicht. Wo wohnst du?«
»Im Hotel *Beur Huys*.
»Na gut. Wenn ich drüben alles klarhabe, wird dich um zwei Uhr ein Taxi an deinem Hotel abholen und dich zum Flughafen bringen. Der Chauffeur wird dir die Tasche geben und dir sagen, wo du sie abliefern sollst. Bring deine Sachen im eigenen Koffer mit und pack sie im Taxi um. Was wirst du anhaben?«
Chris sah an sich hinunter. »Dasselbe wie jetzt.«
»Gut, dann bleibt's dabei. Hast du noch Geld?«
»Genug, um die Stadt zu verlassen.«
Mulders warf zweihundert Gulden auf den Tisch. »Mit deinen Sachen dazu wird die Tasche wahrscheinlich Übergewicht haben. Damit kannst du es bezahlen.«
Chris bedankte sich und ging nach wenigen Minuten. Er glaubte nicht, daß die wenigen Sachen, die es noch wert waren, mit heimgenommen zu werden, das Gewicht der Tasche auf über zwanzig Kilo bringen würden, und das war das zulässige Fluggepäck. Und wenn doch, konnte er mit einem Scheck bezahlen. So verwendete er Mulders' zweihundert Gulden lieber dazu, mit einer Engländerin, die er vor zwei Tagen kennengelernt hatte, essen zu gehen. Sie tafelten bei Kerzenlicht in der *Molen de Kunst*, und sie war so beeindruckt, daß sie den Rest der Nacht mit ihm verbringen wollte. Wegen seines Trippers ließ er sie in Ruhe, und am nächsten Morgen wachte sie mit einem Minderwertigkeitskomplex auf.
Shagen Mulders fuhr in seine Wohnung und rief seinen Verbindungsmann in New York an. Nachdem er die Situation erklärt hatte, bekam er Namen und eine Telefonnummer in Boston. Der Mann in Boston sagte Mulders, daß er zurückrufen würde, und nach einer Viertel-

stunde rief er von einer öffentlichen Telefonzelle aus an. Mulders gab ihm Randalls Namen, Adresse und Beschreibung und bat ihn, das zu überprüfen. Der Mann sagte, das sei nicht nötig: Die drei bestbekannten Namen in Boston waren die des Papstes, der Kennedys und R. Wingate Randalls. Mulders sagte, daß der junge Randall ihm ein Geschenk mitbringen werde. Dann gab er ihm noch die Flugnummer und -linie durch. Der Mann sagte, daß er sich mit Randall am Flugplatz treffen würde, und falls sie sich verpaßten, solle er heimfahren und auf seinen Anruf warten.

2

Zollinspektor Patrick O'Brien warf einen Blick auf die elektrische Uhr an der Wand. Es war Viertel nach sieben, und er hatte Feierabend. Er zog seine Uniformjacke aus und hängte sie sorgfältig auf den Haken in seinem Schrank und zog seine Tweedjacke an. Als er die obere Schublade seines Schreibtisches verschloß, läutete das Telefon.
Eine Stimme mit ausländischem Akzent sagte: »Ich möchte den Inspektor sprechen.«
»Inspektor O'Brien am Apparat.«
»Da kommt ein junger Mann mit der KLM Nr. 226 an. Er trägt eine große braune Leinentasche. Die sollten Sie genau anschauen.« Damit wurde eingehängt.
O'Brien rief noch ein paar ungeduldige Hallos in den Apparat. Er mochte keine anonymen Telefonhinweise. Sie bedeuteten nur Mehrarbeit, und bisher hatte er noch nie einen heißen Tip bekommen. Viel lieber hätte er jetzt noch einen Whisky in seiner Stammkneipe getrunken. Er nahm die Ankunftsliste der in den nächsten vierundzwanzig Stunden landenden Flugzeuge zur Hand. Der KLM-Flug 226 sollte um sieben Uhr fünfundvierzig landen. Er rief den Tower an und fragte nach etwaigen Abweichungen bezüglich dieses Fluges. »Die Maschine landet in fünfunddreißig Minuten«, sagte der Towerchef. »Soll ich dich anrufen, wenn sie landet?«
»Nein danke, nicht nötig.«
O'Brien legte auf, rief seine Frau an und erklärte ihr, daß er eine Stunde später heimkommen würde. Dann zog er seine Uniformjacke wieder an und ging hinaus in die Zollhalle.
Im Augenblick war draußen nichts los, und die Zollbeamten lunger-

ten am Ausgang herum und flirteten mit zwei hübschen Stewardessen der Delta-Airline. Als O'Brien auftauchte, verschwanden die Mädchen. Er informierte seine Leute über den Anruf und wies sie an, alle Passagiere des KLM-Fluges sorgfältig zu überprüfen. Sollte einer eine braune Leinentasche dabei haben, sollten sie ihm Bescheid sagen.

Chris Randall setzte die Leinenreisetasche auf dem Boden ab und grinste den Zollbeamten Ron Talbot an, der auf der anderen Seite des Zolltisches stand. »Mensch, ist das prima, wieder daheimzusein.«
Talbot, der nur etwa zwei Jahre älter als Chris war, lächelte.
»Hört sich an, als hätte es Ihnen drüben nicht gefallen. Was haben Sie mitgebracht?«
Chris stellte die braune Tasche auf den Tisch, und Talbot erinnerte sich sofort an die Anweisungen seines Chefs. Mein Gott, dachte er, ausgerechnet mir muß das passieren. Er legte eine Hand auf den Tisch und drückte mit dem Daumen unauffällig den Knopf unter der Tischplatte; damit löste er den Summer im Büro des Chefs aus. Chris sagte: »Da ist nichts drin außer schmutzigen Anzügen, schmutzigen Hemden und schmutzigen Socken.«
»Kein Geschenk für Ihre Freundinnen?«
»Kein Geld.«
Talbot war unschlüssig, ob er ihn gleich auffordern sollte, die Tasche zu öffnen oder ob er lieber auf seinen Chef wartete. Er warf einen Blick über die Schulter. O'Brien war nirgends zu sehen. Chris faßte diesen Blick so auf, als sei der Zollbeamte fertig mit ihm: Er packte die Griffe der Tasche und nahm sie vom Tisch. Rasch sagte Talbot: »Es ist nur Routine, aber ich möchte mal nachsehen. Würden Sie die Tasche bitte öffnen?«
»Selbstverständlich, aber halten Sie Ihre Nase zu.« Chris stellte die Tasche wieder auf den Tisch, öffnete die Riemen und bald war der Tisch mit seinen Sachen bedeckt. Er öffnete den Reißverschluß der Seitentasche, und als er aufblickte, sah er den Oberinspektor hinter Talbot stehen. Ein eigenartiges Gefühl beschlich ihn.
Langsam und methodisch arbeitete Talbot sich durch die Sachen, und die beiden Passagiere, die hinter Chris warteten, stellten sich an der Nachbarschlange an. Als Talbot fertig war, stopfte er alles in die Tasche zurück, und Chris zog den Reißverschluß zu.
Talbot sah O'Brien an und O'Brien Chris. »Junger Mann, würden Sie bitte mal für einen Augenblick mit in mein Büro kommen?«

»Stimmt was nicht?« Das eigenartige Gefühl in Chris' Magen wurde zu Panik.
»Nur eine Stichprobe«, sagte O'Brien lächelnd. Chris nahm die Tasche und ging hinter O'Brien her durch die Halle. Alle übrigen Passagiere waren schon fort.
Der Inspektor bat ihn, seine Tasche auf den Tisch zu legen und sich zu setzen. Chris hockte sich auf die Kante des harten Stuhls, und O'Brien lehnte sich gegen seinen Schreibtisch. Er bat Chris um seinen Paß. Chris fingerte ihn aus seiner Brusttasche und reichte ihn hinüber. O'Brien schlug den Paß auf, las den Namen und dachte, mein Gott, das ist Wingate Randalls Sohn! Er sah den Jungen an, und wenn der nicht so grün im Gesicht gewesen wäre, hätte er dem anonymen Anruf keinerlei Bedeutung beigemessen und ihn gehen lassen. Er hätte ihn nicht nur gehenlassen, er hätte ihn sogar mit in die Stadt genommen. Er gab den Paß zurück und fragte Chris, ob er von jemandem abgeholt würde.
»Nein, meine Familie weiß nicht, wann ich ankomme.«
O'Briens Verdacht wuchs. Er hatte seine Eltern nicht benachrichtigt, weil er Angst hatte, daß sie ihn abholen könnten. »Sie haben da eine außergewöhnliche Tasche. So eine hab ich schon seit Jahren nicht mehr gesehen.«
»Ich habe sie aus einem Leihhaus in Amsterdam.«
»Also, dann fangen wir mal an.« Er öffnete die Tasche, zog den Reißverschluß der Seitentasche auf und überprüfte die Verstärkung der Tragegriffe. Er fuhr mit der Hand an der Innenkante der Tasche entlang, und nach fünfundzwanzig Jahren Erfahrung als Zollbeamter eines großen, internationalen Flughafens spürte er gleich, daß die Enden und Seiten der Tasche dicker waren als normal.
Er zog sein Taschenmesser, öffnete die kleine Klinge und fuhr damit durch das Leinen und die Verstärkung. Er zog es wieder heraus und kontrollierte die Klinge. Das gleiche machte er noch an einer anderen Stelle. Diesmal berührte er die Messerspitze mit der Zunge. Dann schloß er das Messer wieder, steckte es zurück in seine Tasche, ging um seinen Schreibtisch herum und ließ sich schwer in seinen Sessel fallen. Chris' Magen war wie ein kalter Stein. Auch O'Brien fühlte sich nicht gut. Sein ältester Sohn war ungefähr im gleichen Alter wie der Junge, der ihm da am Tisch gegenüber saß.
»Sie sind der Sohn von Wingate Randall«, sagte er, nur um etwas zu sagen. Chris versuchte zu antworten, aber seine Stimme gehorchte

nicht. Er nickte. »Wie sind Sie auf die Idee gekommen, daß Sie damit durchkommen würden?«
»Womit durchkommen?«
Resigniert wies O'Brien auf die Tasche.
»Ich weiß nicht, wovon Sie reden, Inspektor.«
Schweigend starrte O'Brien ihn einige Sekunden an, stand dann auf und rief Talbot herein. Er wies ihn an, die Nähte an den Kanten der Tasche zu öffnen. Es dauerte eine Weile. Das Schweigen im Raum wurde vom Donnern einer startenden Maschine erfüllt. Chris starrte auf seine Fingernägel und wünschte, er wäre an Bord dieser Maschine.
Schließlich hatte Talbot so viele Nahtstiche durchschnitten, um mit seinen Fingern in die Verstärkungskante zu gelangen. Er zog einen langen, schmalen, fest verpackten, schwarzen Plastiksack heraus und legte ihn O'Brien auf die Schreibtischunterlage. O'Brien berührte ihn nicht. »Können Sie mir erklären, wie das da hineingekommen ist?« fragte er Chris ruhig.
Chris starrte weiter auf seine Fingernägel. Ihm war klar, daß er in der Falle saß, und er überlegte, wie viele Jahre ihm das einbringen würde. Die Öffentlichkeit war während der letzten Jahre nicht mehr so hart gegen Hasch eingestellt, es ging sogar die Rede, daß es legalisiert werden könnte. Höchstens zwei Jahre – mit dem Einfluß seines Vaters vielleicht nur eins. Vielleicht zur Bewährung. Wenn man klug war, zeigte man sich kooperativ. Er sah auf zu O'Brien, und da jetzt die Spannung vorbei war, normalisierte sich auch sein Magen.
»Gibt es eine Möglichkeit, meinen Vater da rauszuhalten?«
»Daran hätten Sie früher denken sollen«, antwortete O'Brien kalt. Er klopfte auf das Plastiksäckchen. »Wo haben Sie das bekommen?«
»In Amsterdam. Da drüben ist Hasch fast schon legal, und ich wollte meinen Freunden etwas mitbringen.«
»Mit dem Zeug meinen Sie Marihuana?«
»Richtig.«
»Wieviel steckt da drin?«
Chris zögerte: Er hatte Charly ja schon gesagt, daß elf Kilo eine Menge sind. »Elf Kilo.«
»Sie haben ja eine Menge Freunde.«
Talbot lachte, und O'Brien warf ihm einen eisigen Blick zu.
»Eigentlich – also eigentlich gehört mir nur ein Kilo. Ich bin da drüben mit diesem Dealer zusammengekommen, und er sagte mir, wenn ich

zehn Kilo für ihn in die Staaten mit rübernehme, schenkt er mir ein Kilo.«

O'Brien nickte, wie Chris meinte, verständnisvoll, so daß er langsam wieder Mut faßte: Wenigstens hatte er es mit einem sympathischen Beamten zu tun. O'Brien sagte: »Hört sich ganz vernünftig an, und im Interesse Ihres Vaters hoffe ich, daß die Geschichte wahr ist.«

Wieder nahm er sein Messer und schnitt die Ecke des Plastiksäckchens auf. Dann häufelte er vorsichtig eine kleine Pyramide des weißen Pulvers auf ein Stück Papier. »Sagen Sie, junger Mann, das nennen Sie Marihuana?« fragte er streng.

Chris sackte auf seinem Stuhl zusammen wie eine Marionette mit durchschnittenen Fäden. Der Zollinspektor brauchte ihm nicht zu sagen, daß es Heroin war.

Die Lieferung von elf Kilo Heroin, mit der Chris Randall vom Bostoner Zoll geschnappt wurde, war für die Garafaldo-Gang bestimmt, die einen Teil von Harlem und auch von Queens in New York belieferte. Drei Wochen zuvor hatten die Rauschgiftfahnder eine größere Lieferung aus Argentinien beschlagnahmt, und die Lieferung aus Amsterdam sollte rasch die kritische Marktsituation entspannen. Durch die erneute Beschlagnahme kletterte der Straßenpreis auf sieben Dollar.

3

Als Tim Parnell aufwachte, erkannte er an den schrägen Sonnenstrahlen, die in sein Zimmer fielen, daß es ungefähr halb zehn sein mußte. Es störte ihn nicht, daß es schon so spät war. Am Abend zuvor war es spät geworden und was noch wichtiger war: Er hatte genug Geld auf der Bank, daß er an diesem Tag nicht zu arbeiten brauchte. Nicht einmal das ganze Jahr, wenn er nicht mochte. Er stand auf und zog die Vorhänge zurück. Eine Weile sah er aus dem Fenster hinab auf den Schiffsverkehr, der sich langsam auf dem Amsterdamer Prinsenkanal entlangbewegte.

Parnell war gebürtiger Amerikaner, lebte in Holland und war von Beruf Privatdetektiv. Er ging auf die Vierzig zu, war muskulös, trug einen dichten Schopf schwarzen Haares, und sein Friseur empfand sein kantiges, zerklüftetes Gesicht beim Rasieren als Zumutung. Er

war unverheiratet, obwohl er dem Traualtar schon zweimal recht nahe gekommen war und die Kinder anderer Leute sehr gern hatte. Von Natur aus war er Optimist, der weder der Vergangenheit nachtrauerte noch Sorgen um die Zukunft hatte. Sein aggressiver irischer Charakter war durch sein Aufwachsen in Amerika gezügelt worden.
Das Telefon läutete. Miss Kluver, die Sekretärin, in die er sich mit dem Mann teilte, mit dem er auch seine gemeinsamen Büroräume hatte, sagte fröhlich: »Guten Morgen, Mr. Parnell. Ich habe gute Nachrichten für Sie.«
»Wie heißt sie?«
»Es ist keine Sie, es ist ein Er«, gab Miss Kluver rasch zurück. »Sein Name ist Wingate Randall, und er erwartet Sie um zwölf Uhr im *Hilton*.«
»Das nennen Sie gute Nachrichten?«
»Ich habe Ihren Terminkalender vor mir. Ihren letzten Fall haben Sie vor zwei Wochen abgeschlossen.«
»Sicher. Aber wissen Sie, wieviel Geld mir dieser Fall eingebracht hat?«
»Wenn es sich um die Summe handelt, die Sie mir für Ihre Einkommensteuererklärung gegeben haben, dann sollten Sie doch lieber schon um Viertel vor zwölf im *Hilton* sein.«

In der Königssuite des Amsterdamer *Hilton-Hotels* ließ Parnell sich in einen der Luxussessel fallen und studierte den Mann, der zwei Drinks herrichtete. R. Wingate Randall hatte in Amerika ein gewaltiges Imperium von Baumaschinen aufgebaut. Zu dem Zeitpunkt, als sein Sohn in Schwierigkeiten geriet, war er hundertzweiundzwanzig Millionen Dollar schwer.
Er reichte Parnell das Glas. »Ich habe gehört, daß Sie zwar Amerikaner sind, aber lieber in Europa arbeiten.« Wie er das sagte, schwang eine Menge Mißbilligung in seinen Worten. Parnell trank einen Schluck Chivas Regal und nickte schweigend.
»Ich habe auch gehört, daß Sie ein ziemlich guter Privatdetektiv sein sollen.«
»Wer könnte Ihnen denn das gesagt haben?«
»Ein holländischer Polizeikommissar.«
»Heißt er vielleicht Rykers?«
»So ähnlich, ja. Sind Sie mit ihm befreundet?«
»Ich zahle das College für seinen Sohn.«

»Dann scheinen Sie ein guter Mensch zu sein.«
»Nein – nur ein schlechter Pokerspieler. Was kann ich für Sie tun?«
Randall nahm auf der Couch Platz. Er war groß, aber nicht so groß wie Parnell, dafür schwerer. Sein eisgraues Haar war kurz geschnitten und hatte die gleiche Farbe wie seine Augen. Seine Augenbrauen waren dicht und weiß wie Kaninchenschwänze. Sein Gesicht war von Sonne und Wind gegerbt. Er trug einen konservativ geschnittenen, schokoladenbraunen Anzug mit Weste. Von seiner ganzen Persönlichkeit ging etwas Dominierendes aus.
»Vor zwei Wochen wurde mein Sohn Christopher beim Schmuggel von vierundzwanzig Pfund Heroin in den Vereinigten Staaten geschnappt. Ich möchte, daß Sie den Mann finden, von dem er es hatte.«
Parnell erinnerte sich an den Fall: In den holländischen Zeitungen war eine kurze Notiz erschienen, weil der junge Randall angegeben hatte, daß er den Stoff aus Amsterdam mitgebracht habe. »Da Sie Inspektor Rykers erwähnten, waren Sie also bei der holländischen Polizei.«
»Das war ich, ohne jeden Erfolg. Ebenso wie ein Beamter der amerikanischen Drogenfahndung, der schon vor mir dort war. Sie sagen natürlich, daß die Ermittlungen laufen.«
»In Holland ist das Drogenproblem nicht so ernst wie in den Staaten.«
»Wenn nichts dagegen getan wird«, meinte Randall, »wird es bald genauso schlimm sein.«
Parnell setzte sein Glas ab. »Nun, wenn Sie mir die Einzelheiten schildern, kann ich Ihnen sagen, ob ich Ihnen helfen kann.«
Randall öffnete eine schmale, krokodillederne Brieftasche, die neben ihm auf der Couch lag, und nahm drei maschinenbeschriebene Seiten heraus. Er reichte sie Parnell. »Das sind Fotokopien der Aussagen meines Sohnes gegenüber der Polizei. Lesen Sie das, dann wissen Sie genausoviel wie ich.«
»Die Bostoner Polizei ist aber sehr großzügig, wenn sie Ihnen das gegeben hat.«
»Das ist sie. Der Polizeichef ist ein persönlicher Freund von mir, und er hat kein Interesse daran, meinen Sohn für die nächsten zehn Jahre ins Gefängnis zu schicken, egal wie dumm und naiv Christopher war. Er möchte den oder die Hintermänner, die ihn da hineingebracht haben.«
In dem Aussageprotokoll stand, wie Chris Randall einverstanden

war, elf Kilo Cannabis in die Staaten zu bringen und dafür selber ein Kilo zu bekommen. Eine ziemlich genaue Personenbeschreibung des Mannes, der ihm die Lieferung übergeben hatte, die sich als Heroin herausstellte, folgte und eine Beschreibung der Leinenreisetasche. Von dem Taxifahrer, der ihn zum Flugplatz gebracht hatte, hatte er als einzigen Namen »Shagen« erfahren. Er beschrieb die Bar, in der er mit Shagen zusammengetroffen war und ihre Lage. Seine Beschreibung des Mannes jedoch, der ihn mit Shagen zusammengebracht hatte, war ziemlich vage. Randall hatte nur ausgesagt, daß er mittleren Alters sei, durchschnittlich groß, ärmlich gekleidet und bekannt als ganz kleiner Haschischdealer.

Parnell hatte zu Ende gelesen und legte die Seiten auf den Tisch. »Das ist nicht viel. Es gibt ein halbes Dutzend Bars in der Gegend, von der er spricht, und es gibt schätzungsweise zwanzigtausend untersetzte Holländer mit blauen Augen und blondem Haar, die um die vierzig sind. Der Name Shagen ist der einer kleinen Stadt und wahrscheinlich ein Spitzname.«

»Er sprach gutes Englisch.«

»Dann kommen nur noch ungefähr fünftausend in Frage«, sagte Parnell trocken. »Einen hat ihr Sohn nur sehr dürftig beschrieben, und zwar den Vermittler, den Kleindealer.«

»Das ist mir auch aufgefallen, und ich habe versucht, mehr Einzelheiten von ihm zu erfahren, aber er sagte, er habe ihn nur ein-, zweimal getroffen und es sei immer nachts in dunklen Straßen gewesen.«

»Glauben Sie, daß er ihn schützen will?«

»Christopher ist sich darüber im klaren, daß ihn, falls wir nicht hier drüben jemanden finden, der seine Geschichte bestätigt, die ganze Härte des Gesetzes treffen wird. Warum sollte er also einen Mann schützen, der Drogen verkauft?«

Parnell zuckte die Achseln. »Ihr Sohn scheint moralisch etwas durcheinander zu sein. Er würde Marihuana schmuggeln, aber nicht Heroin. Er würde der Polizei helfen, den Mann zu finden, der ihm das Zeug gegeben hat, aber nicht den Mann, der ihn zu ihm gebracht hat.«

»Und was soll das beweisen?«

»Daß der kleine Dealer sympathisch ist – nach Chris' Meinung, oder vielleicht ein armer Unglücksrabe, der ihm leid tut. Es beweist außerdem, daß Ihr Sohn sicher ist, daß er nicht der Mann ist, der ihn hereingelegt hat.«

Randall betrachtete den Privatdetektiv einige Minuten lang schweigend. »Da könnten Sie recht haben. Christopher hat bei der Auswahl seiner Freunde nicht immer gute Menschenkenntnis bewiesen.«
»Ist er Ihr einziger Sohn?«
»Er ist mein einziges Kind, und Sie können sich vorstellen, wie seiner Mutter zumute ist.«
»Studiert er noch?«
»Er sollte jetzt im Herbst mit seinem dritten Jahr in Harvard beginnen.« Abrupt stand Randall auf, nahm die Gläser und trug sie hinüber auf die Kommode, um sie neu zu füllen. Er warf einen Blick über seine Schulter. »Sind Sie verheiratet?«
Parnell lächelte. »Seltsam, daß Sie das gerade jetzt fragen, denn ich dachte eben, wie gut, daß ich es nicht bin.«
»Da irren Sie sich, junger Mann.« Er kam mit den Drinks zurück und setzte sich wieder.
»Was verlangen Sie dafür, den Schurken zu finden, der meinen Sohn hereingelegt hat?«
»Hundert Dollar pro Tag plus Spesen.«
Randall nahm einen dicken Packen Travellerschecks aus der Brieftasche, unterschrieb einige und schob sie über den kleinen Tisch. »Hier sind fünftausend Dollar für den Anfang. Sollten Sie ihn finden, bevor das aufgebraucht ist, behalten Sie den Rest.«
Sie aßen zusammen zu Mittag, und noch am gleichen Nachmittag kehrte Randall nach Boston zurück. Parnell fuhr ihn zum Flugplatz, und als er wieder in Amsterdam war, parkte er seinen Porsche am Blumenmarkt gegenüber dem Polizeipräsidium. Er besuchte Inspektor Rykers.
»Vielen Dank für den neuen Auftrag«, sagte er beim Eintreten in Rykers' Büro und setzte sich auf die Plastikcouch. »Heißt das, daß ihr Bullen den Fall nicht klären könnt oder seid ihr nicht daran interessiert?«
»Das heißt«, gab Rykers mit einem schweren Seufzer zurück, »daß wir während der letzten vierundzwanzig Stunden elf Überfälle hatten, drei Messerstechereien, drei Vergewaltigungen und zwei Morde, deren Opfer samt und sonders gute steuerzahlende Holländer sind.«
»Wenn also ein guter steuerzahlender Amerikaner rüberkommt und von euch für seinen Sohn Hilfe braucht . . .«
Rykers lachte. »Worüber beschwerst du dich eigentlich? Ich habe gehört, er ist steinreich.«

»Habt ihr schon irgendwas in dem Fall?« Rykers schlug eine Akte auf. Parnell stellte fest, daß sie noch sehr dünn war, aber es war immerhin eine Akte. »Dieser Shagen, von dem der junge Randall spricht, ist bei uns nicht bekannt. Ich habe Namen und Beschreibung zur Fahndung ausgeschrieben, und vielleicht kommt ja irgendwas. Ich persönlich kenne verschiedene Kleindealer, die auf die Beschreibung des Vermittlers passen würden. Die genannte Bar ist die *Rood Tavern* an der Heren Gracht. Ich weiß, daß der Besitzer von den Mädchen, die bei ihm arbeiten, Prozente verlangt, aber mit Drogen hatte er noch nie etwas zu tun.«
»Konnte er sich an den Mann erinnern, der sein Privatzimmer an dem fraglichen Tag benutzt hat?«
»An dem Wochenende war er in Rotterdam, das haben wir nachgeprüft. Nach der Aussage seines Geschäftsführers wird der obere Raum offenbar von jedem benutzt.«
»Na gut. Wenn ich ein langhaariger Zwanzigjähriger wäre und würde gerade in der Stadt ankommen, wo würde ich Leute wie mich treffen?«
»So lange die Sonne scheint, würde ich den Damm oder den Vondel-Park probieren. Wenn es dunkel wird, geh in die Bars rings um Leidse-Plein.« Rykers lehnte sich grinsend zurück. »In deinem Alter, Tim, müßtest du dich schon ein bißchen verkleiden.«

Zweimal fuhr Parnell den Damm hinauf und wieder hinunter. Einige kleinere Gruppen Jugendlicher standen oder saßen auf dem Rasenstreifen. Aber Rykers' Bemerkung hatte sein Selbstvertrauen sinken lassen , und daher beschloß er, die Dunkelheit abzuwarten, um dann in die Bars zu gehen. Er fuhr in seine Wohnung und zog sich um. Die alte verwaschene Cordhose und der blaue Rollkragenpullover, die er an den meisten Wochenenden trug, waren gerade recht. Um kurz nach acht machte er sich auf den Weg.
Die erste Bar war eine Fehlanzeige: Die wenigen Leute, die hier herumsaßen, waren überwiegend ältere Hiesige. Nach wenigen Minuten ging er wieder, ohne einen Drink bestellt zu haben. In der zweiten Bar war die Musikbox auf maximale Lautstärke aufgedreht. Es war gesteckt voll, und Parnell gelang es, eine Hand durch die Menge an der Bar zu schieben und sie mit einem Krug Bier zurückzuziehen. Da rings um ihn nur Holländisch gesprochen wurde, trank er aus und ging weiter.

Die dritte Bar, das *Flora*, schien ihn der Sache schon näherzubringen. Hier war keine Musik, und der Qualm war so dicht, daß man kaum mehr etwas sehen konnte, doch hier und da mit dem süßen Duft von Marihuana durchsetzt, dick zum Schneiden. Zwanzig oder dreißig Gäste beiderlei Geschlechts, alle sehr jung, die meisten Ausländer, saßen auf Hockern herum. Die kurze Bar war leer, und der einzige, der Parnell beim Eintreten entgegensah, war der Barkeeper. Parnell bestellte sich ein Pils und fragte sich, was, zum Teufel, er jetzt machen sollte.

Er trank sein Bier aus und bestellte sich noch eins. Leute kamen und gingen, und sie schienen sich alle zu kennen. Ein langhaariger Junge fing an, Gitarre zu spielen. Die Leute um ihn herum unterbrachen ihre Unterhaltung, um zuzuhören, und ein Mädchen mit zerschlissenen, engen Jeans und einem sandfarbenen Pullover mit V-Ausschnitt, der wie ein Zelt um ihre schlanke Gestalt herumhing, kam an die Bar. Sie stellte sich neben Parnell, sah ihn freundlich an, so daß er dachte, sie wolle ihn aufgabeln. Aber dann wandte sie sich ab und bat den Barkeeper um eine Schachtel Streichhölzer. Der ging zur Kasse, um ihr welche zu holen, als Parnell ein Streichholzbriefchen auf die Theke legte. Sie bedankte sich mit einem zauberhaften Lächeln und einem vielen Dank, Mister, und nahm die Streichhölzer. Er fragte sie, ob sie ein Glas mit ihm trinken wollte. Sie zögerte und musterte ihn von oben bis unten. »Sehr großzügig von Ihnen. Ich komme gleich wieder und bringe nur eben meinen Brüdern die Streichhölzer.«

Sie war Amerikanerin, aber Parnell hätte sieben zu fünf gewettet, daß ihr mittelwestlicher Akzent aufgesetzt war. Sie ging zurück zu einer Gruppe von drei jungen Männern und noch einem Mädchen, warf die Streichhölzer auf den Tisch und sprach mit ihnen. Parnell bestellte zwei Pils. Und wenn er sie beide hätte trinken müssen, hätte es ihn nicht gewundert. Aber sie kam zurück.

»Haben deine Brüder dir erlaubt, mit einem Fremden zu trinken?« fragte er lächelnd.

»Ich brauche ihre Erlaubnis nicht.« Der Akzent klang jetzt mehr nach Ostküste. Sie umfaßte den Bierhumpen mit beiden Händen und trank. Als sie das Glas abstellte, bekränzte ein kleiner weißer Schnurrbart ihre sanft geschwungene Oberlippe. Ihr kastanienbraunes Haar fiel in natürlichen Wellen weit bis über ihre Schultern und umrahmte ein schmales, intelligentes Gesicht. Ihre Augen waren grün und ihre Lippen burgunderrot. Einige winzige Sommersprossen verliefen von

einer Wange über den Nasenrücken bis zur anderen. Sie trug kein Make-up.
Sie sagte: »Sie reden wie ein Amerikaner.«
»Bin ich.«
»Was machen Sie in einem Bumslokal wie dem *Flora* ? Wollen Sie sich besaufen oder suchen Sie eine nette junge Amerikanerin, die Sie umsonst umlegen können?«
Er lachte. »Daran hatte ich beim Hereinkommen eigentlich nicht gedacht, aber . . .«
»Ich bin eine nette junge Amerikanerin, alter Knabe, aber nicht umsonst.«
Er warf einen Blick über ihre Schulter zu der Gruppe, aus der sie kam. Sie kümmerten sich nicht um sie. »Was soll das heißen, ja oder nein?«
»Für zwanzig Dollar kannst du's feststellen.«
Wieder brauchte sie beide Hände, um einen Schluck Bier zu trinken. Parnell legte eine Hundertguldennote auf die Bar. Rasch nahm sie sie, als befürchtete sie, er könne es sich anders überlegen, eilte zurück und gab das Geld einem der jungen Männer. Diesmal sprach sie nicht mit ihnen.
»Wenn deine Brüder kein Geld für die Miete haben,« sagte er gleichmütig, als sie zurück war, »kann ich noch etwas drauflegen.«
»Sie sind nicht meine Brüder und sie zahlen auch keine Miete.«
»Noch ein Bier?«
Sie sah ihn an, aber ihr Blick war etwas verschwommen. »Also, alter Knabe, diese hundert Gulden reichen nicht ewig.«
Er hakte sich bei ihr ein und führte sie hinaus auf die Straße. Und als sie ihn fragte, in welchem Hotel er wohne, war ihre Stimme so dünn, daß er sich hinunterbeugen mußte, um sie zu verstehen.
»Ich wohne in dieser Stadt, Schätzchen, aber wir gehen nicht zu mir, bevor wir nicht etwas gegessen haben.«
»Ich habe keinen Hunger.«
»Aber ich«, sagte er bestimmt. Er nahm ihren Arm fester und ging mit ihr drei Straßen weiter, wo er den Porsche geparkt hatte. Sie stieg ein, ließ sich in den Sitz gleiten und sah geradeaus. Sie sagte kein Wort, bis er vor dem *Sassafras* hielt.
»Kann ich da so hineingehen?«
»Deshalb bin ich ja hierher gefahren. Das nächstemal ziehst du ein Kleid an, dann gehen wir in das *Djawa*.«
Als er bestellt hatte, brach zum erstenmal ein kleines Lächeln bei ihr

durch. »Sehe ich so hungrig aus?«
»Du siehst aus, als hättest du vorgestern zuletzt was gegessen. Wie heißt du?«
»Susan Cartwright aus New York City. Und du?«
»Tim Parnell.«
»Warum lebst du in Amsterdam?«
Er wich der Antwort aus und bot ihr eine Zigarette an. »Es ist leider nur Tabak.«
»Wenn du feststellen willst, ob ich am Joint hänge – nein. Ich mag's – und ich kann damit aufhören.«
»Dafür brauchten deine Brüder also das Geld.«
»Na klar.«
»Ich kann nicht sagen, daß mir solche Burschen gefallen, die ihre Mädchen für Gras auf den Strich schicken.« Sie warf ihm einen zweideutigen Blick zu, aber die Ankunft des Kellners mit dem Essen ließ die Unterhaltung versiegen. Die Portionen waren großzügig, und sie aß ihren Teller ohne Pause leer. Dann bestellte er noch einen Obstkuchen und Kaffee, zündete zwei Zigaretten an und fragte sie nach ihren Plänen.
»Meinst du jetzt gleich?« fragte sie mit etwas dünner Stimme.
»Nein. Morgen, nächste Woche, nächsten Monat.«
Sie schob sich das Haar aus der Stirn und meinte: »Sowie Harry seinen Scheck bekommt, geht die ganze Gruppe nach Ibiza. Da ist es wärmer im Winter.«
»Ist Harry der Finanzmann?«
»Er ist der einzige, der regelmäßig Geld bekommt. Er sagt, sein Vater bezahlt ihn dafür, daß er hierbleibt.«
»Und was hat dich nach Europa gebracht?«
»Ich bekam so einen Freiheitsfimmel, wahrscheinlich von meiner Mutter geerbt.«
»Und da hast du die Flügel ausgebreitet und bist losgeflogen.«
»Nicht ganz so. Meine Eltern sind geschieden, und da meine Mutter vollauf damit beschäftigt ist, sich um den Kerl zu kümmern, mit dem sie durchgebrannt ist, gab sie mich zu meinem Vater.«
»Und dein Vater hat dich einfach so fliegen lassen?«
»Ich habe Kunstgeschichte an der Columbia-Universität studiert und ihn davon überzeugen können, daß ein Sommer in Europa meiner Bildung nützlich sei. Er hat mich nach London zu meinen Cousinen geschickt. Nach einer Woche habe ich ihnen gesagt, daß ich alles

gesehen hätte, was es in London zu sehen gibt, und bin nach Rom gefahren.«
»Weiß dein Vater, wo du jetzt bist?«
»Das wird er erfahren, wenn ich weg bin. Ich schicke ihm immer eine Postkarte, wenn ich wo verschwinde.«
»Sehr aufmerksam«, meinte Parnell lakonisch. »Und was macht er?«
»Gar nichts. Das ist das Problem. Er hat damals Xerox-Aktien gekauft, als man damit noch die Wände tapezierte. Er bezeichnet sich als Börsenanalytiker.«
Die Kellner stellten die Stühle auf die Tische und Parnell bat um die Rechnung. »Was möchtest du jetzt machen?«
Sie sah auf ihre langen, schlanken Hände hinab, und als ob ihr plötzlich die schwarzen Ränder unter ihren Fingernägeln bewußt würden, ließ sie ihre Hände in den Schoß fallen. »Du wirst es nicht glauben, aber was ich im Moment am allerliebsten tun möchte, ist, ein heißes Bad zu nehmen.«
Er glaubte es ihr, aber er gab es nicht zu. »Gibt es bei euch keine Installation?«
»Kein heißes Wasser.«

4

In einem vierstöckigen Haus aus dem siebzehnten Jahrhundert lag im dritten Stock Parnells Wohnung mit Blick über den Prinsenkanal. Es gab keinen Lift in dem Haus, aber moderne Bäder und Zentralheizung waren nachträglich eingebaut worden. Er führte Susan Cartwright direkt ins Bad, gab ihr zwei frische Badetücher und die Erlaubnis, all das zu benützen, was sie im Bad vorfände.
Dann ging er zurück ins Wohnzimmer, zog die schweren Vorhänge zu und entzündete den kleinen Gaskamin. Er ließ sich in seinen zerschlissenen Ledersessel fallen, streckte seine langen Beine aus, und ihm fielen schläfrig fast die Augen zu, als Susan, eingehüllt in seinen dicken, weißen Bademantel und duftend nach einer üppigen Menge seines Eau de Cologne ins Zimmer trat. Sie kniete sich vor das verlöschende Kaminfeuer. »Ich habe deine Zahnbürste benutzt.«
»Wenn es dir nichts ausmacht, mich stört's nicht. Magst du was zu trinken?«
»Nein, danke. Hast du ein paar Platten?«

»Wenn du den Stapel Zeitungen da wegräumst, müßte drunter ein Plattenspieler sein.«
Sie nahm die Zeitungen und legte sie auf den Boden. »So behandelt man doch keine Stereoanlage.«
»Mach den Deckel auf, dann siehst du den Kassettenteil.« Mit diesem Kassettenteil kann man auch Telefone anzapfen, dachte er, aber dann schob er diesen Gedanken rasch wieder beiseite. »Die Kassetten liegen in dem Regal hinter dir.«
»Mensch! Du hast ja tolle Kassetten!« Sie wählte eine aus und schob sie in das Gerät. Laut und klar kam der Blues aus den Lautsprechern. Mit einer Handbewegung bat er sie, leiser zu stellen. Sie tat es, setzte sich auf die Couch und zog ihre nackten Füße unter sich.
»Sehr gemütlich«, murmelte sie. »Was tust du sonst außer Kassetten zu sammeln?«
»Ich sammle junge Damen, die ein Bad und zehn Stunden Schlaf brauchen.«
»Es geht mich wohl nichts an.«
Er stand auf. »Über's Geschäft rede ich nur beim Frühstück. Du kannst auf der Couch schlafen, sie ist sehr bequem. Ich bringe dir ein paar Bettücher.«
»Vielleicht sollte ich gehen«, meinte sie unbestimmt.
»Wie du willst, aber dann rufe ich dir ein Taxi. Ich besitze keine Xerox-Aktien und muß daher morgen früh arbeiten.«
»Wo ist die Bettwäsche?« Er zeigte ihr den Schrank im Flur und sagte, daß er ihr noch gute Nacht sagen würde.
Er zog sich aus, ging ins Bad und grinste. Der Duschvorhang war zugezogen und dahinter hingen die Jeans und der Pullover, die sie gewaschen hatte. Da sonst nichts zu sehen war, nahm er an, daß sie sonst auch nichts am Leib gehabt hatte. Die Jeans mochten vielleicht bis morgen früh trocknen, aber der dicke wollene Pullover niemals.
Sie hatte sich auf der Couch zusammengekuschelt, die Wolldecke bis zum Kinn hinaufgezogen und sah den letzten Flämmchen des Feuers zu. Er fragte, ob sie zum Frühstück Tee oder Kaffee haben wolle.
»Kaffee«, murmelte sie schläfrig. »Ich werde aufstehen und mich darum kümmern.« Er beugte sich hinunter und küßte sie auf die Stirn; sie berührte seine Wange mit ihrer Hand. »Danke, Tim. Mir war ganz schön flau heute abend.« Er lächelte, ging in sein Bett und schlief fast bevor er lag.

Eine fahle Morgendämmerung beleuchtete die Vorhänge, als Parnell langsam und mühsam aufwachte und sich fragte, was ihn geweckt hatte. Seine Hand unter der Bettdecke traf auf einen warmen, nackten Rücken und verfing sich darüber in einem Wust langer Haare. Seine Finger tasteten sich in die andere Richtung und entdeckten einen runden, kleinen Popo. Er drehte sich um und nahm Susan in seine Arme. Eine Weile blieb sie unbeweglich, fast ohne zu atmen.

Er küßte sie sanft und sagte guten Morgen und sie sagte, daß ihr kalt gewesen sei. Er meinte, sie hätte noch eine Decke holen sollen, aber sie antwortete, daß sie nicht diese Art Kälte meinte. Seine Lippen strichen über ihre kleinen festen Brüste. Er umfaßte ihre schmale Taille, und sie lächelte. Unter seinem Streicheln erwachte ihr junger Körper, und sein Blut kam in Wallung.

Als er sich wieder auf den Rücken legte, kamen schon ein paar Sonnenstrahlen durch die Vorhänge.

Sie setzte sich auf, schüttelte ihr Haar über ihre Schultern zurück und fragte: »Mußt du nicht aufstehen?«

»So früh brauche ich noch nicht zu arbeiten.«

»Um so besser.« Sie küßte ihn flüchtig, und er versuchte sie festzuhalten, aber sie entglitt seinen Armen und stand auf.

Er war fast angezogen, als er einen unterdrückten Fluch aus der Küche hörte. Er warf einen Blick hinein, und verärgert sagte Susan: »Wie, zum Teufel, macht man das?« Damit knallte sie die Kaffeemaschine auf den Tisch. »Wenn du das nicht weißt, Schätzchen, laß die Finger davon. Im Kühlschrank sind die Eier.«

Er füllte die Kaffeemaschine und stellte sie auf die Gasflamme. Dann ließ er sich in der Frühstücksnische nieder und sah ihr zu, wie sie vier Eier briet. Sie hatte ihre langen Haare zu einem dicken Zopf geflochten und die Ärmel des viel zu großen Bademantels aufgekrempelt. Da der Pullover, der in der Dusche hing, noch ziemlich feucht war, würde sie wohl den ganzen Tag mit dem Bademantel rumlaufen müssen, falls er ihr nicht etwas anderes zum Anziehen besorgte.

Sie plazierte die Eier auf zwei kalte Teller und stellte sie auf den Tisch. An den Rändern waren sie angebräunt und die Unterseite war nicht ganz so zäh wie Schuhsohlen. Abwartend beobachtete sie, wie er nach einem Messer griff. »Sie sind nicht sehr gut, nicht?« fragte sie kleinlaut.

»Du kannst eben das eine besser als das andere.« Sie wurde so rot, daß ihre Sommersprossen fast verschwanden. »Wegen gestern

abend . . .«
»Der Kaffee ist fertig. Warum schenkst du uns nicht ein?«
Sie schenkte die Tassen voll und setzte sich. »Wegen gestern abend wollte ich sagen, daß es das erste Mal war, daß ich mit einem Fremden gegangen bin«, sagte sie sehr rasch.
»Ich weiß.« Er nahm einen Schluck Kaffee. »Du hattest solche Angst, daß du mit beiden Händen den Bierkrug heben mußtest.«
»Da hattest du also nur Mitleid mit mir.«
»Wieso denn das? Doch nicht für hundert Gulden!«
»Ich glaub nicht, daß ich dich mag.«
»Während du dir darüber schlüssig wirst, sag mir – warum ist Amsterdam das europäische Mekka der Hippies geworden?«
Sie zuckte die Achseln. »Ich glaube, weil uns hier die Bullen in Ruhe lassen. Wenn sie einen mit nur einem Gramm Hasch in Rom erwischen, schmeißen sie dich ins Gefängnis und vergessen dich. In Paris pöbeln sie die Jungs schon an, nur wegen langer Haare.«
»Und wie schaut die Drogenszene hier aus?«
»Über die harten Drogen weiß ich nichts, aber Hasch ist prima und leicht zu bekommen.«
Während er sich Butter auf seinen Toast strich, überlegte er, ob er sie fragen solle, ob sie Chris Randall kannte. Aber dann ließ er es im Moment bleiben: Wenn sie Chris kannte, würde sie auch wissen, daß er im Gefängnis saß und dann könnte ihr sein Interesse verdächtig erscheinen. »Wenn du in der Stadt ankommst und Marihuana haben möchtest, woher weißt du, daß der Kerl, der es dir anbietet, nicht ein Bulle ist?«
Sie lachte. »Du bist wirklich naiv. Wenn ich in Rom bin und verlauten lasse, daß ich nach Amsterdam gehe, gibt es da immer einen holländischen Jungen, der mir sagt, wo ich es finde.«
»Und wenn du in Amsterdam bist und nach Rom willst, dann gibt es immer einen italienischen Jungen . . .«
»Jetzt hast du's kapiert.«
»Angenommen, ich hätte gestern abend gern mit dir vor dem Kamin gesessen und ein paar Joints zu der Musik rauchen wollen. Wo würde ich das bekommen?«
»Im Ernst?«
»Ich muß mir doch etwas ausdenken, damit du noch ein wenig bleibst.«
»Ich muß schon sagen, du stellst es wesentlich geschickter an als mein

Vater. Wenn du Gras kaufen willst, mußt du in die Bar gehen, wo du mich gestern abend getroffen hast und den Barkeeper nach Charly fragen. Er verlangt keine Phantasiepreise und sein Stoff ist der beste. Außerdem kann es kein Bulle sein. Er hat nur einen Arm.«

Während Parnell sich Marmelade auf seinen Toast strich, entstand und wuchs in seinem Kopf ein neuer Gedanke. Ein einarmiger Dealer: Wenn er der Mann war, bei dem Randall gekauft hatte, könnte das erklären, warum er versuchte, ihn zu schützen. Er tat ihm leid. Er mußte also versuchen, Charly zu treffen. »Willst du damit sagen, daß dieser Einarmige mir ohne weiteres Gras verkauft?«

Ein winziges Lächeln umspielte Susans weichen Mund. »Nun – vielleicht nicht. Du siehst wirklich ein wenig . . .« Sie zögerte und suchte nach dem passenden Wort.

»Konservativ aus.«

»Ich hätte es vielleicht anders gesagt, aber es stimmt eigentlich. Vielleicht sollte ich lieber einkaufen.«

»Einverstanden. Ich gehe ein paar Zeitungen holen und kauf dir was zum Anziehen. Wie wär's mit einem Kleid?«

Sie zog den Bademantel enger um sich und sah ihn zärtlich an. »Ein Kleid wäre phantastisch.«

Es gab Kleidergeschäfte in seiner Nachbarschaft, aber Parnell fuhr lieber durch die Stadt zu einer Boutique in der Dam Straat, wo er die Besitzerin kannte. Es machte ihm nichts aus, ein Kleid zu kaufen, aber das, was man darunter trug, widerstrebte ihm doch unter all den Blicken der anderen Kundinnen. Er schilderte der Besitzerin sein Problem, und sie verwies ihn an eine sympathische Verkäuferin. Da er nicht die genaue Größe wußte, schlug sie eine Kombination aus Rock und Bluse vor. Sie kam mit einem kurzen Tweedrock und einer bedruckten seidenen Bluse, dazu mit einer Strickjacke von der gleichen Farbe wie der Rock zurück.

Auf dem Rückweg kaufte er noch ein paar kleine gefüllte Teigtaschen, die mit Käse, Ei oder Hackfleisch gefüllt waren, fürs Mittagessen. Dazu kamen noch zwei Flaschen Wein, und als er schließlich vor seinem Haus parkte, war es schon fast zehn Uhr. Er nahm die Pakete aus dem Wagen und rannte die Stufen hinauf – und fragte sich, warum er denn so rannte.

Er schloß die Tür auf, und im selben Moment stieg ihm der Geruch von verbranntem Papier in die Nase. Er ließ die Pakete auf den Tisch

in der Diele fallen und eilte ins Wohnzimmer. Der Kamin war vollgestopft mit schwarzer Asche. Sie hatte seine Poster, die an der Wand hingen, verbrannt und die hohen Flammen hatten die weiße Farbe über dem Kamin geschwärzt. Wütend brüllte er: *»Susan!«*
Im Schlafzimmer war das Bett gemacht und aufgeräumt. Er sah ins Badezimmer, aber auch ihre Kleider hingen nicht mehr da, aber sie hatte sich auf dem Spiegel ausgetobt. Mit einem Stück Seife hatte sie dreimal BULLE daraufgeschrieben. Jedesmal waren die Buchstaben größer und dicker, und er fragte sich, wie das Glas unter dem Druck ihrer Hand hatte standhalten können.
Er ging in die Küche. Das Frühstücksgeschirr war abgewaschen und aufgeräumt. Er machte sich mit der Kaffeemaschine einen frischen Kaffee. Dann ging er zurück ins Wohnzimmer und untersuchte seinen Schreibtisch. Seine Papiere, überwiegend Rechnungen, Rezepte und persönliche Briefe, waren eilig durchsucht worden. Aber seines Wissens konnte nichts dagewesen sein, aus dem sich sein Beruf hätte erkennen lassen. Die Beretta lag nach wie vor in der unteren Schublade, aber nicht im hinteren Abteil, wo er sie sonst aufhob. Er ging zurück in die Küche, setzte sich und fuhr sich mit den Fingern durch sein dichtes schwarzes Haar.
Sollte Susan entdeckt haben, daß er Privatdetektiv war, würde sie ihn wohl kaum »Bulle« betitelt haben, also hielt sie ihn für einen Polizisten. Hatte sie irgend etwas beim Aufräumen der Wohnung gefunden? Er konnte es sich nicht vorstellen: Seine Akten bewahrte er prinzipiell im Büro auf. Die Kaffeemaschine fing an zu glucksen: Er drehte das Gas ab, nahm das Telefon und rief sein Büro an.
Miss Kluver sagte, jawohl, sie habe ihn vor etwa einer halben Stunde angerufen, um zu sagen, daß Inspektor Rykers angerufen habe und ihn sprechen wolle. »Ist jemand an meinem Telefon gewesen?«
»Natürlich. Hat die junge Dame es Ihnen nicht ausgerichtet?«
»Sie ist gerade nicht da. Was haben Sie ihr gesagt?«
»Ich sagte, Inspektor Rykers möchte Sie sprechen.«
»Und was hat sie gesagt?«
»Sie schien verunsichert und fragte mich, ob Sie Ärger mit der Polizei hätten. Ich versicherte ihr, daß Ihre Schwierigkeiten niemals mit der Polizei zusammenhängen würden.«
Parnell seufzte. »Und was haben Sie noch gesagt, Miss Kluver?« fragte er ungeduldig.
»Ihre Freundin fragte mich, ob Sie Polizist sind, und da kam ich

plötzlich auf den Gedanken, daß sie Sie wohl noch nicht sehr gut kennt, und deshalb habe ich lieber den Mund gehalten. Ich habe ihr gesagt, sie möge Sie fragen.«
»Vielen Dank, Miss Kluver. Ich werde später noch mal anrufen.«
»Vergessen Sie nicht, den Inspektor anzurufen.«
Er trank eine Tasse Kaffee und rief Rykers an. Der Inspektor fragte, ob sie am Abend zusammen ein Bier trinken könnten. Parnell meinte, er würde es sich überlegen. Er fragte Rykers, ob er einen kleinen Dealer namens Charly kenne, der nur einen Arm habe. Rykers bat ihn, am Telefon zu bleiben. Ein paar Minuten später kam er zurück und sagte, daß es einen einarmigen Straßenverkäufer dieses Namens gäbe, der habe aber nie etwas Härteres als Marihuana verkauft. Er fragte Parnell, ob er wolle, daß sie ihn festnehmen. Parnell sagte, nein, laßt ihn in Ruhe.

5

Im Schlafzimmer der im zweiten Stock gelegenen Wohnung im Sechzehnten Bezirk von Paris hob der Diplomat seinen Arm über den Kopf und sah auf seine Armbanduhr. Draußen wurde es heller. Die Frau neben ihm im Bett reckte sich schläfrig und fragte ihn, wie spät es sei. Er sagte, daß er aufstehen müsse, sonst würde er sein Flugzeug versäumen.
»Das Flugzeug, das du gestern schon nehmen wolltest?« Sie kicherte verschmitzt.
»Nur meine Frau glaubt, daß ich schon gestern fliegen würde.« Er wandte sich zu ihr und fuhr mit der Hand ihren glatten Rücken hinunter, über ihren Bauch hinauf und unter die eine schwellende Brust, deren üppiges Gewicht ihn wie immer erregte. Sanft schob sie seine Hand zurück. »Von der Morgenliebe werde ich immer schwanger.«
»Gut, dann schenk mir einen Sohn.«
»Vielen Dank, kein Interesse«, sagte die Geliebte. »Nicht für das Geld, das ich von dir bekomme.«
»Meine Frau ist ziemlich anspruchsvoll.«
»Deine Frau muß auch fünf Kinder großziehen«, bemerkte sie nüchtern.
Er versuchte es noch einmal, indem er ihre seidenweichen Schenkel

streichelte und seine Hand auf das weiche Kissen der Schamhaare legte. Da gab sie ihren Widerstand auf. Schließlich, dachte sie bei sich, zahlt er die Miete und er würde wieder drei Wochen fort sein. Sie warf die Bettdecke zurück und rollte ihn auf den Rücken. »Hmmm . . .«, murmelte sie bewundernd, »wachst du immer so auf?« Er lachte und zog sie auf sich.

Während er sich anzog, fragte sie aus der Tiefe des zerwühlten Bettes, ob er eine Tasse Kaffee haben möchte. Er meinte, die Zeit sei zu knapp. Er schob ein dickes Kuvert vor den Spiegel auf dem Frisiertisch. »Damit du keine anderen Männer mit in dein Bett nimmst, bis ich zurück bin.«

»Was du so sagst . . .«

»Was du so tust, wenn ich nicht da bin.«

Sie kuschelte sich in das Bett. »Bring mir ein paar Mangos mit, wenn du wiederkommst.«

Er verließ die Wohnung und trug seinen Koffer und den dicken, schweren Diplomatenkoffer, der mit einem Diplomatensiegel versehen war, hinunter auf die Straße. Dort hielt er ein Taxi an und fuhr hinaus nach Orly. Die französischen Sicherheitsbeamten bemerkten das Siegel auf seinem Diplomatenkoffer und baten um seinen Paß. Und obwohl sie sein Gepäck nicht durchsuchten, mußte er sich auch der Metalldetektorkontrolle unterziehen wie alle anderen Passagiere, bevor er durch die Sperre gehen konnte. Der Diplomat fragte sich, ob seine amerikanischen und britischen Kollegen sich der gleichen Behandlung unterziehen mußten.

Im Duty-Free-Shop kaufte er eine Flasche Remy Martin als Geschenk für seinen Minister, als der Aufruf für seinen Flug nach Mexico City kam. Er bat die Verkäuferin, sich zu beeilen.

Er stellte sein Gepäck auf den Zolltisch und überreichte dem mexikanischen Zollbeamten seinen Diplomatenpaß. Der Beamte warf einen kurzen Blick darauf und gab ihn zurück und grüßte. Sein Gepäck wurde mit weißen Kreidekreuzen versehen. In einem Taxi fuhr der Diplomat ins *Camino Real*. Der Empfangschef bestätigte, daß sein Zimmer reserviert sei, und der Gepäckträger trug seinen Koffer hinauf. Seinen Diplomatenkoffer trug er selber.

Sowie der Gepäckträger verschwunden war, telefonierte er. Er ließ seine Zimmertür unverschlossen, und nach fünfzehn Minuten kam der Mann, den er angerufen hatte, ohne anzuklopfen in sein Zimmer.

Sie gaben sich die Hand und der Besucher fragte, ob es Schwierigkeiten gegeben habe. Der Diplomat sagte nein, aber die Sicherheitsbestimmungen gegen die Flugzeugentführer und Terroristen machten ihm langsam Sorge.
Er brach das Siegel auf dem Diplomatenkoffer, nahm verschiedene Akten mit offiziellen Dokumenten heraus und legte sie auf das Bett. Dann nahm er zwanzig kleine Plastiksäckchen aus dem Koffer, in denen je fünfhundert Gramm reines Heroin waren. Der Besucher zählte die Säckchen, aber da es nicht zu seinem Job gehörte, öffnete er keines, um die Qualität zu prüfen. Er steckte sie in den Koffer, den er mitgebracht hatte, und schloß ihn. Dann nahm er ein Bündel neuer Hundertdollarscheine aus seiner Brusttasche und reichte sie dem Diplomaten. Der Diplomat setzte sich an den Schreibtisch und zählte das Geld sorgfältig. Als er damit fertig war, nahm der Besucher seinen Koffer, öffnete die Tür ein paar Zentimeter und vergewisserte sich, daß der Korridor leer war.
Gedankenvoll starrte der Diplomat auf die zehntausend Dollar, die ihm für den Transport von zehn Kilo Heroin aus Paris nach Mexiko City bezahlt worden waren. Noch vier solcher Reisen, beschloß er, dann würde er genug haben, um aufzuhören. Da seine Inselrepublik zu klein war, um täglich von einer der internationalen Fluglinien angeflogen zu werden, mußte er länger als einen Tag auf die nächste Maschine warten. Er benützte die Zeit unter anderem dazu, das Geld auf sein Nummernkonto in Genf zu transferieren.
Der Mann, der das Heroin von dem Diplomaten übernommen hatte, nahm eine Maschine nach Tijuana. Er verbrachte die Nacht in der mexikanischen Grenzstadt, und am nächsten Tag, einem Sonntag, suchte ihn ein junger Mann in einem drei Jahre alten Pontiac mit kalifornischem Nummernschild in seinem Hotel auf. Sie fuhren hinaus aufs Land, bis sie einen geeigneten Platz fanden, um die Heroinsäckchen in den Hohlräumen der hinteren Kotflügel zu verstauen. Dann fuhren sie zurück nach Caliente, trafen sich mit den beiden Mädchen, die auf sie gewartet hatten, und verbrachten den Nachmittag auf dem Rennplatz. Nach dem letzten Rennen fädelten sie sich in die lange Autoschlange ein, die sich langsam auf die amerikanische Grenze zuschob.
Aufgrund eines anonymen Telefonanrufes, der ihn am frühen Nachmittag erreicht hatte, beobachtete der amerikanische Zollinspektor Bill Thompson die herankriechenden Autos mit außergewöhnlichem

Interesse. Er entdeckte den dunkelblauen Pontiac, aber die zwei Paare in dem Wagen ließen ihn zweifeln: Sein Informant hatte nur von zwei Männern gesprochen. Das Nummernschild stimmte jedoch mit der Nummer überein, die man ihm gegeben hatte. Er ließ den Pontiac aus der Schlange ausscheren. Es dauerte anderthalb Stunden, bis Thompson und zwei Autospezialisten des Zolls entdeckten, wo das Heroin versteckt war.
Die zehn Kilo Lieferung, die an der mexikanischen Grenze beschlagnahmt wurde, war für den Madolini-Clan in New York bestimmt gewesen. Der Verlust ließ den Straßenpreis hochschnellen.

Zwei Tage und Nächte verbrachte Parnell mit der Suche nach dem einarmigen Dealer. Am ersten Abend begann er in der Bar, in der er Susan getroffen hatte. Weder von ihr noch von ihren Freunden gab es eine Spur, was ihn nicht überraschte. Da sie wußte, daß er Amerikaner war, hielt sie ihn wahrscheinlich für einen Drogenfahnder und hatte die Stadt längst verlassen. Als er den Barkeeper fragte, wo er Charly finden könnte, musterte der Mann ihn mißtrauisch von oben bis unten und sagte, er habe nie von ihm gehört.
Genauso war es in den anderen Bars im Bezirk, und da Susan sie ja nicht alle gewarnt haben konnte, hielt er es für möglich, daß sie recht hatte: Er sah nicht wie ein Typ aus, der Gras kaufen wollte. Jedenfalls nicht in diesem Teil von Amsterdam. Ihm fiel Rykers' Verkleidungsvorschlag ein. Vielleicht sollte er sich eine Perücke kaufen.
Tagsüber lief es auch nicht anders. Die Streuner im Vondelpark waren bereit, endlos mit ihm über das Leben, die Liebe und das alternative Leben zu reden. Aber wenn er auf das Thema Drogen kam, verschwammen ihre Blicke vor Desinteresse und sie schlugen ihm vor, daß er doch vielleicht eine Reise nach Katmandu machen solle.
Spätnachts am zweiten Abend kam er aus einer Disco mit ohrenbetäubender Dukebox und lehnte sich an einen Laternenpfahl, um sein Gehör wiederzufinden. Er überlegte, ob er nicht doch Rykers' Hilfe in Anspruch nehmen solle. Aber der Gedanke sagte ihm nicht zu. Wenn die Polizei Charly einsperrte, würde er höchstwahrscheinlich nicht aussagen. Andererseits mußte er etwas unternehmen, um in der Sache voranzukommen, erst recht deshalb, weil er nicht sicher sein konnte, ob Charly sich tatsächlich als wichtiges Glied in seiner Ermittlungskette erweisen würde.
Schlurfend kam ein Mann aus dem Dunkel auf ihn zu und blieb

gleichfalls an dem Laternenpfahl stehen. Er trug einen abgerissenen Regenmantel, von dem der rechte Ärmel leer herabhing. Eine abgenutzte gelbe Aktentasche hatte er unter den Stumpf des Armes geklemmt. Er sagte: »Ich habe gehört, daß Sie nach mir suchen.«
»Wenn Sie Charly heißen, stimmt das.«
»Was wollen Sie?«
»Suchen wir uns ein ruhiges Plätzchen, wo wir reden können.«
Charly schlurfte über die Straße, und Parnell folgte ihm. Sie kamen an einen kleinen Park, und Charly setzte sich auf eine Bank, stellte die Aktentasche mit seinem gesunden Arm neben sich. Parnell setzte sich zu ihm, und Charly sagte: »Ich höre.«
»Meine jungen Freunde haben mir gesagt, daß Sie die beste Ware in der Stadt haben und daß auch Ihre Preise stimmen.«
Charly warf ihm einen müden Blick zu. »Wieviel wollen Sie?«
»Fünfhundert Gramm Heroin. Unverschnitten.«
»Zeigen Sie mal Ihre Arme.«
»Es ist nicht für mich selbst. Wo ich hinfahre, kann ich es für den fünffachen Preis verkaufen.«
»Ich verkauf's nicht.«
»Das haben meine Freunde auch gesagt. Aber sie meinten, daß Sie einen Mann kennen, der es tut.«
Charly wandte sich um und beobachtete einen Bus, der die Straße herunterfuhr. Er hielt an der Ecke, und Parnell dachte, daß Charly aufstehen und einsteigen würde. Der Bus fuhr weiter, und Charly wandte sich wieder ihm zu. »Ich werde mich umhören. Wo kann ich Sie erreichen?«
»Ich bin selten zu Hause. Wo kann ich mit Ihnen in Verbindung treten?«
Charly stand auf. »Wenn ich etwas in Erfahrung bringe, werde ich morgen abend gegen sieben hier in der Nähe sein.«

Am nächsten Abend wartete Charly auf derselben Parkbank, und als Parnell zehn Minuten zu spät kam, schien er nervös. Oder ungeduldig. Charly fragte ihn, ob er sich in Amsterdam auskenne. Er sagte ganz gut, und als Charly ihm erklärte, wo er wohnte, meinte Parnell, daß er das leicht finden würde.
Charly erklärte, daß es im ersten Stock sei und daß er um zehn Uhr da sein solle, und zwar pünktlich. Der Mann, mit dem er sich dort treffen solle, sei gerne früh daheim. Parnell fragte, ob er das Geld für die

Ware mitbringen solle, Charly sog nachdenklich an seinen Zähnen und meinte dann, nein, solcherlei Transaktionen wolle er nicht in seiner Bude haben.

Charlys Bude befand sich in einem alten, fünf Stockwerke hohen Abbruchhaus. Nur eine schmale, kopfsteingepflasterte Straße, kaum breiter als ein Fußweg, trennte das Gebäude von dem Wasser eines engen Kanals. Im Erdgeschoß waren weder Lichter noch Vorhänge vor den Fenstern, und viele Scheiben waren zerbrochen und mit Pappe vernagelt worden. Er ging zu der schweren Haustür; sie war unverschlossen. Er mußte sein Feuerzeug benutzen, um die schmale Treppe im Hintergrund zu finden, die nach oben führte. Vom Flur im ersten Stock gingen zwei Türen ab. Unter der einen schimmerte ein Streifen Licht hervor. Er klopfte zweimal und öffnete dann die Tür.

Charly saß in einem altmodischen Schaukelstuhl hinter seinem Schreibtisch, mit dem Rücken zur Tür. Er war in sich zusammengesunken, als wäre er eingeschlafen. Parnell sagte: »Hi, Charly«, und schloß die Tür hinter sich – und dann spürte er die kalte Mündung einer Pistole am Haaransatz im Nacken.

Der Mann mit der Pistole sagte: »Streck die Arme aus.«

Parnell streckte langsam die Arme aus, und der Druck der Pistolenmündung nahm zu, während er fachmännisch durchsucht wurde. Der Mann hinter ihm kicherte: »Ein unbewaffneter Drogenbulle.« Ein Stoß von ihm brachte Parnell taumelnd in die Mitte des Zimmers.

Parnell fand das Gleichgewicht wieder und wandte sich um. Der Mann mit der Pistole war mittelgroß, untersetzt, mit blonden, kurzgeschnittenen Haaren und blauen Augen in einem quadratischen Gesicht. Er war Anfang Dreißig und trug einen enggeschnittenen karierten Anzug. Der Schalldämpfer auf seiner Walther, die auf Parnell gerichtet war, war fast so lang wie ein Gewehrlauf. Charly hatte sich noch nicht gerührt.

»Was ist mit Charly los?« fragte Parnell ruhig und behielt den Revolvermann sorgsam im Auge.

»Schauen Sie doch selber nach.«

Parnell ging um den Schreibtisch. Das Blut, das aus einem kleinen Loch mitten in Charlys Stirn kam, hatte ein Rinnsal über seinen Nasenrücken gebildet und tropfte von der Nasenspitze noch immer auf seinen Schoß.

»Wieviel haben Sie ihm gezahlt, um mich hochgehen zu lassen?« fragte der Revolvermann.

Parnell schüttelte den Kopf. »Nichts. Ich sagte ihm, daß ich ein halbes Kilo H zum Wiederverkauf haben wollte und fragte ihn, ob er Verbindungen hat.« Der Mann lachte abscheulich. »Für wen kaufen Sie denn? Für Randall?«
Parnells Muskeln spannten sich. Er hatte den Mann nie zuvor gesehen, aber wer immer er auch sein mochte, er wußte die richtigen Antworten. Und er hatte eine Kanone auf ihn gerichtet, mit der er gerade eben jemanden umgebracht hatte. »Sie müssen Shagen sein.«
»Stimmt. Und wer sind Sie?«
Parnell zögerte, seine Gedanken jagten sich. Shagen wußte von Randall, aber er kannte Parnells Namen nicht. War er auf der Seite von Randalls Sohn oder der seines Alten? Und warum hatte er ihn einen Drogenbullen genannt? »Für meinen Grabstein hatte ich mir immer den Namen McGee vorgestellt. Wer ist Randall?«
»Hör mal, du Ami, ich hab nicht viel Zeit, eine herrliche Frau wartet auf mich.« Er hob die Pistole, so daß sie auf gleicher Höhe mit Parnells Gesicht war. »Einen Moment noch.« Parnell zog eine Pakkung Gitanes aus der Tasche und zündete sich eine an; er war über die Ruhe seiner Hand selbst überrascht. »Ich bin nicht von der Drogenfahndung.«
»Schlimm für deine Witwe. Keine Pension. Und auch schlimm für Charly. Er dachte, du wärst einer.«
»Hat er das gesagt?«
»Jeder singt, wenn er am falschen Ende einer Kanone steht.«
Parnell lief es kalt den Rücken hinunter, aber das hatte nichts mit seiner Angst zu tun. Wenn Charly ihn für einen Drogenfahnder gehalten hatte, erklärte das, warum er sich ihm zu erkennen gegeben hatte. Und warum er so bereitwillig dieses Treffen mit Shagen herbeigeführt hatte. Er wollte es Shagen heimzahlen, daß er Randall reingelegt hatte. Aber das hatte Shagen offenbar durchschaut – und daher war Charly jetzt tot. Im nachhinein wurde Parnell klar, daß auch er vorsichtiger hätte sein müssen.
Shagen Mulders beobachtete ihn mit einer Mischung aus Verwunderung und Zynismus. »Wenn Sie kein Drogenbulle sind, was sind Sie dann?«
»Privatdetektiv. Randall hat mich engagiert, um den Mann zu finden, der seinen Sohn hochgehen ließ.«
»Hochgehen?« knurrte Mulders. »Er wollte ein Kilo, also hab ich ihm Gelegenheit gegeben, sich eins zu verdienen.«

»Er hielt es für Haschisch.«
»Hat er das gesagt?«
Parnell sog an seiner schwarzen Zigarette. Er mußte sehen, daß der Typ weiterredete – nur ein professioneller Killer drückte mitten in einem Gespräch ab. »Sie machen doch einen ganz intelligenten Eindruck. Warum vertrauen Sie ausgerechnet einem Collegestudenten elf Kilo Heroin an?«
»Die amerikanische Drogenfahndung hat uns zur Zeit so in die Enge getrieben, daß wir alles versuchen mußten, um es durchzubekommen. Außerdem hat man mir weisgemacht, daß der Junge ohne Schwierigkeiten durch den Bostoner Zoll kommen würde.« Mulders klang jetzt weniger aggressiv; er verteidigte seine Gründe, warum er einem unbekannten Jugendlichen ein Vermögen anvertraut hatte – und es verloren hatte.
Parnell nickte und ging näher zum Schreibtisch. Und während er seine Zigarette im Aschenbecher ausdrückte, suchten seine Augen den Schreibtisch nach einer möglichen Waffe ab. Die kleine, grünbeschirmte Lampe auf dem Tisch war die einzige Lichtquelle in dem Raum. Er müßte irgendwie auf die andere Seite des Schreibtisches kommen, um das Kabel herauszuziehen.
Er sah auf zu Mulders. »Woher wußten Sie, daß Randall in der Stadt war?«
»Ich habe Freunde, die mir so etwas erzählen.«
»Freunde in Boston?«
Bevor Mulders antworten konnte, klang das dumpfe Zuknallen der schweren Straßentür herauf. Schritte trampelten die Treppe hinauf, und es klang nach mehreren Personen. Mulders sprang an die Tür und schob in dem Augenblick den Riegel vor, als die Tür von draußen geöffnet werden sollte. Eine Stimme rief: »Charly, hey, Charly!« Es war die Stimme eines Mädchens.
Mulders trat noch näher an Parnell heran. »Einen Ton, Ami, dann bist du tot«, zischte er. Sein Blick flackerte gehetzt wie der einer in die Enge getriebenen Ratte. Parnell spürte, daß er bei der leisesten Bewegung tot sein würde.
Eine zweite Stimme, diesmal eine männliche, löste jetzt das Mädchen ab. »Komm, Charly, mach auf. Wir wollen was kaufen, und das Geld haben wir auch.« Er donnerte mit der Faust gegen die dünne Tür.
Parnell brachte ein halbes Grinsen zustande. »Sie sollten sie lieber reinlassen, Mulders, bevor die Nachbarschaft rebellisch wird.« Er

redete um seinen Kopf, denn er wußte genau, daß es in dieser Gegend keine rebellische Nachbarschaft geben würde.
Die Leute vor der Tür – nach ihren Stimmen zu urteilen waren es mindestens drei – brüllten jetzt im Chor »Charly, mach auf! Charly, mach auf!« und klopften im Rhythmus dazu an die Tür. Mulders war verunsichert und unentschlossen; er beobachtete die Tür jetzt intensiver als Parnell. Parnell spannte seine Muskeln, um ihn anzuspringen, aber Mulders spürte das sofort und richtete wieder seine Pistole auf ihn.
»Steck ihn in den Schrank«, zischte er.
»In welchen Schrank?« fragte Parnell, um Zeit zu gewinnen. Mulders riß eine kleine Tür auf, die in einen winzigen Nebenraum führte, den Charly als begehbaren Schrank benutzt hatte. Parnell nahm sich Zeit, hob die Leiche aus dem Sessel und zog sie quer durch das Zimmer. Er ließ sie zu Boden gleiten und schloß die Tür fest.
Mulders drückte sich eng an die Wand neben der Tür. »Machen Sie eine Handbreit auf und werden Sie sie los. Wenn Sie versuchen, abzuhauen, werde ich schießen, und dann kriegen die Kinder da draußen was ab.«
Parnell schob den Riegel zurück, und im gleichen Augenblick wurde die Tür aufgestoßen. Er wich zurück, und bevor er noch etwas sagen konnte, waren zwei Mädchen und zwei junge Männer in das Zimmer gestürmt. Die ersten drei sahen Parnell an, und erst der letzte, ein Farbiger, bemerkte Mulders an der Wand. Als er die Kanone in seiner Hand sah, riß er die Augen auf und blieb abrupt stehen.
»Los, weiter, Nigger«, sagte Mulders leise, »dann gibt es keinen Ärger.« Der Mann ging weiter in das Zimmer, und Mulders schloß die Tür.
Parnell setzte sich halb auf die Schreibtischkante. Die jugendliche Invasion gab ihm vielleicht eine Chance, und er überlegte, wie er sie nützen könnte. Die Mädchen waren etwa sechzehn, die Blonde schlank, die Brünette etwas rundlicher. Der Junge hatte lange kastanienbraune Haare, die über seine Schultern fielen, und einen rosigen, pickligen Teint. Nur der Schwarze, offenbar der Älteste, ungefähr zweiundzwanzig, mit einem klugen, sympathischen Gesicht und muskulösem schlanken Körper, schien die Fassung nicht ganz verloren zu haben.
»Was wollt ihr denn?« fragte Mulders vergleichsweise freundlich und schob den Revolver in seinen Hosenbund.

»Wo ist Charly?« fragte der Schwarze, der zuerst die Fassung wiedergewann.
»Irgendwo draußen auf den Straßen, Geschäfte machen. Er hat uns seine Bude zur Verfügung gestellt.«
Das braunhaarige Mädchen schob seinen Arm um die schmalen Hüften des Schwarzen. »Jackie, komm, gehen wir, ich hab Angst.«
Mulders lächelte. »Du brauchst keine Angst zu haben, Schätzchen. Ich werde Charly sagen, daß ihr dagewesen seid.«
Alle wandten sich der Tür zu, und Parnell stand auf, um mitzugehen. Da zog Mulders seine Pistole. »Du nicht, Ami. Wir sind noch nicht fertig miteinander.« Parnell lehnte sich wieder an den Schreibtisch, und der Mann namens Jackie warf ihm einen langen Blick zu, als ob er etwas sagen wollte. Aber er schwieg, wandte sich zur Tür und sagte: »Kommt, gehen wir.«
»Einen Moment noch«, sagte Mulders und vertrat der Blondine den Weg. »Wie heißt du?«
»Rhonda.«
»Rhonda – und weiter?«
»Rhonda Flemming.«
»Nach deinem Akzent kommst du aus London.«
Sie nickte schweigend, und Mulders fuhr ihr mit dem Schalldämpfer über die Wange. »Hübsch bist du, Rhonda. Wäre schade um dein schönes Gesicht.«
Bleich vor Angst wich sie zurück. »Was soll das heißen?«
»Nur daß keiner auf die Idee kommt, die Bullen zu rufen.«
Sie schoben sich aus der Tür, die Mulders hinter ihnen schloß und verriegelte. Hinter der verschlossenen Tür lauschte er, bis ihre Schritte auf der Treppe verklungen waren. »Fast hättest du's geschafft, Ami.«
Parnell starrte ihn schweigend an. Der einzige, der nicht vor Angst fast den Verstand verloren hatte, war Jackie gewesen. Wahrscheinlich war er Amerikaner, aber Parnell bezweifelte, daß er die Polizei benachrichtigen würde. Es ging ihn nichts an, und die anderen hätten sicher auch etwas dagegen.
Mulders machte eine knappe Bewegung mit seinem Revolver. »Okay, Yank, gehen wir.«
»Wohin? Auf den Friedhof?«
Mulders' Lachen klang wie aus einer Horrorshow. »Ich kann dich nicht hierlassen, jedenfalls jetzt nicht. Diese Kindsköpfe könnten sich

an mein Aussehen erinnern.« Während Mulders sprach, glaubte Parnell ein winziges, kaum hörbares Geräusch aus Richtung der Tür zu hören, die in Charlys Schlafzimmer führte. Er strich sich übers Kinn und benutzte diese Geste, um unauffällig hinüberzusehen. Die Tür lag im Schatten hinter dem Lichtkreis der Schreibtischlampe, und er hätte gewettet, daß sie bei seiner Ankunft geschlossen war. Aber jetzt stand sie einen dünnen Spalt auf, sonst war nichts zu sehen.
»Schauen Sie, Shagen«, sagte Parnell leichthin, während er überlegte, welche Möglichkeit ihm die leicht geöffnete Tür geben würde, »Randall hat mir ein unbegrenztes Spesenkonto eingeräumt. Wir sollten darüber reden, bevor wir irgendwohin gehen.«
»Los jetzt!« brüllte Mulders. Eine Stimme schnitt ihm das Wort ab. »Ich habe eine Kanone auf Sie gerichtet, lassen Sie Ihre fallen.« Mulders wirbelte herum und drückte auf die Tür in den angrenzenden Raum ab. Die Tür öffnete sich, und vor Parnells Augen zischte blitzend ein Messer vorbei. Die Klinge traf Mulders in die Kehle, und während er vornüber auf seine Knie fiel, drückte er noch einmal ab. Dann entglitt die Waffe seinen Fingern, und während seine Augen aus den Höhlen traten, packte er das Heft des Messers. Aber dann verließen ihn seine Kräfte und er fiel vornüber aufs Gesicht, wodurch die Spitze des Messers vollends durch seinen Hals getrieben wurde.
Jackie trat ins Zimmer. »Blöder Hund«, sagte er ruhig, »schießt auf Schatten.« Er drehte Mulders mit dem Fuß um, zog das Messer heraus und wischte die Klinge an Mulders' kariertem Jackett ab. Er steckte es aber nicht ein. »Was habt ihr mit Charly gemacht?«
Parnell wies mit einer Kopfbewegung auf die kleine Tür in der Wand. »Er ist da drin.«
Vorsichtig ging der Schwarze durch das Zimmer, behielt Parnell sorgsam im Auge und öffnete die Tür. Er warf einen Blick hinein und schloß dann sacht die Tür wieder. »Wer hat das getan?« fragte er leise und seine Augen verengten sich gefährlich.
»Ich hatte heute abend eine Verabredung mit Charly, hier oben. Als ich reinkam, saß er in dem Schaukelstuhl und war tot. Der Mann, den Sie gerade erledigt haben, stand mit einer Kanone hinter der Tür.«
»Wer ist er?«
»Ich hab ihn nie gesehen.«
»Und wer sind Sie?«
»Privatdetektiv.«
»Zeigen Sie mir Ihren Ausweis.«

Parnell griff in sein Jackett, um seine Brieftasche herauszuziehen, als Jackie das Messer hob und rief: »Stop!« und mitten in der Bewegung hielt Parnell inne. Jackie befahl ihm , das Jackett aufzuknöpfen und es weit offen zu halten. Dann ließ er das Messer sinken und Parnell warf ihm die Brieftasche zu. Jackie ließ sie auf den Boden fallen. Mit der linken Hand hob er sie auf und hielt sie unter das Licht, so daß er gleichzeitig den Ausweis lesen konnte und Parnell im Auge behielt. Dann warf er die Brieftasche zurück.

»Welches Interesse hatten Sie an Charly?«

»Ein Amerikaner hat mich engagiert, um herauszufinden, wer seinen Sohn mit elf Kilo Heroin hochgehen ließ.«

»Heißt der Randall?«

»Sie kennen ihn?«

Jackie atmete tief durch und ließ das Messer in den Gürtel seiner Jeans gleiten. »Ich habe es in der Zeitung gelesen.«

»Wieso sind Sie zurückgekommen?«

Jackie wies auf die abgewetzte Aktentasche auf dem Schreibtisch. »Er hat gesagt, daß Charly draußen seinen Geschäften nachginge. Wie kann er denn ohne sie das Zeug verkaufen?«

»Sie sind rasch, im Denken und im Handeln. Wo haben Sie gelernt, so mit dem Messer umzugehen?«

»Dort, wo ich während der letzten zwei Jahre war, lernt man eine Menge.«

»Vietnam?«

»Yeah, Mann«, sagte er, während er in den Schubladen von Charlys Schreibtisch herumsuchte. Die unterste Schublade war verschlossen, und mit Hilfe seines Messers öffnete er sie. Er brachte eine alte, gutgefüllte Flugtasche aus Plastik hervor, öffnete den Reißverschluß und sah hinein. Dann schloß er den Reißverschluß wieder und hängte sich die Tasche über die Schulter. Er blickte auf und sah, wie Parnell ihn abwartend beobachtete. »Charly braucht das jetzt nicht mehr. Hau'n Sie ab, Mann.«

Jackie ging, und Parnell durchsuchte eilig Mulders' Taschen. Er nahm seine Brieftasche und den Schlüsselbund und holte Jackie unten an der Haustür ein. Er fragte ihn, ob er genug Geld habe, um aus der Stadt rauszukommen.

Jackie streichelte die Flugtasche, und in der Dunkelheit sah man von seinem Grinsen nur die weißen Zähne. »Was da drin ist, Mann, das ist besser als Geld. Wir werden sehr weit fahren und sehr schnell.«

»Wenn ich Ihnen einen Rat geben darf, dann sehen Sie zu, daß Sie noch vor der Morgendämmerung über die Grenze kommen. Und vielen Dank für Ihre Hilfe.«
Der Schwarze verlor sich in den Schatten neben dem Kanal. Parnell ging in die andere Richtung, und unter der nächsten Laterne überprüfte er den Inhalt von Shagen Mulders' Brieftasche.
Der Personalausweis war auf seinen Namen ausgestellt. Er war vor zweiunddreißig Jahren in Rotterdam geboren. Dann war da noch ein Führerschein und ein Kraftfahrzeugbrief über einen Mercedes mit Amsterdamer Adresse und zwei Kreditkarten. Im Geldfach befand sich eine dicke Rolle von Guldennoten. Parnell steckte den Personalausweis und das Geld in seine Tasche, die restlichen Papiere zurück in die Brieftasche und warf sie in den Kanal. Dann ging er rasch zurück zu dem Parkplatz, auf dem sein Porsche stand, nahm einen Stadtplan aus dem Handschuhfach und fand Mulders' Adresse.

6

Das Haus, in dem Shagen Mulders wohnte, stand in einem gutbürgerlichen Viertel in der Nähe der Beethovenstraat. Die steinerne Fassade gipfelte in einem steilen, spitzen Giebel, dessen Seiten wie Stufen gebaut waren. Die kleinen, auf Hochglanz polierten Namensschilder an der Wand neben der Haustür zeigten, daß er nicht der einzige Bewohner war. Mit Hilfe seines Feuerzeugs las Parnell die Namen: Mulders' Name stand auf dem obersten Schild, woraus er schloß, daß er die oberste Etage bewohnte. Mit dem größten Schlüssel am Schlüsselring hatte er Glück an der Haustür. Er schloß auf und betrat das Treppenhaus. In der schummrigen Treppenhausbeleuchtung stieg er leise die Steintreppe hinauf. Vom obersten Treppenabsatz ging nur eine Wohnungstür ab, unter der kein Licht hervorschien. Er drückte sein Ohr an die Tür und hörte nichts. Der dritte Schlüssel, den er ausprobierte, paßte in das Sicherheitsschloß.
Er stand im Dunkel, frischer Zigarettenrauch hing in der Luft. Wieder zündete er sein Feuerzeug an und schlich vorsichtig durch das große, modern eingerichtete Wohnzimmer zu einer halb offenstehenden Tür gegenüber. Sie führte in einen kleinen Flur, an dessen Ende eine weitere Tür war. Sie stand einen Spalt offen, durch den Licht in den Flur fiel. Er drückte sich an der Wand entlang, bis er durch den Spalt

einen Teil des Raumes sehen konnte.
Es war ein Schlafzimmer mit einem großen Doppelbett. Die hochgezogenen Knie unter dem Laken waren so klein, daß es sich um eine Frau oder gar ein Kind handeln mußte, die da allein im Bett war. Er drückte sich noch ein paar Zentimeter näher heran: Es war eine Frau, die an das Kopfteil gelehnt ein Taschenbuch im Licht der Nachttischlampe las. Sie konnte nur wenige Jahre älter sein als Jackies Begleitung, mit einem hübschen Gesicht und langen, schwarzen Haaren, die sie zu zwei dicken Zöpfen für die Nacht geflochten hatte. Sie war zierlich mit kleinen, knospenden Brüsten, und da sie offenbar unter dem Laken nackt war, schloß Parnell in seiner altmodischen Art daraus, daß sie Mulders' Geliebte sein mußte.
Er lehnte sich in den Türrahmen und sagte ruhig: »Guten Abend.«
Ihr Kopf fuhr herum, sie riß die Augen auf. »Wer sind Sie?«
In ihrer Stimme lag wohl Überraschung, aber keine Furcht.
»Ein Freund vom einarmigen Charly.« Er trat ins Zimmer, stellte einen Stuhl neben das Bett und setzte sich rittlings darauf. »Sind Sie Shagens Frau, seine Schwester oder seine Freundin?«
Langsam zog sie das Laken über ihren nackten Oberkörper und beobachtete ihn abwartend. »Was geht Sie das an?« Ihr ausländischer Akzent war unüberhörbar.
»Ich finde es netter, wenn ich weiß, mit wem ich spreche.«
»Wo ist Shagen?«
»Darüber wollte ich ja mit Ihnen reden. Sie sind also seine Freundin.«
»Ich bin also seine Freundin«, entgegnete sie kühl. »Na und?«
»Dann habe ich schlechte Nachrichten für Sie. Vor einer halben Stunde hat man Shagen ermordet.«
»*Les flics?*« fragte sie aufgeregt. Das spontane Herausrutschen des französischen Ausdrucks für Polizisten verriet ihm ihre Nationalität und Parnell schwenkte um auf Französisch. »Na, warum sollte denn die Polizei Shagen umbringen wollen?«
Ihre dunklen Augen verengten sie, und sie antwortete nicht. Er war sich nicht sicher, ob sie aufgrund seiner Frage schwieg oder weil er erraten hatte, daß sie Französin war. »Shagen hat einen von Charlys jungen Kunden mit der Pistole bedroht. Der Junge war schneller«, erklärte er lakonisch. »Wer war Shagens Verbindungsmann in Boston?«
Sie vergrub ihr Gesicht in den Händen und würgte ein paar Schluchzer hervor. »Ich weiß nicht, wovon Sie reden.«

Parnell beobachtete sie gelassen. Charlys Tod und dann der von Mulders hatten den Fall für ihn fast zum Platzen gebracht. Der einzige Mensch, dessen Geständnis dem jungen Randall jetzt noch helfen konnte, war der Mann in Boston, der Mann, der die Lieferung übernehmen sollte.

Er zog ein Päckchen Zigaretten hervor und zündete sich eine an. Es war unwahrscheinlich, daß die Leichen in Charlys Wohnung vor morgen früh entdeckt würden. Dadurch hatte er den Rest der Nacht Zeit, diese Frau auszufragen und die Wohnung zu durchsuchen. Er hielt ihr die Zigarettenpackung hin. »Möchten Sie?«

Sie sah auf und schüttelte den Kopf, und er war nicht überrascht, keine Tränen zu entdecken. Er steckte das Zigarettenpäckchen wieder ein und zog die Banknotenrolle, die er aus Mulders' Brieftasche hatte, hervor. Der Packen war schätzungsweise zweitausend Dollar wert. Er nahm die Hälfte und warf sie auf das Bett. »Das ist die Hälfte des Geldes, das ich in Shagens Brieftasche gefunden habe. Ich denke, Sie können es gebrauchen.«

»Danke, ja, das kann ich. Was geschieht mit der anderen Hälfte?«

Er lächelte. »Die können Sie auch haben, aber die müssen Sie sich erst verdienen.«

»Wie?« Offensichtlich hatte sie eine andere Vorstellung davon als Parnell, wie sie dieses Geld verdienen könnte.

»Ich habe mich heute abend mit Shagen getroffen, um herauszufinden, wer sein Verbindungsmann in Boston ist. Leider hatte er vor seinem Tod keine Zeit mehr, mir das zu sagen. Wer ist es?«

»Geschäftliche Dinge hat er mit mir nie besprochen.«

»Schade.« Er schob das Geld in seine Tasche. »Wie heißen Sie?«

»Renée – Renée Delaitre.«

»Hat Shagen Sie auf einer seiner Einkaufsreisen nach Marseille aufgegabelt?«

»Er hat mich nicht aufgegabelt. Ich habe ihn dort kennengelernt. Und jetzt brauche ich einen Drink.«

Ohne seine Reaktion abzuwarten, warf sie das Laken zur Seite und schlüpfte aus dem Bett. Sie sammelte das Geld ein, ging quer durch das Zimmer und steckte es in ihre Handtasche. Parnell musterte ihr rundes, kleines Hinterteil voll Bewunderung. Sie nahm sich Zeit beim Anziehen eines schwarzen Negligés und da sie seine bewundernden Blicke zu genießen schien, schnürte sie den Gürtel auch nicht allzu eng. Sie ging ins Wohnzimmer und entnahm einem Bücherregal ohne

Bücher eine Flasche Bols. Er ließ sich auf die Couch fallen, und sie schenkte zwei Gläser ein, reichte ihm das eine und fragte ihn, ob die Polizei hierherkommen würde.
»Bis morgen früh werden wir wohl sicher sein. Worüber machen Sie sich Sorgen?«
»Ich habe nichts zu verbergen.«
»Aber Shagen vielleicht.«
Sie setzte sich ebenfalls auf die Couch und lehnte sich in die Kissen zurück. »Wollen Sie die ganze Nacht über Shagen reden?« fragte sie. Er grinste. »Das hatte ich vor, als ich hier heraufkam. Aber vielleicht überlege ich's mir noch anders.« Sie streckte einen Arm auf der Rückenlehne der Couch aus, wandte sich zu ihm, und ihr Negligé fiel auseinander. Ihr Angebot war eindeutig. Er ließ die Option stehen und kippte seinen Drink hinunter. Er fand diese Dame zu eilig. Ihre Gedanken waren sehr beschäftigt, und zwar nicht mit Sex. »Wie lange leben Sie schon in Amsterdam?«
»Zwei Wochen.«
»Und wo haben Sie Shagen kennengelernt?«
»Ich arbeite in Marseille in einem Kabarett, und da haben wir uns kennengelernt. Als er das letztemal da war, sagte er, daß ich Ferien brauchte.« Sie zuckte die Achseln. »Und da bin ich.«
»Ich habe eine Menge Zeit und Geld im *Tabarin* durchgebracht. Der Besitzer, Toni Vezzani, war ein guter Freund von mir.« Das war nicht direkt gelogen, aber da Vezzani in einer korsischen Friedhofsgärtnerei Geranien züchtete, würde sie ihn sowieso nicht kennen.
»Da habe ich auch gearbeitet. Aber jetzt bin ich im *Pigalle*.«
»Im *Pigalle?* Ist das nicht Venturis Laden?« Den Namen hatte er sich aus den Fingern gesogen.
»Nein. Der Besitzer heißt Antoine Serra.«
»Noch etwas zu trinken?« Sie hielt ihm ihr Glas hin, und er stand auf und schenkte neu ein. Er stellte die Flasche auf den Schreibtisch und zog die oberste Schublade auf. Es lag nur eine halbleere Schachtel holländischer Zigarren darin. Dann öffnete er eine Seitenschublade und entdeckte ein persönliches Telefonverzeichnis. Er setzte sich auf die Schreibtischkante und musterte das Zimmer. Nirgends schien es einen Safe zu geben.
Renée beobachtete ihn. »Wieso sind Sie an Shagen interessiert?«
»Wenn jemand in dieser Branche unvermittelt ums Leben kommt, hat er möglicherweise noch etwas herumliegen, was auf seine Freunde

oder Geschäftspartner hinweisen kann.« Parnell zuckte die Achseln. »Ich hätte es gerne vor der Polizei gefunden.«
»Na ja, aber hier hat er keine persönlichen Sachen.«
»Hat er ein Büro?«
Sie trank einen Schluck, bevor sie antwortete: »Wenn er irgendwelche Geheimnisse hat, dann könnten sie nur auf seinem Boot, der *Schwarzen Möwe,* sein. Es ist ein Kajütenschiff, das am Oosterdok liegt.«
»Dann werde ich mir das mal ansehen. Gibt es eine Besatzung an Bord?«
»Einen Mann, einen alten Matrosen. Wird vielleicht nicht so einfach sein, ihn zu wecken, denn er fällt immer volltrunken ins Bett.«
Er warf einen Blick auf seine Uhr. »In einer Stunde bin ich zurück, vielleicht schon eher.«
Sie stand auf und zog das Negligé enger um sich. »Ich werde den Schlüssel unter der Matte lassen«, sagte sie verheißungsvoll.
»Das ist nicht nötig, ich habe ja den von Shagen.« Er legte einen Finger unter ihr Kinn und küßte sie flüchtig. Zwei Stufen auf einmal nehmend, lief er die Treppe hinunter. An ein Boot hätte er nie gedacht. Aber in diesem Teil Europas, wo man die Grenzen zu Wasser passieren konnte, war ein Boot für einen Schmuggler ebenso nützlich wie ein Auto.

Es war schon nach Mitternacht, als Parnell die vier hölzernen Stege entdeckt hatte, die im Hafenbecken für die kleineren Boote gebaut waren. Es war kein moderner Hafen. Außer den trüben Straßenlaternen gab es am Kai keine Lichter, und die Stege bestanden aus einfachen, schweren Planken, die knapp über der Wasseroberfläche auf Pfosten genagelt worden waren.
Er ging den ersten Steg entlang. Die Boote waren überwiegend kleine Außenborder aus Plastik, und obgleich einige Kajüten hatten, war keins von ihnen groß genug, um einen Dauermatrosen an Bord zu beschäftigen. Dann suchte er den zweiten Steg ab. An dessen Ende gab es mehrere größere Boote, aber die *Schwarze Möwe* war nicht dabei. Als er sich wieder dem Kai zuwandte, sah er zwei dunkle Gestalten die Querstraße am Kai entlanggehen. Einer von den beiden taumelte mehr, als er ging. Parnell stieg die Steinstufen zum Kai hinauf und wartete, bis die beiden unter einer der Laternen ankamen. Der Betrunkene war in mittleren Jahren, kurz und kräftig gebaut mit lang herabbaumelnden Armen. Sein Begleiter war groß und breit-

schultrig, etwa Ende Zwanzig. Wenn nicht einer von den beiden ganz offensichtlich stark betrunken gewesen wäre, hätte Parnell eine Begegnung mit ihnen zu dieser Stunde und an diesem verlassenen Ort sicher vermieden. Sie trugen beide Jeans und dicke, blaue Pullover.

Parnell überquerte den Kai und ging auf sie zu. Er sagte guten Abend, der Ältere grinste blöde und murmelte: »Guten Tag.« Sein Begleiter grüßte lässig halbmilitärisch und sagte nichts.

»Ich suche die *Schwarze Möwe*«, sagte Parnell.

» Die *Schwarze Möwe?*« wiederholte der Betrunkene. »Das müßte das Boot von Shagen Mulders sein.« Er gestikulierte in Richtung auf den letzten Steg. »Da drüben liegt sie. Das drittletzte Boot.«

Parnell sah in die angegebene Richtung, als ihn ein Faustschlag wie ein Vorschlaghammer in den Magen traf. Er taumelte zurück, als der Betrunkene ihm noch einen Schlag in den Unterleib versetzte. Danach kam ein linker Haken voll gegen sein Kinn; Parnell sackte auf die Knie und dachte, daß er den Alkoholpegel dieses Mannes überschätzt hatte. Ein schwerer Stiefel traf ihn in die Rippen, und er ging vollends zu Boden. Er kugelte sich zusammen, aber der nächste Fußtritt traf ihn am Kopf und er merkte, daß er etwas unternehmen mußte, bevor diese beiden ihn zu Tode prügelten.

Er kam mühsam auf die Knie, und als der jüngere Mann wieder nach ihm trat, packte Parnell seinen Fuß und riß ihn hoch. Der Mann fiel auf den Rücken. Parnell wandte sich um, gerade noch rechtzeitig, um den älteren Mann mit seiner Rechten abzuwehren. Aber noch bevor er einen Schritt machen konnte, packte der Mann auf dem Kopfsteinpflaster seine Beine und brachte Parnell zu Fall. Der andere sprang auf und wollte sich auf ihn stürzen. Parnell rollte sich zur Seite und hieb auf den Nacken des Mannes, der seine Beine hielt, ein. Sein Griff lockerte sich, und Parnell taumelte auf die Füße. Plötzlich sah er eine Klinge in der Hand des älteren Mannes aufblitzen und hatte nur noch einen Gedanken: nichts wie weg.

Mit weit ausgebreiteten Händen, den Blick auf das Messer, taumelte er rückwärts gehend auf die Kaimauer zu. An der Kante wandte er sich um und sprang kopfüber in das schwarze, ölige Wasser. Er blieb unter Wasser und schwamm, bis er den Schatten eines Schiffsrumpfes über sich sah. Zwischen zwei Booten tauchte er auf und hielt sich schwer atmend an ihnen fest. Sein Körper war ein einziges Meer von Schmerzen.

Fünf Minuten später hörte er das entfernte Aufheulen eines starken

Dieselmotors. Mit einem Klimmzug zog er sich auf den Steg, gerade rechtzeitig, um die dunkle Silhouette eines großen Kabinenkreuzers zu sehen, der mit hoher Geschwindigkeit quer durch den Hafen auf die Einfahrt zufuhr. Er kam aus Richtung des letzten Steges. Aber im Augenblick war es Parnell egal, ob es die *Schwarze Möwe* oder ein anderes Boot war.

Mühsam taumelnd erreichte er den Kai und schleppte sich bis zu dem Parkplatz seines Porsches. Er brauchte einige Zeit, bis er den Motor gestartet hatte und noch etwas länger, bis er klar genug sehen konnte, um loszufahren. Seine Rippen schmerzten, und beim Atmen hatte er das Gefühl, als steckte ein Messer in seiner Brust. Aber um seine Rippen machte er sich keine so großen Sorgen wie um den dumpfen Schmerz am Hinterkopf von dem Fußtritt. Der Wagen fuhr an, und er sackte im Fahrersitz zusammen. Obgleich ihm die Vernunft sagte, daß er ins Krankenhaus fahren sollte, führte ihn sein irischer Dickschädel zurück zu Mulders' Wohnung. Und sollte dieses französische Miststück ihn hereingelegt haben, schwor er sich, daß er sie zusammenschlagen würde, falls er noch die Treppe hinaufkam.

In Mulders' Wohnzimmer brannte Licht, und als erstes griff er sich die Flasche Bols und trank einen langen Zug. Dann ging er ins Schlafzimmer, und als er das Chaos sah, ließ er sich aufs Bett fallen. Sämtliche Schubladen des Kleiderschranks standen offen und waren leer. Kleiderbügel und Kleidungsstücke waren über den Teppich verstreut. Renée Delaitre – falls das ihr richtiger Name war – hatte gepackt und war in höchster Eile verschwunden.

Der Bereitschaftsarzt in der Nachtambulanz besah sich den Schaden. Er stellte fest, daß zwei Rippen gebrochen waren, aber daß, soweit er das beurteilen könne, sonst nichts Ernsthaftes passiert wäre. Sicherheitshalber empfahl er Parnell, am nächsten Morgen eine Röntgenaufnahme von seinem Kopf machen zu lassen. Er gab ihm ein starkes Schmerzmittel und steckte ihn in einem der Bereitschaftsräume ins Bett.

Der nächste Tag war in Parnells Leben so gut wie nicht vorhanden. Er erinnerte sich vage, daß man ihn in den Röntgenraum schob und ebenso vage daran, wie eine Schwester ihn von Zeit zu Zeit mit einer Nadel in den Arm stach. Am darauffolgenden Morgen brachte ihm die Schwester ein Frühstück statt der Spritze, ein Zeichen dafür, daß es aufwärts ging. Eine Stunde später erschien ein Arzt. Er sagte, daß er keine Schädelverletzung davongetragen hätte, aber daß man sich seinetwegen Sorgen gemacht habe und ihn daher unter Betäubungsmitteln gehalten habe. Er erlaubte Parnell, am nächsten Tag die Klinik zu verlassen.

Parnell rief Miss Kluver an und erklärte ihr, daß er einen kleinen Unfall gehabt habe und im Krankenhaus sei. Sie wollte kommen und ihn besuchen, aber er sagte, sie wolle sich keine Sorgen machen, da er morgen schon entlassen würde. Bei ihr gab es sonst nichts Neues für ihn.

Eine Stunde später bedauerte er diesen Anruf. Inspektor Rykers marschierte in sein Zimmer, zog sich einen Stuhl ans Bett und setzte sich. Er hatte vorgehabt, mit Rykers zu sprechen, aber nicht jetzt und nicht, bevor er eine glaubwürdige Geschichte parat hätte.

Rykers betrachtete Parnells zusammengeschlagenes Gesicht und grinste. »Und wie sieht der andere aus?«

»Sie waren zu zweit.«

»Nur zu zweit? Deine Kondition läßt nach. Was ist passiert?«

»Die Straßen deiner Stadt sind alles andere als sicher. Ich wurde überfallen.«

Rykers nickte, und aus seinem skeptischen Gesichtsausdruck entnahm Parnell, daß es mehr ein automatisches Nicken war und nicht ein Beweis dafür, daß er ihm glaubte. »Ich habe was Neues für dich«, sagte Rykers. »Wir haben den einarmigen Dealer namens Charly gefunden, an dem du so interessiert warst. Und den Mann namens Shagen Mulders haben wir auch.« Er suchte in Parnells Gesicht nach einer Reaktion.

»Und wo sind sie?«

»Im Leichenschauhaus. Charly hatte eine Kugel in der Stirn und die kam aus einer Pistole, die über und über mit Shagens Fingerabdrükken bedeckt war. In Shagens Kehle muß ein Messer gesteckt haben. Aber wir haben es nicht gefunden.«

Parnell atmete so tief es ging durch. »Damit sind zwei Leute aus dem Rennen, die Randall hätten entlasten können.«

»Wir haben bei Shagen keine Papiere gefunden«, fuhr Rykers fort, ohne auf Parnells Bemerkung einzugehen. »Wir haben seine Fingerabdrücke mit unseren Akten verglichen und entdeckt, daß er drei Jahre wegen bewaffneten Raubüberfalls gesessen hat. Damals hieß er Sonnie Wilking.«

Parnell nahm sich Zeit zum Nachdenken, indem er seine Kissen zurechtschob und sich vorsichtig aufsetzte. Er wollte es mit Rykers

nicht verderben. Er war ein Freund, und Freunde bei der Polizei waren für Privatdetektive sehr wertvoll. Andererseits gab es da einen Schwarzen namens Jackie, der ihm das Leben gerettet hatte.
»Würdest du auf einen Handel mit mir eingehen?«
Rykers strich sich nachdenklich über sein glattrasiertes Kinn. »Hängt davon ab, wen du zu schützen versuchst.«
»Den Mann, der Shagen Mulders alias Sonnie Wilking erstochen hat.«
»Ist er Holländer?«
»Nein. Und ich glaube – oder hoffe –, daß er inzwischen das Land verlassen hat.« Rykers rieb immer noch sein Kinn und schwieg. »Da ihr Shagens Pistole untersucht habt, wißt ihr auch, daß er dreimal geschossen hat. Die erste Kugel tötete Charly. Die anderen beiden wurden auf den Mann abgefeuert, der ihn schließlich erstochen hat.«
»Wenn es Notwehr war, warum flüchtet er dann aus dem Land?«
»Weil er ein Verlierer ist. Vor Gericht hätte er keine Chance gehabt und wäre als hitzköpfiger Deserteur und was weiß ich sonst noch alles hingestellt worden.«
»Woher weißt du, was passiert ist?«
»Ich war dabei.« Parnell erzählte, was passiert war, seit Charly sich ihm zu erkennen gegeben hatte bis zu dem Zeitpunkt, wo er in dieser Klinik gelandet war. Er faßte sich kurz und erwähnte nicht, daß Jackie ein Schwarzer war und auch nicht, daß er mit einem Boardcase voll von Charlys Rauschgift abgehauen war. Als er fertig erzählt hatte, bat ihn Rykers, die Namen von Mulders' Boot und von seiner Freundin noch mal zu wiederholen. Rykers schrieb sich beides in sein Notizbuch.
Dann stand er auf. »Wie lange wollen die dich noch hierbehalten?«
»Bis morgen früh.«
»Und was ist dann?«
»Zwei der drei Leute, die Randall hätten entlasten können, sind im Leichenschauhaus. Ich muß nach Boston und nach dem dritten Mann suchen.«
Rykers ging zur Tür und hatte schon die Klinke in der Hand, als Parnell fragte: »Und was wirst du tun?«
»Wenn die *Schwarze Möwe* auftaucht, werde ich sie durchsuchen lassen. Und wenn diese Französin noch im Lande ist, werde ich sie aus der Stadt jagen. Und wenn der Junge, der Shagen Mulders' Karriere ein so jähes Ende gesetzt hat, noch zu finden ist«, setzte er trocken

hinzu, »werde ich ihm, nachdem, was du mir erzählt hast, einen Orden verpassen.«

Die grauhaarige alte Jungfer in der Haupttelefonzentrale erwies sich als wenig kooperativ, so daß Parnell Inspektor Rykers anrufen und ihn um Hilfe bitten mußte. Rykers sprach mit ihr, und schließlich war sie einverstanden, die Informationen herauszurücken, aber erst nach Feierabend.
Gegen fünf Uhr kehrte Parnell mit einer großen Pralinenschachtel unterm Arm zurück. Er bekam dafür ein warmes Lächeln und einen Zettel, auf dem die Überseegespräche notiert waren, die Shagen Mulders im Laufe des vergangenen Monats von seinem Büro und von seiner Wohnung aus geführt hatte. Zwei Anrufe gingen an eine Nummer in Boston und drei an eine andere in New York.

7

Angelo Mantelli nahm ein protziges, goldenes Zigarettenetui aus der Brusttasche seines perlgrauen Vierhundertdollaranzugs, wählte eine Camel aus und zündete sie mit seinem goldenen Dunhillfeuerzeug an. Dann steckte er das Etui wieder ein und ließ das Feuerzeug demonstrativ auf der mattglänzenden Mahagoniplatte stehen. Es war eine kleine, absichtsvolle Geste, und der einzige, der sie wahrnahm, war der ältere Mann, der am Kopf des Tisches saß. Don Giuseppe Leggio wußte noch sehr genau, daß Angelo Mantelli sich vor zehn Jahren nicht mal ein Plastikfeuerzeug leisten konnte. Er hätte nicht einmal das Geld für die Gasfüllung eines solchen Feuerzeugs gehabt.
Obwohl Leggio der einzig anwesende Don war, repräsentierten die fünf Männer, die um den Eßtisch in seinem Landhaus in East Meadows, Long Island, versammelt waren, die fünf Familien, die das organisierte Verbrechen im New Yorker Gebiet kontrollierten. Seit des kürzlichen Zusammenbruchs der Organisation versammelten sich die Familienoberhäupter immer seltener. Sie zogen es vor, die Stürme im Frieden und in der Sicherheit ihrer Häuser zu überstehen, oder, wie im Fall von Mantellis Boss, Salvatore Garafaldo, sich in das wohltuende Klima der Karibik zurückzuziehen. Und wenn ein Treffen der Organisation notwendig wurde, schickten sie ihre ältesten Vertrauten als Vertreter.

Dieses Treffen hatte Don Giuseppe einberufen. Nicht, um das derzeitige Vorgehen gegen die Mafia des hartgesottenstens Staatsanwalts Brooklyns zu besprechen, sondern um eine Lösung für die stadtweite Verknappung von Drogen zu finden. Der Straßenpreis war so hoch gestiegen, daß die Verbrechensquote sich fast verdoppelt hatte, weil die Drogenabhängigen vor nichts mehr zurückschreckten, um für ihren weißen Stoff zahlen zu können. Die Preise an sich machten der Organisation keine so großen Sorgen, aber die Zunahme der Kriminalität. Die öffentliche Meinung wurde zu einem Risikofaktor.
Geduldig hörte Don Giuseppe den Beschwerden der Vertreter über die vor kurzem beschlagnahmten Lieferungen zu, ebenso ihren Erklärungen, warum diese Lieferungen beschlagnahmt wurden. Sie waren der Ansicht, daß die Drogenfahnder derartig gewaltige Summen für Informationen zahlten, daß es nur eine Frage der Zeit sei, bis sie ein schwaches Glied in der langen Händlerkette fanden, die der Stoff von den weit entfernten Erzeugerfeldern bis zu den New Yorker Straßendealern durchlief.
Als sie mit ihren Berichten fertig waren, bat Don Guiseppe um Vorschläge. Frank Genco von der Mandolini-Bande, die für Brooklyn zuständig war, sagte, daß er eine Fünfzigkilolieferung in Rio auf Lager habe. Aber nachdem die südamerikanischen Regierungsbestimmungen bezüglich des Drogenhandels verschärft wurden, seien alle verläßlichen Kuriere untergetaucht und er konnte niemanden finden, um das Zeug herzubringen. Don Giuseppe versprach, sich zu erkundigen.
Er warf einen Blick in die Runde, und Angelo Mantelli sagte: »Kürzlich hat mich Lino Regazzi besucht. Er hat mir zwanzig Pfund angeboten mit Liefergarantie bis vor meine Haustür, wenn ich wollte.«
»Zu welchem Preis?« fragte Toni DeLucca, der neben Mantelli saß.
»Irre hoch. Siebzehntausend Dollar pro Pfund.« DeLucca pfiff lautlos durch die Zähne. »Sie wissen, was das für den Straßenpreis bedeutet?«
Mantelli nickte. »Und da liegt der Haken. Ich bekomme das Zeug nur unter der Bedingung, daß ich weiterhin von ihm kaufe.«
»Was meint Garafaldo dazu?« fragte Don Giuseppe.
»Ich hab es noch nicht mit dem Don besprochen. Wenn er aus Barbados zurückkommt, wird er sich noch ganz anderen Problemen gegenübersehen, als dem, wo ich H einkaufe.«

»Wir haben alle Probleme. Aber das geht vorüber, wie immer. Wenn Sie jedoch von dem Korsen kaufen, könnten Sie sich vielleicht ein Problem einhandeln, das nicht mehr zu lösen ist.«

»Wie meinen Sie das, Don Giuseppe?«

»Regazzi versucht schon seit einiger Zeit, ins Geschäft zu kommen. Er wird die gegenwärtige Verknappung ausnutzen, um ganz groß einzusteigen.«

Mantelli lachte. »Wollen Sie damit sagen, daß dieses korsische Krummbein stark genug wäre, uns unser Territorium streitig zu machen?«

»Am Straßenhandel ist er nicht interessiert. Er möchte den Markt in den Griff bekommen, so daß ihr gezwungen seid, von ihm zu kaufen. Wir alle werden von ihm kaufen müssen. Und zwar zu jedem Preis. Dann werden wir auch noch mehr als siebzehn Riesen zahlen müssen.«

Eine Zeitlang herrschte Schweigen in der Runde. Sie überlegten sich Don Giuseppes Worte, aber keiner von ihnen nahm seine Befürchtungen allzu ernst. »Der Korse« Lino Regazzi war schon lange Zeit in New York, aber erst vor einem Jahr hatten die Bosse der Cosa Nostra von ihm gehört. Als Junge war Lino von einem amerikanischen Oberst der Air Force während seiner Stationierung auf Korsika im Zweiten Weltkrieg adoptiert worden. Der Oberst hatte Lino mit sich in die Staaten genommen, als der Krieg zu Ende war, und so war er zu der amerikanischen Staatsbürgerschaft gekommen. Bevor er sonst noch etwas für Lino tun konnte, starb er. Lino erklomm die lange, harte Leiter vom Tellerwäscher zum Kellner, dann zum Oberkellner, hielt die Augen offen und sparte sein Geld. Schließlich hatte er genug, um einundfünfzig Prozent der Anteile an *Andys Bar und Grill* in Brooklyn zu kaufen. Er änderte den Namen des Restaurants in *Relais Midi,* ließ seinen Cousin nachkommen, der Chef eines Bistros in Marseille gewesen war, und nach einem Jahr beschlossen die Besitzer der übrigen neunundvierzig Prozent Anteile, daß sie finanziell besser dran wären, wenn sie ihren Anteil an Regazzi verkauften und ihr Geld auf die Bank brachten.

Das *Relais Midi* florierte, und es dauerte nicht lange, bis es das bevorzugteste Restaurant der hier ansässigen Franzosen wurde, besonders derer aus Marseille oder Korsika. 1970 machte Regazzi eine Reise in sein Heimatdorf Borgo auf Korsika und verbrachte zwei Wochen bei seinen alten Eltern. Auf dem Rückweg nach New York

machte er eine Woche lang eine Stippvisite in Marseille, um seine alten Freunde zu besuchen. Als er wieder in New York war, ließ er diskret durchsickern, daß er eine französische Verbindung habe, besonders zu den Anführern der neuen Banden der Puertoricaner und Schwarzen, die sich in das lukrative Drogengeschäft drängten.
Das war der Zeitpunkt, zu dem die Organisation von Lino Regazzi hörte. Man hätte vielleicht etwas gegen ihn unternommen – aber es war der Herbst, in dem sich Joe Columbo drei Kugeln aus dem Revolver eines Schwarzen einfing. Diese drei Schüsse auf Columbo lösten eine blutige Kette von Bandenkämpfen aus, die die Zeitungen und die Leichenschauhäuser füllten. In der Panik, die um die Mafiabosse entstand, wurde Lino Regazzi vergessen.
Schließlich brach Frank Genco das Schweigen. »Ich versteh nicht, wie Regazzi das Zeug durchbringt, wenn es uns nicht gelingt.«
»Vielleicht besticht er die Drogenfahnder«, sagte Mantelli. Alle lachten, nur Don Giuseppe nicht. Mantelli steckte sein Dunhillfeuerzeug ein und schob seinen Stuhl zurück. »Vielen Dank für deinen Rat, Don Giuseppe.«
»Wirst du von dem Korsen kaufen?«
Mantelli hob die Hände. »Sag du mir doch, wo ich sonst zwanzig Pfund kaufen kann.«
»Ich finde, du solltest das doch zuerst mit Don Salvatore besprechen.«
»Er wird meiner Meinung sein«, entgegnete Mantelli geduldig und wünschte, dieses Thema gar nicht erst berührt zu haben. Statt dessen hätte er stillschweigend Regazzis Lieferung benutzen sollen, und wenn der Markt ruhiger geworden wäre, hätte er den Korsen zum Teufel schicken können. Oder zu seinen Puertoricanern und Schwarzen. Mantelli stand auf. »Es war nett, dich gesehen zu haben, Don Giuseppe.« Er winkte den anderen zu und verließ den Raum.
»Angelo Mantelli«, bemerkte Don Giuseppe ganz allgemein, »hat es weit gebracht.«
»Aber er rechnet damit, daß die Kosten steigen und das Einkommen sinkt«, sagte DeLucca.
»Aber er hat nicht recht damit, Regazzi hereinzunehmen«, fügte Genco hinzu.
Da niemand dieser Bemerkung etwas hinzusetzte, lehnte der alte Don sich zurück und betrachtete die Männer um seinen Tisch. Der älteste war dreißig Jahre jünger als er. Es war eine neue Generation von Mafiosi, die alle mit Ausnahme des gegangenen Mantelli studiert

hatten. Sie trugen konservative Anzüge, hatten manikürte Fingernägel und waren Spezialisten im Reinigen schmutzigen Geldes. Sie machten sich Sorgen über sinkende Einkünfte, aber nicht darüber, daß im Laufe der vergangenen zwei Jahre zwanzig Prozent des harten Drogenmarktes an die Puertoricaner und an die Schwarzen verlorengegangen waren. Und sollte er von diesem Thema sprechen, sagte Don Giuseppe sich, dann würden sie ihm Zahlen vorweisen, die bewiesen, daß der Markt in diesem Zeitraum um dreißig Prozent gewachsen war.
Toni DeLucca fragte, ob sie sonst noch was zu besprechen hätten, und obwohl das Problem, das Mantelli aufgeworfen hatte, noch nicht aus der Welt war, sagte Don Giuseppe nein, und die Sitzung wurde aufgehoben. In Abständen von fünf Minuten verließen sie das Haus, und als der letzte gegangen war, ging der alte Mafioso hinaus in seinen Blumengarten und setzte sich.
Es lag ein kalter Hauch in der Luft, ein Vorbote des nahenden Herbstes. Er mochte den Herbst nicht, er mochte nicht zusehen, wenn seine Blumen langsam dahinwelkten oder nach einem überraschenden Nachtfrost plötzlich starben. Es waren Zeichen für das Ende einer weiteren Periode, und der alte Mann wußte, daß er nicht mehr sehr viel Zeit hatte. Er lehnte sich zurück, und obwohl seine wäßrigen Augen weiterhin in ein Chrysanthemenbeet starrten, wanderten seine Gedanken zurück zu Mantelli, und er überlegte, was man unternehmen könnte. Er wünschte, er hätte das mit den anderen Dons besprechen können, aber er konnte sie nicht aufsuchen, das war zu gefährlich. Und auch von ihnen würde keiner aus dem gleichen Grund zu ihm kommen. Telefonieren konnte er auch nicht, ihre Telefone wurden schon seit Monaten überwacht. Auch ein Kurier konnte nicht eingeschaltet werden, dafür war die Sache zu delikat. Vielleicht war er voreingenommen, das gab er zu. Nicht bezüglich Mantelli, aber bezüglich Regazzi, dem Korsen, und bezüglich Regazzis Absichten.
Seit den Tagen von Lucky Luciano war das europäische Zentrum durch den Einbruch der Korsenunion von Neapel nach Marseille verlegt worden.
Don Giuseppe stand auf, und während er einen Arm voll Chrysanthemen für das Wohnzimmer schnitt, kam er zu einer Entscheidung bezüglich Angelo Mantelli.

Als Parnell in Boston ankam, suchte er zuerst nach dem Inhaber der

Telefonnummer, die er in Amsterdam bekommen hatte. Sie gehörte einem Frank Baker, der in einem kleinen Mietshaus in einem der Vororte wohnte. Die Miete in diesem Hause bewegte sich in der mittleren Preislage, es gab keinen Portier und nur einen Selbstbedienungslift. Der Hausmeister wohnte im Souterrain, und ehe Parnell sich an ihn wandte, überprüfte er die Briefkästen unten im Foyer.

In Bakers Briefkasten waren mehrere Briefe. Er fischte einen heraus. Es war ein Reklameschreiben des hiesigen Ford-Vertragshändlers. Nach dem Datum des Poststempels, steckte er schon zehn Tage im Briefkasten. Wenn Baker seine Post seit zehn Tagen nicht mehr in Empfang genommen hatte, dachte Parnell, war er kurz nach Randalls Verhaftung abgereist. Er überlegte gerade, ob er zuerst hinaufgehen solle und die Wohnung durchsuchen oder lieber erst den Hausmeister aufsuchen sollte, als ein älterer Mieter das Gebäude betrat. Der musterte Parnell mißtrauisch. Parnell sagte, daß er den Hausmeister suche. Der Mann wies ihm die Treppe nach unten.

John O'Malley saß am Tisch und las Zeitung. Er war Ende Fünfzig, ehemaliger Polizist, der es nicht bis zur Pensionierung durchgehalten hatte. Er begrüßte Parnell höflich, während er ihn gleichzeitig sorgfältig musterte. O'Malley hatte etwas gegen Fremde, die ihn abends nach zehn Uhr aufsuchten.

Parnell sagte ihm, daß er Privatdetektiv sei und bat O'Malley um zehn Minuten seiner Feierabendzeit. Ohne seine Antwort abzuwarten, legte er seine holländische Lizenz auf den Tisch. O'Malley setzte sich seine Nickelbrille auf und las sie sorgfältig. »Ich hätte Sie für einen Amerikaner gehalten.«

»Das bin ich auch. Ich arbeite nur in Amsterdam.«

»Setzen Sie sich. Und was wollen Sie von mir?«

»Es handelt sich um einen Ihrer Mieter, Frank Baker.«

»Was könnte Mr. Baker angestellt haben, das einen Privatdetektiv interessiert?« fragte O'Malley süffisant.

»Ich habe in Holland Informationen bekommen, die darauf schließen lassen, daß er mir bei einer Untersuchung helfen könnte.«

O'Malley ließ sich wieder in seinen Sessel fallen. »Nun, Mister, ich denke, das müssen Sie untereinander ausmachen. Da kann ich Ihnen nicht helfen.«

»Können Sie nicht oder wollen Sie nicht?« fragte Parnell grinsend.

»Das kommt aufs selbe raus.«

Parnell überlegte, ob er ein paar Scheine auf den Tisch legen sollte,

fand es aber nicht richtig. Der Hausmeister erschien ihm nicht käuflich. Jedenfalls nicht mit Geld.
»Kennen Sie Wingate Randall?«
»Hab von ihm gehört«, gab O'Malley lakonisch zu.
»Dann haben Sie auch von dem Schlamassel gehört, in dem sein Sohn steckt.« O'Malley nickte, und Parnell setzte hinzu: »Randall hat mich engagiert, um den Mann zu finden, der seinem Sohn das Heroin in den Koffer gepackt hat.«
»Was hat Mr. Baker damit zu tun?«
»Er scheint in der Geschichte mit drin zu stecken.«
»Wenn Sie das glauben, sollten Sie zur Polizei gehen.«
»Das habe ich vor. Sobald ich Beweise habe.«
O'Malley zog eine Dose Tabak zu sich heran und nahm sich Zeit, seine Pfeife damit zu stopfen. Dann schob er Parnell die Dose zu, aber der erklärte, daß er lieber Zigaretten rauche. »Baker ist in den letzten zwei, drei Wochen nicht aufgetaucht«, sagte O'Malley, während er sich umständlich seine Pfeife anzündete.
»Das wäre ziemlich genau der Zeitpunkt, zu dem der junge Randall verhaftet wurde. Wenn ich den auch noch verliere . . . «, Parnell schüttelte traurig den Kopf.
»Sie sagten doch, er sei nur einer der Männer, die etwas damit zu tun haben könnten.«
»Ja, richtig, aber er ist der einzige, der noch lebt. *Wenn* er noch lebt.« Parnell stützte seine Ellbogen auf den Tisch und beugte sich vor. »Ich brauche Ihre Hilfe, O'Malley. Deshalb werde ich Ihnen die ganze Geschichte erzählen. Wenn Sie sie gehört haben, glaube ich, daß Sie sie besser schnell wieder vergessen.«
Parnell erzählte ihm in Stichworten den Fall bis zu dem Augenblick, wo er in Boston angekommen war. Er erklärte, wie er zu Bakers Telefonnummer gekommen war, ohne die New Yorker Nummer zu erwähnen. O'Malley hörte ihm schweigend zu. Als er zu Ende gesprochen hatte, war der einzige Kommentar O'Malleys seine Frage, wie so ein dummer Junge wie Chris Randall es überhaupt bis Harvard geschafft hätte.
»Da bin ich ganz Ihrer Meinung. Sein Vater übrigens auch. Wir sind aber beide der Ansicht, daß die zehn Jahre, die er dafür bekommen wird, eine zu harte Strafe sind. Wie lange wohnt Baker schon hier?«
»Vor einem Jahr hat er ein Zimmer eines möblierten Zwei-Zimmer-Apartments gemietet. Aber ich weiß nicht, woher er kam. Ich kenne

auch seinen Job nicht, aber offenbar gehört eine Vielzahl von Reisen dazu. Manchmal sehe ich ihn über eine Woche lang nicht.«
»Dann ist er vielleicht auch jetzt auf einer Geschäftsreise.«
O'Malley zuckte seine breiten Schultern.
»Wie sieht er aus?«
»Über dreißig, untersetzt, schütteres, schwarzes Haar und gleichmäßige Gesichtszüge, blaß, wie jemand, der sich lieber nicht im Freien aufhält. Schlampig gekleidet.«
Parnell grinste. »Seit wann sind Sie nicht mehr im Dienst?«
»Seit sieben Jahren.«
»Hatte Baker Freunde?«
»Ich habe nie gesehen, daß er eine Frau mitgebracht hätte – was aber nichts bedeutet. Nach neun Uhr bin ich meistens hier unten. Manchmal hat er Männer mitgebracht, die auch über Nacht blieben.«
»Schwul?«
»Glaube ich nicht. Im obersten Stock haben wir ein Paar süßer Jungs, aber ich habe nie gesehen, daß sie miteinander gesprochen hätten.«
»Wie sahen die Männer aus, die er mitgebracht hat?«
»Wie Handelsvertreter. Sie hatten immer einen oder zwei Aktenkoffer dabei und meistens auch einen Reisekoffer. Bei den Hotelpreisen heutzutage werden sie wohl nur Spesen gespart haben.«
»Wie oft hatte er solche Besucher?«
»Vielleicht einen pro Monat, vielleicht mehr – wie ich schon sagte, wer hier nachts ein und aus geht, das bekomme ich nicht mit.«
»Glauben Sie, daß Baker sein richtiger Name ist?«
»Ich wüßte nicht, warum er das nicht sein sollte.«
»Hat er einen Wagen?«
»Nein, er ging gern zu Fuß, und bei schlechtem Wetter nahm er ein Taxi.«
»Haben Sie einen Schlüssel zu seiner Wohnung?«
O'Malley schüttelte den Kopf. »Einige Mieter geben mir ihren Zweitschlüssel. Er nicht.«
Parnell zog zwei Zwanzigdollarnoten aus seiner Brieftasche und legte sie unter die Tabakdose. »Danken Sie nicht mir, danken Sie Randall.« Damit stand er auf. »Wann gehen Sie schlafen?«
O'Malley sah ihn fragend an. »Ich mache um diese Zeit meistens noch mal meine Runde, dann gehe ich schlafen.«
»Kann ich Sie begleiten?«
O'Malley erhob sich langsam und setzte seine Uniformmütze auf. Er

nahm eine Taschenlampe und ging voran zum Lift. Er wartete, bis Parnell eingestiegen war und drückte auf den Knopf zum vierten Stock. Als die Türen auseinanderglitten, wies er auf eine Tür am Ende des Korridors. Er erklärte, daß das Bakers Wohnung sei, und wenn Parnell sich beim Einbruch erwischen ließe, habe er ihn nie gesehen. Dann drückte er den Knopf zum ersten Stock, und die Lifttüren schlossen sich wieder.

Parnell brauchte drei Minuten, bis er das Sicherheitsschloß an Bakers Wohnungstür geöffnet hatte. Er huschte in die Wohnung, schloß die Tür und knipste das Licht an. Nach wenigen Minuten war ihm klar, daß es außer den Möbeln hier nichts zu sehen gab. Die Schränke und die Garderobe waren leer, die Schubladen ebenfalls. Im Bad hingen saubere Handtücher ordentlich auf ihren Stangen, aber auch der Medizinschrank war leer. Er suchte gründlich, denn selbst ein ordentlicher Mensch könnte etwas übersehen haben. Aber nicht mal im Papierkorb fand sich ein Stück Papier.

Er verließ die Wohnung und fuhr mit dem Lift wieder hinunter. Unten leerte er Bakers Briefkasten. An der nächsten Ecke öffnete er unter einer Straßenlaterne die vier Briefe: Es waren alles Reklamesendungen. Er ging in eine Bar, bestellte sich einen Bourbon mit Eis und versuchte, sich darüber klarzuwerden, wie viele Leute namens Frank Baker in Amerika wohl leben mochten. Falls das sein richtiger Name war.

Am nächsten Morgen rief Parnell Wingate Randall in seinem Büro an. Randall beorderte ihn in sein Privathaus, und zwar um vier Uhr am gleichen Nachmittag. Als das Taxi durch das schmiedeeiserne Tor und die gewundene Auffahrt zu dem schloßartigen Haus hinauffuhr, war Parnell beeindruckt. Er bedauerte gleichzeitig, das Haus nicht schon früher gesehen zu haben. Er wäre in Versuchung geraten, sein Honorar zu erhöhen. Aber als er die Ergebnisse seiner bisherigen Arbeit durchdachte, bezweifelte er, ob Randall überhaupt noch Honorare an ihn zahlen würde.

Ein älterer, weißhaariger Butler öffnete die Tür und führte ihn in eine Bibliothek mit braunen Ledersesseln und einem gepflegten Parkettboden. Randall erhob sich hinter seinem großen Schreibtisch und streckte Parnell zur Begrüßung die Hand entgegen, wobei sein Blick auf die gelblich-braunen Beulen in Parnells Gesicht fiel.

»Haben Sie sich diese Blutergüsse meinetwegen geholt?«

»Das ist Berufsrisiko.« Parnell legte Shagen Mulders' Personalausweis auf den Tisch. »Das ist der Mann, der Ihrem Sohn das Heroin untergeschoben hat.«
Randall nahm den Ausweis und betrachtete mit bös-zufriedenem Lächeln das Foto. »Wo ist er?«
»Tot.«
»Tot? Haben Sie ihn umgebracht?«
»Nein. Er war dumm genug, auf einen jungen Mann zu schießen, der zwei Jahre lang das Überleben in Vietnam gelernt hatte.«
»Haben Sie ein Geständnis?«
Parnell schüttelte den Kopf.
»Was ist mit dem Vermittler?« wollte Randall wissen und rang um Beherrschung.
»Der Mann, der Christopher mit ihm bekannt gemacht hat? Den hat Shagen Mulders umgebracht.«
Jetzt verlor Randall die Fassung. »Verdammt noch mal! Ich habe Sie engagiert, weil ich diese Männer lebend haben wollte! Was ist mit dem Mann hier in Amerika? Der Mann, dem mein Sohn das Zeug übergeben sollte.«
Parnell senkte den Blick. Ihm waren schon früher mal Fälle geplatzt, aber nie war es ihm passiert, daß die Kronzeugen einer wie der andere ins Gras bissen. »Er heißt Frank Baker, und er ist aus Boston abgereist, gleich nach Chris' Verhaftung. Ich habe gestern abend seine Wohnung durchsucht und nichts gefunden, was über seinen Aufenthalt Aufschluß gäbe.«
»Frank Baker gibt es zu Tausenden.«
Plötzlich schien die Woge des Zorns Randall zu verlassen. Seine breiten Schultern sackten vornüber. »Setzen Sie sich, Mann, setzen Sie sich doch«, sagte er leise. Parnell ließ sich in einen Sessel fallen. Ihm tat der alte Mann leid, und was schlimmer war, er wußte, daß er Fehler gemacht hatte. Shagen Mulders war vorbestraft, und mit Rykers' Hilfe hätte er vielleicht ein Geständnis bekommen. Aber Shagen Mulders war tot.
Randall sagte: »Ich brauche jetzt einen Drink. Trinken Sie mit?«
Parnell stimmte zu, und Randall holte aus einem Schreibtischfach eine Flasche irischen Whisky und zwei Gläser. »Meine Frau hat mir eingeredet, daß ein Gentleman vor Sonnenuntergang keinen Alkohol trinkt. Sie hat sicher recht.« Er füllte beide Gläser und stellte die Flasche zurück in den Schreibtisch. Parnell nahm eins der Gläser.

»Wann ist der Prozeß?«
»Meine Anwälte sind zuversichtlich, daß sie ihn bis Ende des Jahres verschieben können. Christopher steht nach wie vor unter der Anklage des Heroinschmuggels. Sollten jedoch Beweise auftauchen, die seine Aussage stützen, wird das Gericht milde sein, hat man mir gesagt.« Er schluckte seinen Whisky in einem Zug hinunter, trocknete das Glas sorgfältig mit seinem Taschentuch aus und stellte es zurück in das Fach.
Parnell sagte: »Wir müssen Baker finden.«
»Meinen Sie, es wird Ihnen gelingen, ohne daß er – daß er vorher umgebracht wird?« Der Whisky hatte ihm geholfen.
Parnell lächelte. »Wenn ich die anderen umgebracht hätte, hätte ich das zugegeben.«
»Wollen Sie mehr Geld?«
Parnell sagte nein, er habe bisher keine großen Unkosten gehabt. Randall fragte ihn, ob es Sinn habe, daß er mit seinem Sohn spräche, und Parnell meinte, daß er es im Augenblick nicht für angebracht hielte, da die beiden Männer, mit denen er in Verbindung war, nun tot seien. Nach ein paar Minuten ging Parnell.

Er nahm die Abendmaschine nach New York, und obwohl er sonst lieber in kleinen, intimen Hotels wohnte, fühlte er sich während der Arbeit in der Unpersönlichkeit der großen Paläste sicherer. Er mietete sich im *Sheraton* ein. Am nächsten Morgen rief er das New Yorker Büro des FBI an und wurde mit Tony Cremona verbunden, den er von früher kannte. Cremona sagte, daß er nach elf Uhr zu ihm ins Büro kommen solle.
Danach rief er Rykers in Amsterdam an. Der Inspektor erzählte ihm, daß die *Schwarze Möwe* an einem abgelegenen Dock in Rotterdam gefunden worden sei. Keiner sei an Bord gewesen, und obwohl die Hafenpolizei den Kabinenkreuzer praktisch auseinandergenommen habe, sei nichts gefunden worden. Man wolle das Boot weiterhin bewachen. Parnell gab Rykers seine New Yorker Adresse und bat ihn, sie an seine Sekretärin, Miss Kluver, weiterzugeben.

8

Cremona begrüßte Parnell freundschaftlich, und sie unterhielten sich eine Weile über die Zeit, als Parnell mit Cremonas Hilfe Gio Roccomena erwischt hatte. Cremona erzählte, daß Roccomenas Nachfolger, Carlo Luzzatti, ihm kaum ein Jahr später in die sizilianische Mafiawalhalla nachgefolgt sei: Jemand hatte eine Bombe unter seinem Cadillac installiert. Parnell bedauerte das, denn Luzzatti war ihm noch einen Gefallen schuldig, und er hätte gerade im Augenblick gut einen Mafioso brauchen können, der ihm noch etwas schuldete.
Cremona wollte wissen warum, und Parnell reichte ihm die Telefonnummer, die Mulders angerufen hatte, und bat ihn, den Namen des Inhabers ausfindig zu machen. Cremona gab die Nummer telefonisch seiner Sekretärin durch und blieb am Apparat. Wenige Augenblicke später bedankte er sich, legte auf und sah Parnell fragend an.
»Warum bist du gerade an dieser Nummer interessiert?«
»Sie wurde von einem Holländer vor drei Wochen von Amsterdam aus angerufen.«
»Der Inhaber ist eine Speditionsfirma drüben ins Queens, der Besitzer war ein Gangster namens Angelo Mantelli.«
»Wieso war?«
»Mantellis Leiche wurde letzten Montag früh in der Tiefkühltruhe eines Restaurants an der East Side gefunden. Das Restaurant ist sonntags geschlossen, und als der Chef die Tiefkühltruhe öffnete, um die Steaks fürs Mittagessen herauszuholen, war Mantelli so steif, daß man nicht einmal eine Trage brauchte, um ihn in den Ambulanzwagen zu bringen. Er hatte sechs Einschüsse im Körper, aber man weiß noch nicht, ob ihn diese Schüsse umbrachten oder ob er erfroren ist.«
Parnell seufzte. »Mein Gott, jedesmal, wenn ich eine heiße Spur habe, endet sie im Leichenschauhaus. Aber warum wurde gerade eine Tiefkühltruhe eines Restaurants als Sarg mißbraucht?«
»Bei einiger Kenntnis der amerikanischen Szene wäre dir aufgefallen, daß die Leichen der verschiedensten Mafiosi im Laufe des vergangenen Jahres an allen möglichen Plätzen aufgetaucht sind, manchmal an sehr eigenartigen. Die Polizei glaubt, daß die Familien eine Art Wahl auf sizilianisch abhalten und wenn sich der Gefechtsrauch verzogen hat, wird der letzte Don, der noch auf den Beinen ist, der *capo di tutti capi* sein – der Chef der Chefs der Cosa Nostra.«
»Kommen wir noch mal auf Mantelli zurück. Wer war er?«

»Einer der Anführer von Salvatore Garafaldos Bande, die Queens unter Kontrolle hat und eine kleiner werdende Region von Harlem. Garafaldo hatte Schwierigkeiten mit den Schwarzen und den Puertoricanern, aber soweit wir wissen lebt er in Frieden mit den übrigen Mafiabossen. Das Restaurant ist das *Relais Midi,* gehört einem gebürtigen Korsen, der aber die amerikanische Staatsbürgerschaft hat. Sein Name ist Lino Regazzi. Aber zu deiner Information: Er steht in keinerlei Verbindung zu den Banden und ist ohne jede Vorstrafe, nicht einmal eine Verkehrsübertretung.«
»Also gut. Ich bin von Wingate Randall in Boston beauftragt worden, den Mann zu finden, der seinen Sohn reingelegt hat. Er hat ihm elf Kilo Heroin auf seiner Rückreise in die Staaten untergeschoben. Was weißt du darüber?«
»Das war eine Zollfestnahme. Beim Zoll wirst du da mehr erfahren.«
»Leider habe ich keine Freunde beim Zoll«, wandte Parnell ein.
Cremona lachte. »Manchmal habe ich den Eindruck, wir auch nicht. Der junge Randall ging aufgrund eines anonymen Telefonanrufs hoch. Und seltsamerweise wurde eine Woche später an der Grenze bei Tijuana eine weitere Lieferung beschlagnahmt, und zwar ebenfalls aufgrund eines anonymen Anrufes.«
»Wieso ist das seltsam?«
»Gut die Hälfte aller Beschlagnahmen von Drogeneinfuhren gelingen aufgrund von Informationen, und ich kann dir versichern, daß diese Informationen niemals, ich betone nie, anonym gegeben werden. Sie werden bezahlt und *mamma mia,* wenn du wüßtest, wieviel die Drogenfahndung dafür ausgeben muß. Dann würdest du deinen Job aufgeben und ein Informationsbüro in Amsterdam aufmachen.« Cremona lehnte sich über den Schreibtisch. »Im Laufe einer Woche werden zwei große Heroinlieferungen beschlagnahmt und nur aufgrund von Informationen, die gratis hereinkamen. Warum?«
»Vielleicht hat jemand rein zufällig einen Tip bekommen?«
Cremona schnaubte verächtlich. »Wie angenehm zu wissen, daß es doch noch ein paar ganz naive Leute gibt. Was hast du sonst noch für Namen oder Telefonnummern außer der von Mantelli?«
»Ich suche nach einem Mann namens Frank Baker, von dem ich glaube, daß er mit Randall am Flughafen zusammentreffen sollte, um die Lieferung zu übernehmen. Baker hat das letzte Jahr in Boston gelebt, und ich habe den Verdacht, daß er Mantellis dortiger Verbindungsmann war.«

Cremona schüttelte den Kopf. »Über Boston kommt nicht genug ins Land, um einen Extramann dafür abzustellen, außer vielleicht, wenn er auch für Montreal zuständig ist.«
»Sagt dir der Name Baker etwas?«
»Im Augenblick nicht, und wer sagt, daß das sein richtiger Name ist. Wo kann ich dich erreichen?«
»Im *Sheraton*. Wo befindet sich dieses Restaurant, das *Relais Midi*?«
Cremona erklärte es ihm. »Willst du da hingehen und Fragen stellen?«
»Nein, zum Teufel, ich will dort essen gehen.«
»Nimm die Bouillabaisse. Ein Freund von mir bei der Drogenfahndung, der zwei Jahre in Marseille gelebt hat, behauptet, es sei die beste in New York.«
Parnell zog eine Augenbraue hoch. »Ißt dein Freund im *Relais Midi* aus beruflichen oder aus persönlichen Gründen?«
Cremona grinste. »Lieber Tim, dein Aufenthalt in Holland hat dich recht argwöhnisch gemacht.«
Im Hinausgehen fragte Parnell sich, wieviel Jahre er sich einhandeln würde, wenn er das Telefon eines FBI-Agenten anzapfte.

Das *Relais Midi* war eine gutgemachte Kopie eines einsternigen Restaurants in Marseille. An der Tür stand ein Schwarzer in gelber Uniform, der die Gäste mit einem weichen *b'jour M'sieur* begrüßte. Drinnen gab es eine kleine, intime Bar für diejenigen, die keinen Tisch reserviert hatten, und dahinter einen langen, schmalen Speisesaal mit je rechts und links einer Tischreihe an der Wand entlang. Hinter der Bar stand eine hübsche Brünette mit großen Augen und anmutiger Figur. Ein Oberkellner bewachte den Eingang zum Speisesaal, in der Hand eine handgeschriebene Menükarte.
Er begrüßte Parnell in französisch klingendem Amerikanisch, während er die Preisklasse seines Anzugs taxierte. Sie fiel wohl zu seiner Zufriedenheit aus, denn er versprach ihm in zehn Minuten einen Tisch. Parnell bestellte sich an der Bar einen Drink, lehnte sich mit dem Ellbogen auf das Holz und betrachtete das Lokal.
Die Leiche mitten unter dem tiefgefrorenen Fleisch vor ein paar Tagen schien das Geschäft nicht beeinträchtigt zu haben. Das Restaurant war voll bis auf den letzten Platz. Wenn der Oberkellner wirklich in zehn Minuten einen Tisch für ihn freihaben würde, dann war er ein Zauberer, dachte Parnell. Es waren etwas mehr Männer als Frauen dort, und ihrer Kleidung nach zu schließen, verdienten sie alle viel

Geld. Er wandte sich wieder seinem Drink zu. Der Mann, der Angelo Mantelli auf dem Gewissen hatte, mußte sich in der Ablieferungsadresse geirrt haben.
Nach fünfzehn Minuten wurde ihm ein Tisch in der Mitte des schmalen Restaurants angewiesen. Parnell bestellte die Bouillabaisse, einen gemischten Salat und eine Flasche Wein.
Schließlich wurde die Bouillabaisse serviert, und bis Parnell sie gegessen hatte, waren die meisten Tische rechts und links von ihm leer. Da er bisher niemanden gesehen hatte, der der Besitzer des Restaurants, Lino Regazzi, sein könnte, bat er den Ober, als er Kaffee und Kognak bestellte, den Chef zu rufen. Er wolle sich für das ausgezeichnete Essen bedanken.
Der Ober servierte den Kaffee. Gleich darauf kam ein schlanker, gutangezogener Mann mit markantem Gesicht und durchdringenden schwarzen Augen und stellte einen Kognakschwenker auf den Tisch. »Ich freue mich, einen neuen Gast begrüßen zu können«, sagte er mit berufsmäßigem Lächeln und schenkte einen großzügigen Remy Martin ein. »Besonders einen, der die Spezialitäten des Mittelmeers zu schätzen weiß.«
»Ich liebe sie, aber mein Wissen hält sich in Grenzen. Was ist zum Beispiel der Unterschied zwischen der korsischen Bouillabaisse und der aus Marseille?«
»Das ist nur eine Frage der Kräuter. Die Fische sind die gleichen. Sind Sie in Korsika gewesen?«
»Früher fuhr ich öfter zum Angeln auf die Insel, bevor die Italiener das Meer als Müllkippe für ihre Chemikalien mißbrauchten.« Das Lächeln auf Regazzis gutgeschnittenem Gesicht verlor sich. »Ja, es ist nicht nur für die korsischen Fischer fatal, sondern auch für mich. Ich importiere den Fisch, den Sie gerade gegessen haben, aus Ajaccio.« Dann kehrte das Lächeln zurück. »Ich hoffe, Sie kommen bald wieder.« Er nahm die Kognakflasche und ging damit zu einem anderen Tisch. Parnell bezahlte. Der Remy Martin fehlte auf der Rechnung.
Er ging zu Fuß in sein Hotel zurück und konnte keine Antwort auf die Frage finden, warum Shagen Mulders' New Yorker Verbindungsmann in Lino Regazzis Tiefkühltruhe enden mußte.
Durch Tony Cremona als Sesam-öffne-Dich verbrachte er die nächste Woche mit Gesprächen bei Drogenfahndern, Polizisten, ehemaligen Polizisten und Leuten, die man höflicherweise als Informanten

bezeichnet. Er erfuhr eine Menge über die New Yorker Drogenszene, über die Veränderungen bei der Mafia und besonders über die Aktivitäten der Mantelli-Bande. Aber was die Spur von Frank Baker anlangte, so war die so kalt, wie ein toter Gangster.

Er saß in seinem Schlafzimmer in der hoffnungsvollen Erwartung eines Anrufs von einem bestochenen Polizisten, der das Gras wachsen hörte, als es zaghaft an seiner Tür klopfte. Er öffnete sie, und da stand Susan Cartwright mit einem schüchternen, kleinen Lächeln im Gesicht und einem großen, flachen Paket unter dem Arm. Er zog sie in das Zimmer und küßte sie. Auch sie umarmte ihn fest.

»Ich hatte Angst . . .«, murmelte sie und drückte ihr Gesicht an seine Schulter. »Ich hatte Angst, daß du mich nicht reinlassen würdest.«

»Zieh deinen Mantel aus und sag mir, wie du mich gefunden hast.«

Sie lockerte den Kragen ihrer schwarzen, bodenlangen Mönchskutte und ließ sich in einen Sessel fallen. Darunter trug sie ein grün und schwarz bedrucktes Seidenkleid, das Grün hatte genau die Farbe ihrer Augen. Ihr langes, kastanienbraunes Haar war zu einem losen Knoten oben auf dem Kopf zusammengebunden. Sie sah chic aus und sehr feminin. Parnell erschien sie jetzt wie Lichtjahre entfernt von dem ängstlichen Kind, das sich ihm für hundert Gulden in einer holländischen Bar angeboten hatte. Er verkniff sich eine Bemerkung darüber. Sie hockte sich auf eine Sessellehne, und er ließ sich auf der Couch nieder.

»Ich bin gekommen, um mich bei dir zu entschuldigen.« Ängstlich erforschten ihre Augen sein Gesicht. »Ich bin in Brüssel auf Ulysses Jackson gestoßen, und da haben wir gesprochen, und na ja, da hat er mir erzählt, wer du bist.«

»Ist Ulysses Jackson zufällig der Schwarze, der Jackie genannt wird?«

Sie nickte nur.

»Wie hast du herausgefunden, daß ich in New York und in diesem Hotel bin?«

»Ich habe in Amsterdam dein Büro angerufen, und da hat mir deine Sekretärin gesagt, daß du hier bist.«

Er lächelte. »Und dann hast du dich auf den langen Weg nach New York gemacht, nur um dich zu entschuldigen?«

Sie sah auf ihre im Schoß gefalteten Hände. »Nun, eigentlich nicht. Ich habe noch ein Semester an der Columbia-Universität und habe mich entschlossen, daß es vielleicht doch gut wäre, dort meinen Abschluß zu machen.« Sie warf ihm einen Blick zu, als erwartete sie einen moralisierenden Vortrag über die Kurzlebigkeit des Ausflippens.

»Das halt ich für sehr vernünftig«, sagte er wie nebenbei und wechselte gleichzeitig das Thema. »Wie geht es Jackson?«

»Ihm geht's gut. Er ist noch vor mir in die Staaten zurückgekehrt.« Sie lachte. »Er meinte, daß man bei all dem Frieden in der Welt nicht die Gelder der Steuerzahler mit der Suche nach einem armen Negerdeserteur verschwenden würde.« Sie wickelte das Paket aus und überreichte ihm ein kleines Ölgemälde in einfachem Holzrahmen und sagte schlicht: »Es tut mir leid, was ich getan habe.«

Er betrachtete das Gemälde. Es war von Jackson Pollock, und nach den Preisen dieses Malers, mußte sie ihr Taschengeld für die nächsten zehn Jahre dafür ausgegeben haben.

»Es gefällt mir«, sagte er und lehnte das Bild auf den Fußboden gegen die Couch. Dann zog er sie auf seine Knie. »In allem, was du tust, bist du ziemlich extrem. Wenn du wütend wirst, stehst du echt in Flammen, und wenn du ein Friedensangebot machst, stürzt du dich für den Rest deines jungen Lebens in Schulden.« Er küßte sie. »Oder hast du es Papa geklaut?«

»Geklaut direkt habe ich's nicht. Er hat sich so gefreut, daß ich wieder da bin . . .«

»Hmm, hmm«, traurig schüttelte er den Kopf, »der arme Papa.«

»Verzeihst du mir wirklich?«

»Es war alles meine Schuld. Ich hätte dir erklären sollen, wer ich bin.«

»Arbeitest du noch immer am selben Fall?«

»Ja, und ich komme keinen Schritt weiter.«

»Mein Vater kennt Wingate Randall. Er sprach kürzlich von ihm.«

»Nachdem du davon angefangen hast.«

»Na ja, ich habe ihm erzählt, daß ich Chris in Amsterdam getroffen habe.«

Parnell legte ihr seine Hände auf die Schultern. »Hör zu, mein Schatz, ich möchte, daß du alles über Chris Randall vergißt. Vergiß, daß ich der Detektiv bin, der Randall zu helfen versucht. Vergiß die ganze gräßliche Geschichte! Die Leute, die in diesen Fall verwickelt werden, geraten ständig in Schwierigkeiten, auch solche, die nur davon wissen. Und ich möchte nicht, daß dir etwas passiert.«

Sie lächelte, und er spürte, daß sie kaum zuhörte. »Auch wenn ich

nicht mal kochen kann?«
Er beließ es dabei. Vielleicht sollte er mal ein ruhiges Gespräch mit Ulysses Jackson haben; vielleicht drang der eher zu ihren krausen Gedankengängen vor. »Wir können uns ja eine Köchin engagieren.«
»In New York? Das stellst du dir so vor.« Sie stand auf, ging hinüber zum Spiegel und löste ihr Haar. »Ich glaube, ich laß es mir abschneiden.«
»Wenn du dein Haar abschneidest, kannst du mich von deiner Liste streichen.«
Sie wandte sich um und sah ihn an. »Du freust dich also wirklich, mich zu sehen?«
»So sehr, daß wir feiern werden.«
Er rief den Zimmerservice an und bestellte eine Flasche Dom Perignon. Aber als der Champagner gebracht wurde, war er noch nicht kühl genug, und er schlug vor, daß man vielleicht noch etwas mit dem Einschenken warten solle. Sie warf ihm einen vielsagenden Blick zu und fragte, was er für die Zwischenzeit vorschlagen würde. Er zog den Reißverschluß am Rücken ihres Kleides herunter und schob die Seide von ihren Schultern. Dann küßte er sie auf den Nacken und murmelte: »Dein Duft ist sehr viel edler als mein Eau de Cologne.«
»Das hast du nicht vergessen.« Sie trat aus dem Kleid, und ein Paar Spitzenunterhöschen folgten. Sie schlug die Tagesdecke zurück und schlüpfte ins Bett. Er zog sein Hemd aus. Sie erschrak. »Warum ist denn deine ganze Brust verpflastert?«
»Ich bin an diesem Kanal in Amsterdam entlanggegangen und es war dunkel, und da bin ich gestolpert und ins Wasser gefallen. Und gerade in dem Augenblick legte ein Boot an.« Er zog seine übrigen Kleider aus und legte sich neben sie. »Bist du schon mal zwischen ein Boot und die Kaimauer geraten?«
Sie kuschelte sich in seine Arme. »Hoffentlich bist du ein besserer Detektiv als Geschichtenerzähler.«

Das Eis im Sektkübel war geschmolzen, als er aufstand. Der Champagner war jedoch noch kühl. Er füllte zwei Gläser und trug sie hinüber zum Bett. Susan setzte sich auf und schob ihr Haar über die Schulter zurück. Sie nahm ein Glas und hauchte ihm über den Rand einen Kuß zu. Er setzte sich neben sie. »Warum versuchst du, Chris Randall herauszupauken?«
Er lächelte und rieb den Daumen gegen den Zeigefinger. »Geld.«

»Wieviel Geld?«
»Hundert Eier pro Tag. Aber bei dieser galoppierenden Inflation werde ich mein Honorar wohl bald erhöhen müssen.«
»Ulysses Jackson hat mir von der Nacht erzählt, als Charly ermordet wurde. Er sagte, daß der Mann, der Charly umgebracht hat, dich auch getötet hätte, wenn er nicht im richtigen Moment aufgetaucht wäre.«
»Ja, das hatte er wohl vor.«
»Also, für hundert Dollar pro Tag . . .«
»Ein Bulle verdient weniger.«
»Die Bullen haben die schöne Gewißheit, daß sie notwendig und außerdem ein wohlangesehener Teil unserer Gesellschaftsstruktur sind.«
»Welch kluge Bemerkung von jemandem deines Alters.«
»Du magst uns nicht, nicht wahr?«
»Im Gegenteil, deshalb habe ich ja den Fall Randall übernommen.«
»Du hast gesagt, du brauchst die Piepen.«
»Das habe ich nicht gesagt. Ich habe genug Geld, um mir meine Fälle aussuchen zu können. Randalls Fall interessierte mich von Anfang an, weil die Bostoner Polizei glaubt, er sei völlig klar. Aber wenn Chris zehn Jahre wegen dieser Sache hinter Gittern verschwindet, das kann ich einfach nicht mit ansehen.«
»Ein Detektiv als Menschenfreund.«
Parnell lachte glucksend. »Ich gebe zu, daß mich auch die Jagd an sich reizt. Manche Leute gehen angeln, andere jagen Großwild . . .«
». . . und du jagst Menschen.«
»Nur die Bösen. Die Bösen ganz oben.«
»Hast du keine Angst vor all dieser Gewalt?«
»Gewalt kann man nicht vermeiden. Wenn du jetzt spazieren gingst, könntest du überfallen werden. Und die Vorübergehenden werden genau das tun: vorübergehen. Und sollte zufällig ein Polizist in der Nähe sein und den Räuber festnehmen, wird alles zugunsten des Angeklagten getan und er hat eine Chance von sechs zu zehn, davonzukommen. In der größeren Kategorie des organisierten Verbrechens liegen diese Chancen sogar noch höher.«
»Aber wenn du jemanden gefaßt hast, hängt es eben immer vom Gericht ab, ob er verurteilt wird.«
»Einer der Vorteile, nicht für die Strafverfolgungsbehörden zu arbeiten, ist, daß man manchmal die Beweise aussortieren kann.«

»Du willst damit sagen, daß du, wenn du nicht genügend Beweise hast, einfach noch ein paar dazuproduzierst?«
Parnell stand auf und schenkte die Gläser nach. Dabei dachte er an Joe Morelli, den Mafioso, der Flugzeuge in die Luft gejagt hatte, bis ihn die Fluggesellschaften auszahlten. Morelli war vor Gericht gestellt und zu zwanzig Jahren verurteilt worden, weil Parnell nicht nur Beweise produziert hatte, sondern ihn auch kaltblütig in die Falle gelockt hatte. »Ich bin beim CIA ausgebildet worden und habe mehrere Jahre dort gearbeitet. Das war zur Zeit des kalten Krieges, und da gab es nur zwei Gesetze für die Agenten: Das Ergebnis rechtfertigt die Mittel und sich nicht erwischen lassen. Dann habe ich den CIA verlassen und arbeite seitdem nur für Privatleute. Bis jetzt hatte ich noch keinen Grund, diese Taktik zu ändern.«
»Ich glaube nicht, daß ich dich mag.«
»Manchmal mag ich mich selber nicht. Aber mein Gewissen beschert mir keine schlaflosen Nächte. Warum trinkst du deinen Champagner nicht, bevor er warm wird?«
»Ich fürchte, ich trinke zuviel. Du könntest das noch einmal ausnutzen.«
Er lachte leise, nahm ihr Glas und stellte es auf den Nachttisch. »Du hast mich überredet.«
Später aßen sie in einem Steakhaus in der Third Avenue zu Abend, und danach brachte er sie zu ihrer Wohnung in einem Apartment-Haus am Central Park. Er sagte, daß er sie am nächsten Tag anrufen werde.
Sie hatten an diesem Abend über mancherlei gesprochen, aber am wichtigsten war, daß sie ihm die Telefonnummer von Ulysses Jackson gegeben hatte.

Es war noch nicht ganz elf, als er von seinem Schlafzimmer aus die Nummer wählte. Eine Frauenstimme war am Apparat, und als sie fragte, wer mit Jackson sprechen wolle, zögerte Parnell. Sie wiederholte ihre Frage, und er bat, Jackson auszurichten, daß er ein Freund des einarmigen Charly in Amsterdam sei. »Wer spricht?« Jacksons Stimme war so vorsichtig, daß er sie kaum wiedererkannte.
»Parnell. Der Privatdetektiv.«
»Was machen Sie denn hier?«
»Lassen Sie uns morgen miteinander reden, dann erzähle ich's Ihnen.«
Jackson dachte eine Weile nach. Dann nannte er Namen und Adresse

einer Billardhalle in der 123. Straße und sagte, daß er gegen Mittag dort sein würde. Damit legte er auf.

9

Jackson schaute, an die Wand gelehnt, einem Billardspiel zu, als Parnell hereinkam. Eine Menge Schwarzer spielten entweder oder schauten zu. Parnell wartete vorne an der Bar, wo es ruhiger war. Jackson trat zu ihm. Er war frisch rasiert, das Haar kurz geschnitten, und er war schick angezogen mit einer beigen Cordjacke mit besonders breiten Aufschlägen und tiefen Schlitzen und dunkelbrauner Hose.

Parnell streckte seine Hand aus und Jackson nahm sie kurz. Er behauptete nicht, daß er sich freute, ihn zu sehen; er fragte Parnell wer ihm seine Telefonnummer gegeben habe.

»Sue Cartwright. Sie hat mich gestern besucht, und als sie erwähnte, daß Sie in New York seien, fragte ich sie danach.«

»Was wollen Sie?« fragte er noch immer sehr unterkühlt.

»Das weiß ich noch nicht.«

»Sie reden etwas wirr, Mann.«

»Wie sind Sie ins Land gekommen, ohne schon am Flughafen verhaftet zu werden?«

»Ich bin nach Montreal geflogen und zu Fuß über die Grenze.«

»Sie sind fesch angezogen. Haben Sie schon einen Job oder leben Sie noch immer von Charlys Erbschaft?«

»Sie stellen eine Menge Fragen.«

»Dafür werde ich bezahlt. Leider will mir niemand die richtigen Antworten geben.«

»Zahlt der alte Randall Sie noch immer?«

»Ja, aber auch wenn er das nicht täte, würde ich weiter Fragen stellen.«

»Warum?«

Parnell zuckte die Achseln. »Es war meine Schuld, daß Charly tot ist. Ich hätte wissen müssen, was er vorhatte.«

»Wieso vorhatte?«

»Charly hatte etwas für seine junge Kundschaft übrig. Als er hörte, was dem jungen Randall passiert war, fühlte er sich dafür verantwortlich. Er hielt mich für einen Drogenfahnder und versuchte, mir Shagen Mulders ans Messer zu liefern.«

»Mann, was für eine traurige Geschichte. Was habe ich damit zu tun?«
»Ich finde, Sie sind mir noch einen Gefallen schuldig. Schließlich haben Sie den Typ umgelegt, der Randall von der Heroinanklage hätte entlasten können.«
Jackson lachte zynisch. »Nach meiner Auffassung habe ich Ihnen das Leben gerettet.«
»Warum machen wir es uns nicht bequem und essen irgendwo zusammen?«
»Soviel Zeit habe ich nicht, Mann. Nun rücken Sie schon mit der Sprache raus.«
»Ist die Garafaldo-Bande noch immer in Harlem aktiv?«
»Soweit ich gehört habe, haben sie zuviel mit ihren Beerdigungen zu tun, um noch sonst irgendwo aktiv zu sein. Warum?«
»Ein Mann, der Randall entlasten könnte, arbeitet für sie. Sein Name ist Frank Baker, aber den hat er wahrscheinlich aus dem Telefonbuch.«
Jackson schaute durch die schmutzigen Scheiben nach draußen auf den Verkehr. »Ein Name, der nicht aus dem Telefonbuch stammt, ist Lino Regazzi«, fuhr Parnell fort. »Haben Sie von ihm gehört?«
Jackson warf ihm einen raschen, prüfenden Blick zu, fing sich dann wieder und lächelte lässig. »Sie vergessen, daß ich längere Zeit weg vom Fenster war.« Jackson hatte von Regazzi gehört. Was jedoch nicht bedeutete, daß er ihn persönlich kannte, das wurde Parnell bewußt. Regazzis Name hatte sicher in den Zeitungen gestanden, als man Mantelli in seiner Tiefkühltruhe fand. Er bohrte nicht weiter und fragte Jackson, was er jetzt tun wolle.
»Ich werde mich unauffällig durchschlagen, bis der Präsident eine Amnestie verkündet.«
»Wenn Sie auf die nächste Wahl warten, könnten Sie bis dahin klamm werden«, meinte Parnell. Er fischte eine Hundertdollarnote aus seiner Tasche, faltete sie zusammen und stopfte sie in Jacksons Brusttasche. »Das ist Randalls Geld, und ich glaube nicht, daß es ihm fehlen wird.«
Jacksons Augen verengten sich. Er riß die Banknote aus der Tasche und steckte sie zurück in Parnells Brusttasche. »Wenn Sie 'nen Spitzel brauchen, versuchen Sie's woanders.« Dann ging er mit langen Schritten zurück in den Billardraum und nahm sich ein Queue von der Wand.

Als Parnell am späten Nachmittag ins *Sheraton* zurückkehrte, lag eine Nachricht in seinem Fach. Sue Cartwright bat um einen Anruf. Er rief an, und nachdem sie etwas über den vorangegangenen Abend geplaudert hatten, sagte sie, daß übrigens Ulysses Jackson sie angerufen habe und wütend sei, weil sie seine Telefonnummer ausgeplaudert habe.

»Ich habe ihm gesagt, daß ich sie nur dir gegeben habe. Was ist denn geschehen? Habt ihr euch gestritten oder was?«

»Was hat er sonst noch gesagt?«

»Er sagte, daß du ihn als Informanten anwerben wolltest und versucht hast, ihn zu bestechen. Ich hab ihm gesagt, wenn er nicht gut findet, was du für Chris Randall zu tun versuchst, dann solle er lieber nach Europa zurückfahren, wo seine Blödheit nicht so auffällt.«

Parnell lachte. »Susan, ich liebe dich. Aber wie ich schon sagte, du bist ein bißchen zu impulsiv. Hat er daraufhin aufgelegt?«

»Warum sollte er, es ist doch die Wahrheit, nicht?«

»Was machst du heute abend?«

»Mein Vater hat Theaterkarten.«

»Wenn es dein Vater ist . . .«

»Tim . . .«

»Ja, ich höre.«

»Ich *muß* nicht mitgehen.«

»Solltest du aber, finde ich. Schließlich bist du ihm etwas für die leere Stelle an seiner Wand schuldig.«

Während Susan Cartwright mit ihrem Vater ins Theater ging, setzte Parnell seine nächtlichen Nachforschungen in den Bars und Restaurants fort, die von der Mafia bevorzugt wurden. Seine Auswahl richtete sich dabei nach einer Liste, die ihm ein Captain der Polizei auf Veranlassung von Cremona gegeben hatte.

Mit zwei Drinks verbrachte er eine Stunde in einer Bar in Queens, die als Versammlungsort der Garafaldo-Bande bekannt war. Obwohl ein lebhaftes Kommen und Gehen herrschte, sah er niemanden, der auch nur im entferntesten seinem Mann aus Boston glich. Dann besuchte er zwei weitere Bars in Bronx. Gegen zehn Uhr steuerte er ein italienisches Lokal an der Boston Road an. Nicht nur, daß er hungrig war, er fürchtete auch, sich eine Leberzirrhose zu holen, bevor er Frank Baker mit seiner Kneipensuche gefunden haben würde. Der Captain hatte gesagt, daß das italienische Restaurant gutes Essen habe und obwohl

es der Mafia gehörte, galt es nicht als Treffpunkt einer bestimmten Bande.
Trotz der späten Stunde waren noch mehr als ein Dutzend Gäste beim Essen, und gegen seine Gewohnheit setzte sich Parnell an einen Tisch in der hinteren Ecke mit dem Blick zur Wand.
Zehn Minuten später kam Giuseppe »Little Joe« Rimi herein, einer der Waffenträger in der Leggio-Bande. Er feierte seinen fünfunddreißigsten Geburtstag und hatte seinen besten Freund, Albert Caruso dabei, der auch für die Mafia arbeitete, ohne einem speziellen Don etwas schuldig zu sein. Er besaß einen Radio- und Fernsehladen in Bronx, wo er des öfteren Farbfernseher verkaufte, die nicht über den Großhandel an ihn gelangt waren.
Zwei Frauen gehörten auch zu der Gesellschaft. Die eine, eine hübsche Brünette mit Wespentaille, war Carusos ständige Begleiterin. Die andere war eine plumpe, rundliche Blondine mit hübschem Gesicht und ständigem freundlichen Lächeln. Sie war von der Brünetten mitgebracht worden, weil Little Joes Frau im letzten Monat ihrer fünften Schwangerschaft zu Hause geblieben war. Später wollten sie noch eine Show im *Copa* besuchen, zu der Little Joe sie alle eingeladen hatte. Es war nicht nur sein Geburtstag, sondern er besaß auch noch den größten Teil der zehntausend, die Don Giuseppe Leggio ihm persönlich vor ein paar Tagen überreicht hatte.
Es ging auf halb zwölf – und die meisten Gäste waren inzwischen gegangen –, als Parnell zahlte. Die Geburtstagsgesellschaft saß noch immer an ihrem Tisch, und wenn die beiden müden Kellner nicht gewußt hätten, daß Little Joe große Trinkgelder gab, hätten sie sicher geräuschvoller die Tische abgeräumt. Sie trugen gerade jeder ein Tablett mit dreißig schmutzigen Tellern in die Küche – das erzählten sie jedenfalls später der Polizei –, als ein Mann im teuren Kamelhaarmantel und mit tief in die Stirn gezogenem, braunen, schmalkrempigen Hut die Eingangstür von der Straße öffnete.
Parnell sah ihn, und da weder sein Aussehen noch sein Anzug Parnells Vorstellung von seinem gesuchten Mann glich, wandte er sich wieder ab. Little Joe sah ihn nicht. Seine Augen ruhten begehrlich auf der tiefen Schlucht zwischen den großen Brüsten der Blonden, während er einem von Carusos schmutzigen Witzen zuhörte. Caruso selber bemerkte den Mann an der Tür ebenfalls nicht. Er sprach nicht nur, sondern schenkte auch gleichzeitig den Rest einer Flasche Ruffino in Little Joes Glas. Da die beiden Frauen nicht an späten

Restaurantbesuchern interessiert waren, schenkten sie dem Mann ebenfalls keine Aufmerksamkeit.
Der Mann hielt die Tür mit seiner linken Hand auf und zog aus einer tiefen Tasche seines Kamelhaarmantels mit der behandschuhten Rechten einen fünfundvierziger Colt. Daraus schoß er dreimal auf Little Joe. Die Verletzungen der ersten beiden Schüsse waren geringfügig. Aber die dritte Kugel traf ihn seitlich in den Kopf, und wenn ein fünfundvierziger Geschoß einen Mann in den Kopf trifft, ist nur noch der Leichenbeschauer für ihn zuständig.
Als Parnell den ersten Schuß hörte, ließ er sich blitzschnell zu Boden fallen, und als der letzte Schuß verhallt war, rollte er sich über den Boden durch die Küchentür. Vor dem entgeisterten Küchenpersonal, das mit weit aufgerissenen Augen wie gelähmt dastand, sprang er auf die Füße und lief durch den Hintereingang hinaus in einen Hinterhof.
Der Schütze rannte über den Gehsteig, warf die schwere Automatik in den Rinnstein und sprang auf den Beifahrersitz eines Fords, der mit offener Tür auf ihn gewartet hatte. Mit quietschenden Reifen raste der Fahrer los, nur Zentimeter vor einem fünf Tonnen schweren Milchtankwagen aus Connecticut. Der Tankwagenfahrer drückte wütend auf die Hupe, und der Fahrer des Fords streckte den Arm aus dem Fenster und reckte zwei Finger in die Luft. Er fragte den Schützen, wie es gelaufen sei. »Dreimal in den Kopf«, sagte der Mann grinsend.
John Stains, Filialleiter der Westchester County-Bank, war auf dem Heimweg nach Mount Vernon nach einem zufriedenstellenden Abend, den er im Bett einer jungen Witwe verbracht hatte, die ihn vor ein paar Monaten um finanziellen Rat gebeten hatte. Er bog gerade um die Ecke der Straße, in der das Restaurant lag, aus dem er die Schüsse gehört hatte. Da er Frau und zwei Kinder und keinen Grund für seinen Aufenthalt in Bronx zu dieser Zeit hatte, trat er auf das Gaspedal.
Kaum eine Sekunde vor dem Ford überquerte er die Kreuzung. Der Ford rammte ihn seitlich, so daß seine Beine unter dem Lenkrad eingeklemmt wurden. Der vollbeladene Milchtankwagen raste von hinten in den Ford, der sich wie eine Harmonika zusammenschob. Die Türen wurden blockiert. Der einzige, der in der Lage war, selbständig aus seinem Sitz zu klettern, war der Tankwagenfahrer.
Die quietschenden Reifen und das splitternde Reißen des Metalls konnte man bis zur Gunhill Road hören, wo Detektiv Santelli zusammen mit Wachtmeister Tom Gibbons in einem Streifenwagen saß.

Santelli schüttelte den Kopf resigniert, als er das Geräusch hörte. Er wußte sofort, was es bedeutete. Er meinte, sie sollten wohl besser nachschauen, und Gibbons fuhr an.
Auch Parnell hörte den Zusammenstoß und ging davon aus, daß es mit der Schießerei zusammenhing. Er winkte ein vorbeifahrendes Taxi heran, und nachdem zehn Dollar den Besitzer gewechselt hatten, war der Fahrer bereit, ihn in sein Hotel zu fahren.

Am nächsten Morgen beim Rasieren hörte er dem kurzen Bericht im Radio über die Schießerei in dem italienischen Lokal zu. Er zog sich fertig an und ging hinunter in die Hotelhalle, kaufte sich die Morgenzeitungen und nahm sie mit ins Frühstückszimmer. In der *Times* waren zwei Spalten über den Hergang und vier Spalten moralisierender Kommentar über die zunehmende Kriminalität, die die New Yorker Straßen mit Bächen von Blut besudelte. In der *Daily News* gab es auch einige Hintergrundinformationen: Der Revolvermann, der Little Joe Rimi erschossen hatte, war Mike Scalice, Mitglied der Garafaldo-Gang und nach Ansicht des Reporters war dieser Mord ein Racheakt für den kürzlichen Mord an Angelo Mantelli.
Parnell legte die Zeitungen zur Seite und frühstückte. Die Vorfälle des gestrigen Abends konnten offenen Krieg zwischen den Gangs der Garafaldo und Leggio bedeuten. Und wenn er sich nicht im Hintergrund hielt, konnte er mitten zwischen die Feuerfronten geraten. Er überlegte gerade, welchen weniger gefährlichen Weg er finden könnte, um Baker ausfindig zu machen, als sich Ulysses Jackson an seinem Tisch niederließ.
»An der Rezeption habe ich erfahren, daß Sie hier sind.«
»Was wollen Sie von mir?«
»Eine Tasse Kaffee.«
Parnell winkte die Kellnerin herbei und bestellte eine Tasse für Jackson und noch eine Portion für sich. Jackson wies auf die Zeitungen. »Sie hätten leicht etwas abbekommen können.«
Parnell war verblüfft über diese Feststellung. Er warf dem Schwarzen einen fragenden Blick zu. Bedeutete es, daß die Polizei – oder die Mafia – hinter ihm her war? Er war ungefähr anderthalb Stunden in dem Restaurant gewesen, genug Zeit für die Angestellten und die Freunde des verblichenen Little Joe Rimi, sich an ihn zu erinnern.
»Mein Beruf ist nun mal gefährlich«, bemerkte er lakonisch.
»Nach den Geschehnissen der letzten Nacht werden sich die beiden

Banden über einige Ungereimtheiten miteinander aussprechen, und wenn Sie weiterhin herumgehen und über ein Garafaldo-Mitglied Fragen stellen, könnten Sie ins Kreuzfeuer geraten.«
Parnell entspannte sich: Jacksons Bemerkung hatte also nichts mit seiner Anwesenheit in dem Restaurant zu tun. »Genau darüber dachte ich gerade nach, als Sie hereinkamen.«
»Niemand kennt einen Mafioso namens Frank Baker.«
»Das überrascht mich nicht.«
»Wie sieht er aus?«
Parnell gab ihm die Beschreibung, die ihm O'Malley in Boston gegeben hatte, und Jackson meinte, daß diese Beschreibung wohl auf zehn Prozent der Einwohner von New York passen würde. »Was hat Lino Regazzi mit dem Fall Randall zu tun?«
»Der Typ, der mich in Amsterdam erledigen wollte, war Shagen Mulders, ein Drogenhändler, der dem jungen Randall das Heroin untergeschoben hat.
Sein Verbindungsmann in New York war Mantelli, den man kürzlich in Regazzis Tiefkühltruhe gefunden hat. Es würde mich interessieren zu erfahren, warum.«
»Regazzi hat eine Menge Freunde in Harlem.«
»Haben Sie sich auf den langen Weg zu mir gemacht, um mir Informationen oder eine Nachricht zu überbringen?«
Jackson grinste breit, und seine wunderbaren Zähne leuchteten auf. »Ich war unterwegs nach Brooklyn, und da Sue Cartwright mir gesagt hat, daß ich nett zu Ihnen sein soll, habe ich hereingeschaut, um mich zu verabschieden, falls Sie in den nächsten Tagen die Stadt verlassen.« Er trank seinen Kaffee aus und schob seinen Stuhl zurück.
»Also gut, jetzt weiß ich Bescheid. Aber warum soll ich verschwinden?«
»Haben Sie je von der Union der Korsen gehört?«
Parnell wurde hellwach. In seinem letzten großen Fall war ein Drogenhändler aus Marseille verwickelt, der ein wohlangesehenes Mitglied der Union der Korsen war. »Ich habe davon gehört«, meinte er.
Jackson tippte auf die Zeitung. »Während diese sizilianischen Dummköpfe sich gegenseitig umbringen, kommen die Korsen in die Stadt und übernehmen stillschweigend den Drogenmarkt. Harlem haben sie schon unter Kontrolle und jetzt expandieren sie weiter. Und da die Mafia sich nicht mehr aus den Häusern traut, wer sollte sie da auf den Straßen stoppen?«

»Was habe ich damit zu tun?« Parnell meinte, die Antwort zu kennen, aber er fragte trotzdem.

»Mein Gott, wie lange sind Sie denn schon Privatdetektiv?« Jackson stand auf und ging hinaus.

Parnell schrieb die Frühstücksrechnung auf seine Spesenabrechnung. So wie die sich summierte, würde er Randall bald um weiteres Geld bitten müssen. Er war sich nicht ganz sicher, ob er überhaupt mehr Geld wollte. Sich mit der Union der Korsen anzulegen, war viel gefährlicher als in Mafiaangelegenheiten verwickelt zu sein. Ein Mafiakiller würde einen zwar auch über eine Bundesgrenze verfolgen, aber nicht bis über die Staatsgrenze. Die Union der Korsen dagegen hatte internationale Verbindungen.

Am nächsten Tag verließ ein Garafaldo-Oberst namens Rosario Morotti ein Austernrestaurant in Brooklyn, als ihn zwei Kugeln eines Scharfschützen vom Dach des gegenüberliegenden Hauses trafen. Er war tot, noch ehe er auf dem Pflaster lag. Die Schüsse waren so genau, daß die lokalen Kriminalreporter meinten, es sähe aus, als würde die Mafia Außenseiter unter Vertrag nehmen.

Vierundzwanzig Stunden später wurde Salvatore »Big Sally« Tresca, ein Angehöriger der Leggio-Bande, im Kofferraum seines Wagens auf einem Parkplatz in Manhattan gefunden. Seine Beine waren beide gebrochen worden, bevor man ihn mit einem Drahtseil zu Tode stranguliert hatte. Er trug noch immer den schwarzen Anzug und die schwarze Krawatte, die er für die Beerdigung von Little Joe Rimi in Brooklyns Greenwood Friedhof getragen hatte.

Und noch am gleichen Abend wurden zwei Garafaldo-Männer zusammengeschossen, als sie aus einem Supermarkt in Queens kamen. Beide waren bewaffnet, aber sie trugen volle Einkaufstüten in beiden Händen. Zum Ziehen blieb ihnen keine Zeit. In Anbetracht des üppigen Lebensmitteleinkaufs kämmte die Polizei das ganze Gebiet auf der Suche nach einem Bandenversteck durch.

Als die Nachricht von dem Doppelmord Don Salvatore Garafaldo auf Barbados erreichte, beschloß er, nach New York zurückzukehren, ehe seine Familie erschossen wurde.

Parnell traf zwei Entscheidungen. Erstens, Baker so schnell wie möglich ausfindig zu machen. Und da die Mafia jetzt nicht einmal mehr bei Beerdigungen erschien, mußte er ohne die Organisation weiterkommen. Er ging ins *Relais Midi* zum Mittagessen.

10

Die Brünette hinter der winzigen Bar erkannte Parnell und begrüßte ihn mit einem warmen Lächeln. Henri, der Chefober, tat wenigstens so, als würde er ihn erkennen. Parnell sagte, heute würde er gerne Fisch essen, und was Henri ihm denn empfehlen könne. Er schlug einen *loup flambé* vor, dazu eine halbe Flasche Blanc de Blanc. Parnell fragte ihn, ob es tatsächlich ein *loup* sei oder ein hiesiger Fisch. Henri baute sich zu seiner ganzen Größe auf und sagte sehr von oben herab, daß es ein Mittelmeerloup sei, der erst heute morgen per Luftfracht aus Korsika gekommen sei.

Der Loup war tatsächlich ein Loup und auch frisch. Als Parnell Henri darüber ein Kompliment machte, fragte er ihn gleich, wie oft sie Fisch aus dem Mittelmeerraum erhielten. Henri sagte, dienstags und freitags, und daraufhin meldete Parnell sich für Freitag mit einem Freund zum Essen an.

Auf seinem Weg nach draußen trank er noch einen Kognak an der Bar und versuchte sein Glück bei der Brünetten, jedoch ohne Erfolg. Er erfuhr wenigstens, daß sie Maria Sancho hieß, und als er einwandte, daß sie nicht spanischstämmig aussähe, sagte sie, daß das der Name ihres Mannes sei. Sie sei eine geborene Mary Henderson.

Er ging in den warmen Herbstnachmittag hinaus. Lino Regazzi hatte er diesmal nicht gesehen, aber er war sicher, die Antworten auf die Fragen bekommen zu haben, die er im *Relais Midi* gesucht hatte.

Eigenartig war nur, daß es eine so offensichtliche Lösung des Problems war, daß er nicht verstand, warum nicht schon früher jemand darauf gekommen war. Von einer Telefonzelle aus rief er Tony Cremona an. Der FBI-Agent sagte, daß er eine halbe Stunde für ihn Zeit hätte und sie sich in seinem Büro treffen könnten.

Cremona lehnte sich in seinem Sessel zurück und legte seine Fünfzigdollarschuhe auf den Schreibtisch. Er fragte Parnell, wie es mit seinen Ermittlungen stünde. Parnell entgegnete, daß er gerade ausgezeichnet im *Relais Midi* gegessen hätte. Cremona lächelte müde und bemerkte, daß es angenehm sein muß, mit einem Spesenkonto zu arbeiten. Er könne sich die Preise im *Relais Midi* nicht einmal zum Geburtstag leisten.

»Ich habe einen *loup* gegessen, der heute morgen per Luftfracht aus Korsika gekommen ist«, sagte Parnell. »Am Freitag wird die nächste Fischlieferung von da erwartet.«

Cremona lächelte gönnerhaft. »Für jemanden, der ein paar Jahre nicht mehr in dieser Stadt war, begreifst du schnell. Der Zoll hat Regazzis Fisch während der letzten sechs Monate immer wieder überprüft. Und falls sie etwas übersehen sollten, waren auch die Jungs von der Drogenfahndung da und haben ihnen über die Schulter gesehen.«
»Wie bekommt er es dann durch?«
»Wenn du's rauskriegst, werde ich es dem Chef der Drogenfahndung sagen. Dann verdienst du dir ein hübsches Extrageld. Natürlich würde ich auch ein Weihnachtsgeschenk erwarten. Weshalb bist du so sicher, daß Regazzi Drogen importiert?«
»Ich habe seinen Namen einem Bekannten von mir aus Harlem gegenüber erwähnt. Er sagt, daß Regazzi dort viele Freunde hat. Und er sagte, daß die Union der Korsen den lokalen Heroinmarkt unter Druck setzt.«
»Die Union der Korsen«, wiederholte Cremona und schob verächtlich seine schmalen Lippen vor, »existiert sie wirklich?«
»Als damals die Cosa Nostra ins Gespräch kam, hat man dieselbe Frage gestellt. Bis Valecchi gesungen hat.«
»Du redest so, als wärst du felsenfest davon überzeugt.«
Parnell lehnte sich zurück und nahm sich Zeit beim Anzünden einer Zigarette. »Ich denke, ich habe in Europa ungefähr genauso lange gearbeitet wie du hier. Zuerst war ich beim CIA – bis es zu politischen Differenzen kam.« Er lächelte in der Erinnerung daran. Es war während der Zeit des kalten Krieges gewesen und das Wort ›Entspannung‹ hatte es damals nur im Wörterbuch gegeben. »Ich habe einen französischen Diplomaten überführt, der NATO-Geheimnisse an die Russen verkaufte. Das war ausgerechnet während unserer politischen Annäherung an Frankreich. Das Auswärtige Amt bestand darauf, daß wir den Dossier dem französischen Geheimdienst übergeben. Als daraufhin nichts geschah, machte ich Ärger.« Parnell zuckte die Achseln. »Sie zogen mich aus Europa ab und gaben mir einen Schreibtischjob. Da hab ich den Kram hingeschmissen.«
»Was hat das mit der Union der Korsen zu tun?«
»Während der Ermittlungen damals habe ich festgestellt, daß man in Frankreich nur von Korsen etwas erfahren kann. *Falls* man einen findet, der bereit ist zu reden. Sie haben ihre Leute in der Regierung sitzen, bei der Polizei, beim Zoll – sogar im Geheimdienst. Während der Besatzungszeit waren sie die härtesten Untergrundkämpfer im Widerstand in Marseille. Und nach dem Krieg, als die Kommunisten

in Marseille die Oberhand bekamen, wies die Regierung die Korsen an, sie rauszuschmeißen. Seitdem hat es keinen Hafenarbeiterstreik mehr in Marseille gegeben. – Und danach gingen sie ins Drogengeschäft. Sie starteten damit in Südostasien, solang die Franzosen noch da waren, und als der amerikanische Markt sich vergrößerte, bezogen sie auch die Türkei mit ein und bauten die Aufbereitungslabors in der Umgebung von Marseille auf. Die Atlantikroute wurde zu riskant, also bauten sie ein Vertriebsnetz in Südamerika auf.«
»Und du glaubst, daß sie jetzt Vertrieb, Großhandel bis zum Wiederverkauf organisieren?«
»Weißt du, Tony, als ich das letztemal hier war, habe ich mich gefragt, wieviel ich mir für eine Wanze in deinem Telefon einhandeln würde.«
»Womit du was sagen willst?«
»Womit ich sagen will, daß, wenn ich wegen Informationen zu dir komme, deine Ohren riesig werden, aber deine Stimmbänder einfrieren. Was hältst jetzt *du* davon?«
Cremona lachte still in sich hinein, nahm seine Füße vom Tisch und setzte sich auf. »Es gab hin und wieder einige Drogengeschichten in Harlem, aber erst kürzlich hat sich ein klareres Muster abgezeichnet. Es scheint, daß die korsischen Drogenlieferanten in Marseille nicht mehr mit fünftausend Dollar pro Kilo zufrieden sind, als sie erfuhren, was die Mafia bei dem Straßenpreis hier drüben einnimmt. Besonders nach einigen Erfolgen der französischen Polizei mußten sie nicht nur ihre Aufbereitungslabors auflösen, sondern auch viel mehr Geld für den Schutz ausgeben.«
»Also schalten sie die Zwischenhändler aus.«
Cremona hob die Hände und sagte nichts.
»Das wäre eine Erklärung für die mysteriösen kostenlosen Informationen, die der Zoll bekommen hat, nicht wahr? Der kürzeste Weg, den Markt zu übernehmen, ist, den Nachschub der Konkurrenz abzuschneiden.«
»Bist du schon diesem – wie hieß er doch gleich – Baker auf der Spur?«
»Ich dachte nein, bis mein Freund aus Harlem mir empfahl, baldmöglichst die Stadt zu verlassen.«
»Und du glaubst, daß es eine Verbindung zwischen Regazzi und Baker gibt?«
Parnell grinste und stand auf. »Das ist wohl genug für heute, Tony.«

Parnell glaubte nicht an eine direkte Verbindung zwischen Regazzi und Baker. Aber nach den Informationen, die er in Amsterdam bekommen hatte, ergab sich für ihn der Verdacht, daß Regazzi Baker auftreiben könnte. Vielleicht würde er ihn auch ausliefern. Aber um den Korsen zur Mitarbeit zu bewegen, würde er mehr als Geld brauchen. Um dieses Mehr zu finden, mietete er einen dunkelblauen, zwei Jahre alten Mustang und behielt während der nächsten beiden Tage und Nächte das *Relais Midi* und dessen Angestellte im Auge.

Er fand heraus, daß Lino Regazzi in einem gutbürgerlichen weißen Stuckhaus an einer baumbestandenen Straße in der Nähe des Flughafens wohnte. Er war mit einer dünnen, dunkelhaarigen Frau in seinem Alter verheiratet, die für die Arbeit in ihrem kleinen, rückwärtigen Garten ihr volles Make-up anlegte. Falls sie Kinder hatten, schienen sie erwachsen und aus dem Haus zu sein. Regazzi fuhr einen zwei Jahre alten Dodge.

Der Oberkellner Henri fuhr mit einem Bus über die First Avenue zur Arbeit, aber Parnell hielt es nicht für wichtig, ihn zu beschatten. Und Maria Sancho hatte ihm die Wahrheit gesagt: Jeden Abend stand ein gutaussehender Typ von Dreißig bis Fünfunddreißig mit schwarzem, welligen Haar und dunklem Höhensonnenteint draußen in einem neuen Pantera vor dem Restaurant, um sie abzuholen. Sie fuhren zu einem hohen Apartmenthaus mit Blick über den Riverside Park. Der Name auf dem Briefkasten im Foyer lautete Juan Sancho, und sowohl das Gebäude als auch die Autos der anderen Bewohner erweckten den Eindruck, daß Sancho sehr viel mehr Geld fürs Wohnen ausgab als Regazzi. Die Einkäufe für das Restaurant wurden von einem kleinen Lieferwagen ausgeführt, gelb angestrichen, mit dem Namen des Restaurants diskret auf der Tür wie bei französischen Parfümerien.

Nachts war der kleine Lieferwagen so nah wie möglich vor dem Liefereingang des *Relais Midi* geparkt. Und um sechs Uhr morgens stellte Parnell den Mustang einen halben Block entfernt am Straßenrand ab, von wo aus er den Lieferwagen im Auge behalten konnte. Um halb acht erschien der übliche Fahrer, ein hochgewachsener, schlanker Schwarzer in adretter, gelber Uniform. Er kam die Straße herunter und ohne vorher noch in das Restaurant zu gehen, schloß er den Lieferwagen auf und fuhr nach Süden. Parnell folgte ihm nach Queens hinein und hinaus zum Kennedy-Flughafen. Als der Fahrer den Lieferwagen in eine Lücke an der Luftfrachtrampe rückwärts ein-

parkte, konnte Parnell im Halteverbot bleiben. Er stieg aus und lief eilig in das Flughafengebäude.
Der Fahrer schien hier jeden zu kennen und brauchte nicht lange bis zum Zollbereich. Auch dort war er bekannt, und während die beiden Zollbeamten sechs weiße Plastikfischkisten kontrollierten, flogen zwischen dem Fahrer und den anderen Flughafenangestellten allerlei Scherze hin und her. Jede Kiste war dreimal zwei Fuß breit und etwa anderthalb Fuß tief und enthielt eine Lage Fisch in gestoßenem Eis. Die Durchsuchung war sehr gründlich, und sogar die Bäuche der größeren Fische wurden untersucht. Parnell fragte sich, ob diese Durchsuchung immer so war oder ob sie ein Resultat seiner Unterhaltung mit Tony Cremona sein konnte.
Nach der Zollkontrolle legte der Fahrer die Deckel sorgfältig zurück auf die Kisten, packte sie auf einen Handkarren und fuhr sie hinaus zum Lieferwagen. Ein Frachtarbeiter half ihm, sie einzuladen. Parnell lief zurück zu dem Mustang, nahm das Strafmandat von der Windschutzscheibe und sprang hinters Lenkrad. Auf der Schnellstraße holte er den Lieferwagen ein. Er bog am Queens Boulevard ab und stoppte gleich darauf, um einen Mann aufzunehmen, der am Straßenrand gestanden hatte. Parnell war nicht nahe genug, um feststellen zu können, ob es ein Freund des Fahrers oder ein Anhalter gewesen war. Er beschleunigte und überholte den Lieferwagen. Im Fahrerhaus war nur der Fahrer zu sehen. Als sie sich der Queensborough Brücke näherten, ließ er den Lieferwagen vorbeifahren und fuhr wieder hinter ihm her.
Der Fahrer rangierte rückwärts an den Liefereingang des *Relais Midi* und drückte kurz auf die Hupe. Vier Kellner kamen heraus und trugen die Kisten in das Restaurant. Dann fuhr der Lieferwagen die First Avenue hinauf und schwenkte auf Höhe der 96. Straße an den Bordstein. Der Mann, der in Queens eingestiegen war, stieg aus und trug eine große, dunkelgrüne Leinentasche, groß genug, um darin eine der Fischkisten zu transportieren. Eilig lief er um die Ecke, wo Sancho in seinem Pantera auf ihn wartete und warf die Tasche hinter den Vordersitzen auf den Boden. So wie er damit umging, konnten der Fisch und das Eis nicht mehr darin sein. Der Mann stieg neben Sancho ein, und der Pantera wendete auf der Second Avenue. Er fuhr in nördlicher Richtung, und nach ein paar Querstraßen bog er in eine kleine Tankstelle ein. Parnell parkte den Mustang um die Ecke und ging zu Fuß zurück.

Der Pantera war in der Garage verschwunden, und obwohl Parnell noch weitere zwei Stunden in der Nähe blieb, sah er weder den Wagen noch die beiden Männer wieder. Dann fuhr er zurück zu seinem Hotel, stellte den Mustang in die Garage und aß zu Mittag.
Sechs Fischkisten waren am Flughafen eingeladen worden, und sechs Kisten hatte man am Restaurant ausgeladen. Daher, überlegte Parnell bei seinem Aperitif vor dem Essen, mußte in dem Lieferwagen eine leere Kiste gewesen sein. Und der mysteriöse Mann, der am Queens Boulevard eingestiegen war, mußte nach hinten geklettert sein und den Fisch und das gestoßene Eis in die leere Kiste umgeladen haben. Das würde auch erklären, warum Regazzi sich keine Sorgen darüber machte, daß die Kisten durch die Hände seines Personals gingen. Sie waren sauber. Und da Sancho eine komplette Kiste erhalten hatte, konnte das nur heißen, daß das Heroin in den üblichen Plastiksäckchen verpackt entweder in einem hohlen Boden oder in hohlen Seitenwänden verborgen gewesen war. Vielleicht war dieses geheime Versteck so schwierig zu erreichen, daß die ganze Kiste zerbrochen werden mußte. Was wiederum ein Problem für den Zoll aufwarf: Wenn sie wollten, fanden sie Industriediamanten sogar in einer Zahnpastatube. Außer wenn sie bestochen wurden. Aber diesen Gedanken ließ Parnell fallen. Nicht wegen der Integrität aller Zollbeamten, sondern weil in diesem Fall zu viele beteiligt waren.
Es gab noch zwei weitere interessante Gesichtspunkte: Regazzi war zu keiner Zeit aufgetaucht und es war höchst unwahrscheinlich, daß er in der Garage gewartet hatte, nicht anderthalb Stunden zu einer Tageszeit, wo es die meiste Arbeit im Restaurant gab. Daher mußte er absolutes Vertrauen zu seinem Fahrer, zu Sancho und zu dem dritten Mann haben. Der zweite Punkt war, daß weder der Fahrer noch Sancho sich vorgesehen hatten, ob sie beschattet wurden. Das bedeutete wahrscheinlich, daß sie vor lauter Routine sorglos geworden waren.
Als Parnell mit seinen Gedankengängen soweit gekommen war, beschloß er, seinen versäumten Schlaf während der letzten achtundvierzig Stunden nachzuholen und verbrachte den Rest des Nachmittags in seinem Hotelbett.
Die Tankstelle, in die Sancho an diesem Morgen gefahren war, war ein kleines, unabhängiges Unternehmen mit vier Zapfsäulen und einer Schnellwaschanlage. Um zehn Uhr abends wurden die Zapfsäulen abgesperrt, und wenige Minuten später schloß der Tankwart die

übrigen Türen für die Nacht ab. Er fuhr mit einem verbeulten Oldsmobile ab, der wie ein Rolls-Royce schnurrte. Da er jedoch zwei der hellen Außenscheinwerfer eingeschaltet gelassen hatte, mußte Parnell seine Absicht aufgeben, durch den Vordereingang in die Garage zu gelangen.

Parnell ging die Seitenstraße hinunter bis zu dem Hinterhof, der von rückwärts an die Garage führte. Hoch oben in der rückwärtigen Wand befand sich ein langes, schmales Fenster, doch er würde eine Leiter brauchen, um hinaufzukommen und etwas anderes als seine bloßen Hände, um den Stahlrahmen des Fensters zu öffnen – vielleicht Werkzeug aus dem Mustang. Wo die Wand an das Nachbargebäude stieß, gab es einen eisernen Haken, der in den Beton eingelassen war und die Telefonleitungen trug. Wenn er den erreichen könnte, würde er auf das Flachdach der Garage klettern. Und dort gab es normalerweise ein Oberlichtfenster.

Er beschloß, noch eine Stunde zu warten, bis die Nachbarschaft sich zur Ruhe begeben hatte, und ging weiter bis zur Third Avenue, wo er eine ruhige Bar fand. Die Gäste hier, auch die Mädchen, waren überwiegend Farbige. Trotzdem gab es keine feindseligen Kommentare, als er sich mit dem Ellbogen auf die Theke lehnte und ein Bier bestellte. Nach einer Stunde ging er wieder und machte sich auf den Weg zurück zu seinem Wagen. Der Verkehr war jetzt sehr ruhig geworden, und die meisten Lichter in den Fenstern der umliegenden Häuser waren erloschen. Er fuhr den Wagen in den Hinterhof, dicht an die Wand unter dem Haken und kletterte auf die Motorhaube. Mit einer Hand erreichte er den Haken und zog sich auf das Garagendach. In der Mitte des Daches gab es ein schräges Fenster, das gleichzeitig als Ventilator fungierte. Mit dem Schraubenzieher aus dem Wagen stemmte er den Rahmen hoch und leuchtete mit seiner Taschenlampe hinunter. Es erschien ihm entsetzlich tief. Er nahm seinen Mut zusammen, quetschte sich durch den Fensterspalt und hing einen Augenblick an beiden Händen in der Luft. Dann ließ er los und landete schwer auf Armen und Beinen.

Ein Dutzend Autos standen herum, fast alle in Reparatur. Der Pantera war nicht dabei. Das kleine Büro an der Tankstellenfront betrat er nicht. Das Licht von draußen schien hell durch die Fenster, und außerdem war Sancho am Morgen nicht dort drin gewesen, sonst hätte er ihn von draußen gesehen. Nachdenklich lehnte er sich gegen einen motorlosen Buick. Als Sancho hereingefahren war, mußten

Mechaniker und möglicherweise auch Kunden dagewesen sein, also war das kaum der richtige Ort und die Zeit, um eine Fischkiste auseinanderzubrechen, die Heroin enthielt.
Er suchte nach einer Kellertür, aber es gab keine. Die Toilette war ein winziges Geviert, kaum groß genug, daß ein ausgewachsener Mann darin seine Hosen herunterlassen konnte. Er untersuchte die Wand zu seiner Rechten bis zum Ende. Nichts. Dann ging er zu der gegenüberliegenden Wand, an der in der Mitte ein Block von vier blechernen Spinden stand. Zwei Türen waren unverschlossen, und darin hingen ölverschmierte Arbeitshosen. Er wollte gerade weitergehen, als er eine schwache, halbkreisförmige Linie in dem ölgetränkten Schmutz auf dem Betonboden entdeckte. Ohne das Licht seiner Taschenlampe hätte er diese Spur nie bemerkt, nicht einmal bei Tageslicht. Der Halbkreis begann am Boden des letzten Schrankes und konnte nur durch das Ausschwenken des ganzen Spindblocks entstanden sein. Er legte die Taschenlampe auf den Boden und versuchte, seine Hände zwischen die Schränke und die Wand zu bekommen, aber der Zwischenraum war zu schmal. Er nahm ein Reifeneisen und schob es in den Spalt, legte sein ganzes Gewicht dagegen, aber nichts rührte sich; nur das Metall knirschte etwas. Beim zweiten Versuch gab es ein Klicken, als wenn ein Schloß aufgeschnappt wäre, und der ganze Block der vier Spinde schwang heraus und enthüllte eine kleine Holztür in der dahinterliegenden Wand.
Er stieß die Tür auf, und schon der durchdringende Geruch von Blumen verriet ihm, daß er sich in einem Blumengeschäft oder in einem Beerdigungsinstitut befand. Er trat durch die Tür, zog die Schränke an ihren Platz zurück und schloß die Tür hinter sich. Vorsichtig drückte er sich an der Wand in dem kurzen Flur entlang. An dessen Ende lag zur Linken eine unverschlossene Tür, die in einen Blumenladen führte. Die gegenüberliegende Tür gab den Blick in den Arbeitsraum des Floristen frei. Die Luft war feucht und kühl, und der Lichtkegel seiner Taschenlampe fiel über einige Trauerkränze an der Wand.
Drei große Plastiksäcke standen für die Müllabfuhr neben dem Hintereingang bereit. Parnell durchsuchte sie sorgfältig. In dem dritten Sack fand er Stücke einer zerbrochenen Fischkiste, vermischt mit welken Blumen, Farnen und Blättern. Er legte die Taschenlampe auf den Arbeitstisch und setzte die einzelnen Stücke der Kiste zusammen.

Schließlich hatte er eine Standardfischkiste aus Plastik vor sich, wie sie von allen Fischern und Fischhändlern zwischen Oslo und Toronto benutzt wurde. Sie war ungefähr drei Fuß lang, zwei Fuß breit, anderthalb Fuß tief und aus weißem Polyester hergestellt. Der Deckel, der Boden und die Seitenwände waren drei Inch stark. Der Behälter war extrem leicht, widerstandsfähig, und wenn darin Fische in gestoßenem Eis verpackt wurden und der genau passende Deckel daraufgesetzt wurde, hielten sie sich mehrere Tage lang frisch.
Das Sonderbare an diesem Behälter war, daß die Seitenwände hohl waren, und dieser Zwischenraum war von vorherein eingeformt worden und nicht nachträglich herausgeschnitten. Nachdenklich betrachtete Parnell seinen Fund. Diese Aussparungen waren sicher nicht aus Gründen der Gewichtsersparnis gemacht worden, denn das Material war extrem leicht. Und auch Geld würde damit kaum gespart, denn Polyester ist sehr billig. Er nahm die Taschenlampe und untersuchte sorgfältig eins der Seitenstücke. Der Schlitz zu dem Hohlraum war nur anderthalb Inches breit und nahm zwei Drittel der Seitenlänge ein. Die Öffnung war im Boden der Kiste und mit einem Streifen des gleichen Materials so nahtlos verschlossen worden, daß die Kanten förmlich unsichtbar waren. Parnell wollte an diesem Ort und zu dieser Zeit keine längeren Überlegungen anstellen, daher steckte er zwei Stücke der ausgehöhlten Seitenwand in seinen Gürtel, knöpfte sein Jackett darüber zu und warf die übrigen Teile der Fischkiste zurück in den Müllsack.
Er verließ den Blumenladen durch den Hintereingang, schob die beiden Polyesterteile unter den Sitz des Mustang und kletterte abermals auf das Garagendach. Er schloß das Oberfenster und sprang hinunter in den Hinterhof. Dann fuhr er mit nicht eingeschalteten Scheinwerfern bis zur Hauptstraße, bog in südlicher Richtung ab und trat aufs Gaspedal.
In seinem Hotelzimmer wusch er sich gründlich, schenkte sich einen Schuß Bourbon ein, setzte sich aufs Bett und untersuchte noch einmal die Seitenwand der Fischkiste. Der Bodenschlitz erschien ihm zu schmal, um ihn mit den üblichen Plastiksäckchen mit Heroin zu füllen. Außerdem brauchte ein argwöhnischer Zollbeamter nur einen Eispickel, um das Versteck zu entdecken. Er schob das Problem einstweilen beiseite und berechnete den Hohlraum. Über den Daumen gepeilt konnte er zwei Kilo Heroin aufnehmen, das bedeutete, vier Kilo pro Kiste. Wenn zwei solcher Lieferungen in der Woche mit den Fi-

schen kamen, ergab das wöchentlich acht Kilo. Aus acht Kilo reinem Heroin konnte man bei dem niedrigen Verbraucherstandard soviel Stoff machen, daß Regazzi allein Harlem und Queens beliefern konnte.
Parnell verschloß die Fischkistenteile in seinem Koffer, zog sich aus und kroch ins Bett. Bislang hatte er kaum Angst gehabt, aber jetzt fiel ihm noch im Einschlafen ein, daß er vielleicht länger leben würde, wenn er seine Funde der Rauschgiftfahndung übergeben und schnellstens zurück nach Amsterdam fliegen würde.
Der nächste Tag war ein Samstag, und er rief Susan Cartwright an. Das Hausmädchen sagte ihm, daß sie über das Wochenende aufs Land gefahren sei. Samstag abend betrank er sich ein wenig und verscheuchte den Sonntagmorgenkater mit einem Spaziergang im Park. Am Montag abend gegen zehn Uhr fuhr er langsam an Lino Regazzis Haus in Flushing vorbei.
Im Wohnzimmer brannte Licht hinter zugezogenen Vorhängen. Aus dem Obergeschoß kam kein Licht durch die Fenster. Er parkte den Mustang einen Block weiter, faltete eine Zeitung um die Fischkistenteile und klemmte sie unter den Arm. Nach längeren Überlegungen war er zu dem Schluß gekommen, keine Waffe mitzunehmen.
Zu Fuß ging er zu dem Haus zurück, stieg die vier Steinstufen zum Eingang hinauf und drückte auf den Klingelknopf. Ein paar Augenblicke später wurde das Eingangslicht eingeschaltet und die Tür auf die Länge der Vorlegekette geöffnet. Es war Mrs. Regazzi, die die Tür öffnete, und Parnell dachte an den Mafiaboss, der jeden Morgen seine Frau hinausgeschickt hatte, um seinen Wagen zu starten. Er sagte, er habe eine wichtige Nachricht für ihren Mann.
»Worum handelt es sich – ich werde es ihm ausrichten«, entgegnete sie, während ihre dunklen Augen an Parnell vorbei die Straße absuchten.
»Wer ist denn da, Denise?« kam leise Regazzis Stimme.
Sachlich sagte Parnell: »Ich würde gern mit Ihnen über die Fischlieferung sprechen, die morgen früh ankommen soll.«
Mrs. Regazzis Gesicht verschwand. Die Tür wurde geschlossen. Parnell dachte, daß er es vielleicht anders hätte anfangen sollen, als die Tür abermals, diesmal ohne Kette, geöffnet wurde. Mrs. Regazzi war zurückgetreten, und Regazzi hielt die Türklinke mit einer Hand. In der anderen hatte er eine Beretta Kaliber 7.65. Er war lässig in einen weißen Rollkragenpullover und schwarze Seidenhosen geklei-

det. Aus seinem Gesichtsausdruck sprach mehr Neugier als Besorgnis. Er fragte Parnell, wer er sei.
Parnell ignorierte die Waffe und setzte ein Lächeln auf. »Ein Freund – hoffe ich. Und ich würde vorschlagen, daß Sie mich hineinbitten. Sollte die Nachbarschaft sehen, wie Sie mich mit der Waffe bedrohen, könnte jemand meinen, daß Sie Schwierigkeiten haben und die Polizei rufen.«
Regazzi trat zurück. Seine Frau verschwand durch eine hintere Tür des Flurs. Parnell trat ein, und Regazzi schloß und verriegelte die Tür. Er forderte Parnell auf, sich umzudrehen und an die Wand zu lehnen. Dann durchsuchte er ihn fachgerecht mit der Linken nach etwaigen Waffen. Er lachte kurz auf und sagte: »Bei all den Einbrüchen heutzutage kann ein ehrlicher Bürger nicht vorsichtig genug sein.« Er ging voraus ins Wohnzimmer.
Es war ein schöner Raum, gemütlich eingerichtet mit Sesseln und einer Couch nach männlichem Geschmack. Die Dekoration war dagegen eher weiblich: fröhliche Chintzvorhänge, dünnbeinige Beistelltischchen und pastellfarbige Landschaften in schmalen Goldrahmen an den Wänden. Regazzi wies auf einen Sessel für Parnell und setzte sich selbst auf den Stuhl am Schreibtisch. Er legte die Waffe auf die Schreibtischunterlage. »Ich habe Sie schon mal irgendwo gesehen.«
»Sie haben eine gute Bouillabaisse.«
Regazzi nickte sich erinnernd, und die kleine fragende Falte auf seiner Stirn verschwand. »Sie sind der Mann, der den Unterschied zwischen der Bouillabaisse in Marseille und der in Korsika wissen wollte. Worum geht es bei dieser Fischlieferung?«
Parnell faltete die Zeitung auseinander und legte das abgebrochene Stück weißen Polyesters auf den niedrigen Couchtisch vor sich. Regazzi riß die Augen auf.
»Wo haben Sie das gefunden?« wollte er wissen.
»In einem Müllsack zusammen mit welken Blumen in einem Blumenladen drüben in Harlem.«
Regazzi sah Parnell prüfend an. Einen langen Augenblick gespannten Schweigens war nur das entfernte Gemurmel aus einem Fernseher oder Radio im oberen Stockwerk zu hören. Leise fragte Regazzi dann: »Sind Sie von der Drogenfahndung?«
Diese Frage überraschte Parnell. Er hätte erwartet, daß Regazzi jedes Wissen um dieses Stück Fischkiste leugnen würde. Die Frage überraschte ihn nicht nur, sie beunruhigte ihn. Es war ein indirektes

Eingeständnis seiner Schuld, und Regazzi war nicht der Mann, irgend etwas einzugestehen, wenn er nicht sicher sein konnte, daß dieses Eingeständnis niemals gegen ihn verwendet werden könnte.

»Wenn ich von der Drogenfahndung wäre, wäre ich sicher nicht allein gekommen und ich hätte auch nicht unbewaffnet kommen können. Aber trotzdem bin ich froh über diese Frage. Das erspart uns das Drumherumreden.«

Regazzi nahm die Beretta in die Hand. Parnells Magenmuskeln zogen sich zusammen. »Ich habe einen Waffenschein für dieses Ding. Und wie ich schon sagte, gab es in letzter Zeit viele Einbrüche in der Nachbarschaft. Ich gebe Ihnen eine Minute, mir zu erklären, warum ich Sie nicht erschießen und dann die Polizei rufen sollte.«

Parnell lehnte sich zurück und schlug die Beine mit einer Lässigkeit übereinander, die er nicht im geringsten empfand. »Wenn ich nicht vor Mitternacht jemanden anrufe, wird der Zoll angewiesen werden, jede der morgen früh ankommenden Fischkisten auseinanderzubrechen. Da die Lieferung jetzt im Moment schon halb über den Atlantik ist, können Sie sie nicht mehr stoppen. Stimmt's?«

»Stimmt.« Regazzi lächelte, ein Lächeln, an dem seine Augen nicht beteiligt waren. »Wenn ich also die Lieferung abhole, sage ich dem Zoll, daß er jede Kiste sorgfältig durchsuchen soll – weil ich glaube, daß mich jemand hereinlegen will. Vielleicht glauben sie mir, vielleicht auch nicht. Aber zu einer Anklage würde es niemals reichen.«

Parnell grinste ebenfalls. »Wieviel Geld steckt im *Relais Midi?* Dreihunderttausend oder fünfhundert?« Regazzi schwieg, und Parnell fuhr fort: »Wenn Sie in Verdacht geraten, sind die von der Drogenfahndung nicht mehr zu halten. Jeden Tag während der Mittagszeit werden sie Ihr Restaurant bevölkern, und wenn das die Gäste nicht vertreibt, werden sie einen Kamerawagen am Randstein parken und alle fotografieren, die hinein- und hinaus gehen. Die Drogenfahndung wird Sie Stück für Stück auseinandernehmen. Und dann geht's erst richtig los: Ihr Telefon wird abgehört, Ihre Angestellten werden verhört, und jedesmal, wenn Sie sich ins Auto setzen, wird man Ihre Papiere verlangen. Sie werden kaum mehr auf die Toilette gehen können, ohne daß ein Bulle über oder unter der Tür durchschaut.«

Parnell schwieg, und Regazzi sagte noch immer nichts. Er hielt nach wie vor die Waffe in der Hand, aber ohne auf Parnell zu zielen. Parnell spürte, daß er die schwierigste Rolle seiner Laufbahn spielte, und wenn er versagte, würde der Korse nicht zögern, ihn umzubringen.

»Wenn das Gesetz Sie nicht vernichten kann, wird es die Presse schaffen. Einen Schlag haben Sie schon einstecken müssen: den Mafioso, den man in Ihrer Tiefkühltruhe fand. Die Presse wird Sie als korsischen ›Paten‹ aufbauen. Und soweit ich gehört habe, mag die Korsische Union im Gegensatz zur Mafia keine Publicity.« Parnell schüttelte traurig den Kopf. »Vielleicht wäre es Ihnen dann eines Tages noch lieber, die Bullen hätten Sie hochgehen lassen, und Sie säßen sicher im Knast.«

Als Parnell die Korsische Union erwähnte, hatten sich Regazzis Augen leicht verengt. Er faßte sich jedoch rasch, und wenn Parnell ihn nicht so genau auf seine Reaktionen beobachtet hätte, wäre ihm das entgangen.

Ruhig sagte Regazzi nach einer Weile: »Sie jagen mich in Angst und Schrecken.« Er legte die Waffe wieder auf den Schreibtisch, und Parnell mußte sich eisern zusammennehmen, um nicht die kitzelnden Schweißtropfen an seinem Haaransatz wegzuwischen. Den ersten Akt hatte er überlebt.

»Was wollen Sie eigentlich – daß etwas geschieht?« fragte Regazzi ironisch. »Oder wollen Sie einfach nur Geld?«

»Weder noch. Ich will einen Mann, der unter dem Namen Frank Baker segelt und Mitglied der Garafaldo-Bande ist.«

»Und zu welcher Bande gehören Sie?« Aus der Ironie in seiner Stimme war Resignation geworden.

»Ich bin Privatdetektiv. Ich brauche Baker als Zeugen in einem Fall, an dem ich arbeite.«

»Was, zum Teufel, habe ich damit zu tun?«

»Ein Junge namens Randall wurde geschnappt, als er elf Kilo Heroin nach Boston mitbrachte, und zwar aufgrund eines anonymen Tips, der beim Zoll einging. Sie oder sonst jemand aus der Korsischen Union haben diesen Tip gegeben.«

»Das ist weit hergeholt. Warum sollten wir?«

»Aus demselben Grund, aus dem Sie dem Zoll an der Grenze in Tijuana einen Tip über eine andere Lieferung gegeben haben.«

Regazzi stand auf, sicherte die Pistole und ließ sie in seiner Gesäßtasche verschwinden. Er öffnete einen Intarsienschrank, der als Hausbar fungierte, und fragte Parnell, ob er einen Bourbon mittrinken wollte. Parnell nickte, und Regazzi schenkte zwei großzügige Drinks ein, fügte ein paar Eiswürfel hinzu und setzte Parnells Glas auf den Couchtisch.

»Wie sagten Sie doch, war Ihr Name?«
»Meinen Namen habe ich Ihnen noch nicht gesagt. Ich heiße Parnell und arbeite meistens von Amsterdam aus.«
»Und inwiefern kann dieser Baker in Ihrem Fall wichtig sein?« Die Frage wurde wie nebenbei gestellt, und Parnell kam auf den Gedanken, daß der Korse einfach redete, während er sich überlegte, wie er mit dieser Situation im allgemeinen und mit Parnell im besonderen fertigwerden sollte.
»Er ist der einzig noch lebende Mann, der dem Gericht sagen kann, daß der junge Randall in den Heroinschmuggel hineingetrickst wurde. Das sollte dem Jungen eine Strafmaßverringerung bringen.«
»Ich habe nie von ihm gehört.«
»Aber von Renée Delaitre haben Sie gehört.« Regazzi schüttelte den Kopf. »Um Ihrer Erinnerung nachzuhelfen – sie ist der Vogel, den die Korsen Shagen Mulders in Amsterdam angehängt haben, um ihn aus dem Verkehr zu ziehen. Und da sie genug über die Lieferung via Randall wußte, um den Zoll zu informieren, müßte sie auch wissen, wer Mulders' Mann in Boston war. Der, der die Lieferung entgegennehmen sollte. Das ist der Mann, den ich brauche.« Die Verwicklung Reńee Delaitres in die Sache war eine reine Vermutung Parnells. Aber schließlich mußte es jemanden in Amsterdam geben, überlegte Parnell, jemanden, der Mulders auf Kosten der Korsen nahestand.
»Was verdienen Sie als Privatdetektiv?«
»Hundert Dollar pro Tag plus Spesen.«
»Sie riskieren Ihren Hals für ein Taschengeld.«
Parnell zuckte die Achseln. »Es ist ein Job wie jeder andere. Und ich brauche abends meine Haustür nicht mit einem Revolver in der Hand zu öffnen.« Er trank sein Glas leer.
»Da bin ich nicht so sicher. Nicht von jetzt an. Möchten Sie noch einen Drink?«
»Nur, wenn Sir mir noch etwas zu sagen haben.«
»Sicher habe ich Ihnen noch etwas zu sagen, aber dafür brauchen Sie keinen Drink. Nehmen Sie das nächste Flugzeug zurück nach Amsterdam.«
»Geben Sie mir Mulders' Verbindung in Boston, dann mache ich das.«
Regazzi wies auf das Stück Plastik. »Und was ist damit?«
»Ich habe Ihnen gesagt, daß ich Privatdetektiv bin und kein Drogenfahnder.« Er stand auf. »Und kommen Sie nicht auf die Idee, Juan

Sancho einen Auftrag zu geben. Wie ich schon sagte, ich habe einen Brief mit Namen, Daten und Orten bei einem Freund deponiert, den ich jede Nacht anrufe. Wenn ich nicht anrufe, geht der Brief mit einem weiteren Stück Ihrer Fischkisten zur Drogenfahndung.« Er ging hinaus in den Flur, Regazzi folgte ihm und öffnete die Haustür.
»Was gibt es morgen zum Mittagessen im *Relais Midi?*«
Regazzi grinste zynisch. »Einen Mittelmeerfisch namens Dorado. Schon probiert?«
»Den habe ich früher selbst gefangen.«

Am nächsten Morgen wartete Parnell auf dem Parkplatz in der Nähe der Luftfrachtabfertigung, als der Lieferwagen des *Relais Midi* ankam. Der übliche Fahrer war hinter dem Steuer, und er war allein. Er lud sechs Fischkisten und fuhr zurück nach Manhattan, ohne unterwegs jemanden aufzunehmen. Er parkte am Restaurant, und die sechs Kisten wurden hineingetragen. Parnell blieb weiter bis ein Uhr auf seinem Beobachtungsposten, und der Lieferwagen blieb an seinem Platz. Verwirrt fuhr er weg. Wenn die Lieferung heute sauber war – was sie zu sein schien –, warum hatte Regazzi ihn dann am vorangegangenen Abend nicht abgeknallt?

11

Am Dienstag abend um neun Uhr rief Susan Cartwright Parnell an und klagte, daß sie das Leben im allgemeinen und das College im besonderen langweilte und fragte, ob er mit ihr ausgehen würde. Er nahm ein Taxi zu ihrer Wohnung. Sie erwartete ihn im Hauseingang. Sie hatte schon zu Abend gegessen, daher schlug er vor, irgendwo hinzugehen, wo Musik war. Aber sie hatte einen anderen Plan: Sie sollten Ulysses Jackson besuchen. Bevor er noch fragen konnte, warum, gab sie dem Taxifahrer eine Adresse im oberen West Side.
Das Haus war ein alter, vier Stockwerke hoher Backsteinbau mit schmaler Front und einer eisernen Treppe, die vom Gehsteig zur Eingangstür hinaufführte. Susan drückte auf den Klingelknopf, und ein Schwarzer von der Statur eines Joe Frazier öffnete die Tür mit vorgelegter Kette. Als er Susan erkannte, grinste er, daß seine weißen Zähne blitzten, und er nahm die Kette ab. Parnell ging hinter ihr hinein. Von oben kamen dröhnend die Klänge von hartem Rock, so

daß die Luft vibrierte. Sie stiegen zum ersten Stock hinauf.
Der Raum, aus dem die Musik kam, war sehr groß, als wenn aus zwei Räumen einer gemacht worden wäre. Er lag nach hinten hinaus. Die Fenster waren mit Brettern vernagelt und schalldicht gemacht worden. Kleine Scheinwerfer entlang den Wänden warfen ihr Licht gegen die Decke, und da jeder Lichtkegel eine andere Farbe hatte, erreichte man einen regenbogenfarbigen Effekt durch den Rauch. Die Musik war in Stereo, und etwa dreißig Leute befanden sich auf der Tanzfläche oder saßen und standen herum. Alle waren jung. Die meisten von ihnen weiß, und fast alle rauchten. Um high zu werden, brauchte man nur durch den Raum zu gehen.
Zwei junge Männer in Carnaby Street-Anzügen und eine langhaarige Blonde mit durchsichtiger Bluse strömten auf Susan zu und begrüßten sie stürmisch. Sie stellte sie Parnell vor und erklärte, daß sie sich im Sommer in Rom kennengelernt hätten. Sie begannen zu plaudern, und Parnell machte sich auf die Suche nach Jackson. Da er ihn in dem großen Raum nicht sah, ging Parnell hinaus und probierte die gegenüberliegende Tür im Flur. Sie gab sofort nach, und er warf einen Blick hinein.
Das Zimmer war als Wohnzimmer eingerichtet, hatte aber so wenig Licht, daß er einige Zeit brauchte, um drei verschiedene Paare auszumachen, die mehr oder weniger bekleidet ineinander verschlungen waren. Es war jedoch keine Orgie, sondern schlichter, altmodischer Sex. Parnell schloß die Tür leise und gab seine Suche auf.
Susan hatte sich mit einem der Jungen auf die Couch gesetzt. Als sie Parnell sah, winkte sie ihn zu sich. Der Junge verschwand. Er setzte sich, und sie reichte ihm den Joint, den sie rauchte. Er nahm einen Zug, inhalierte tief und atmete langsam aus. Es war Hasch, und er war stark. Er gab ihr den Joint zurück.
»Du magst es nicht«, sagte Susan aggressiv.
Parnell zuckte die Achseln. »Nicht besonders.«
»Hast du moralische Bedenken?«
»Nein, zum Teufel, ich habe es schon zu einer Zeit ausprobiert, als es noch nicht einmal Mode war. Keine Reaktion. Was hast du davon?«
»Wenn ich nicht so ein nettes Mädchen wäre, würde ich es dir sagen.«
Er dachte an die Vorgänge in dem anderen Zimmer. »Ich bin kein netter Mann, also warum suchen wir uns nicht ein freies Schlafzimmer?«
»Warum frei? Magst du etwa auch keinen Gruppensex?«

Er wandte sich ihr zu und musterte sie kühl. »Mein liebes Fräulein, du bist heute abend in einer eigenartigen Verfassung. Was hast du eigentlich?«
Susan nahm einen langen Zug und ließ den Rauch durch ihre schmalen Nüstern wieder ausströmen. »Ich weiß nicht. Ich wünschte, ich wäre in Europa geblieben.«
»Hast du Schwierigkeiten mit deinem Vater?«
»Nein, das ist es nicht. Wann fährst du zurück nach Amsterdam?«
»Wenn ich diesen Fall gelöst habe. Oder wenn Randall mich rausschmeißt.«
»Nimm mich mit.«
Er lachte lautlos. »In Amsterdam würdest du vor Langeweile sterben.«
Sie warf die Kippe auf den Boden, und ein vorbeigehender Junge murmelte »Kapitalist«, hob sie auf und steckte sie ein. Susan schob ihren Arm unter Parnells Arm. »Wir brauchen ja nicht für immer dortzubleiben.«
»Ich könnte mich an dich gewöhnen.«
»Hast du davor Angst?«
Er zögerte. Der Gedanke, seine Freiheit aufzugeben, machte ihm keine Angst mehr. Aber er fragte sich, wie das funktionieren sollte. Mit einer Frau, einem Zuhause und einer Familie würden Gangster wie Shagen Mulders und Regazzi einen ganz anderen Ansatzhebel haben. Also mußte er möglichst vermeiden, etwas zu riskieren. Und wenn man nichts riskierte, konnte man nichts gewinnen. Genau wie jetzt. Wenn Regazzi wüßte, daß er eine Familie hätte, würde er einfach eines Morgens, wenn er nicht zu Haus war, eine Bombe in die Küche werfen, nur so als Warnung.
Natürlich konnte er diesen Beruf auch aufgeben. Er hatte genug Geld, um so lange auszuhalten, bis er eine neue Arbeit fand. Oder er könnte seine Fälle sorgfältig auswählen und die gefährlichen nicht anrühren. Das Dumme war nur, daß man nicht immer im vorhinein wußte, was auf einen zukam. Dieser Fall zum Beispiel hatte mit einer Handvoll Hippies in Amsterdam begonnen, und jetzt verkroch er sich in einem Kaninchenloch zwischen der Mafia und der Korsischen Union.
Susan ließ seinen Arm los und öffnete eine kleine Schildpattdose, die vier Joints enthielt. »Gib mir mal Feuer, während du darüber nachdenkst.«
Er legte seine Hand über das Etui. »Ich denke wirklich darüber nach,

aber wenn du so weitermachst, können wir nicht mehr darüber diskutieren.«
Sie sah ihn vieldeutig an. »Gehen wir nach Hause.«
»Wo ist Jackson?«
»Warum willst du ihn sehen?«
»Ich dachte, daß wir deshalb hergekommen sind.«
»Na ja, wenn er da ist, wird er unten sein.«
Er nahm die vier Joints aus dem Etui und legte sie auf den kleinen Tisch neben der Couch. Susan protestierte: »Hey! Die kosten Geld!«
Er grinste. »Ich habe genug Schwierigkeiten, auch ohne daß ein Bulle mich mit meiner Freundin trifft, die Hasch dabeihat. Gehen wir.« Er stand auf, gab ihr seine Hand, und sie gingen hinunter. Susan klopfte an eine Tür und öffnete sie, ohne auf Antwort zu warten. Der Raum war als Büro eingerichtet, mit einem neuen, graumetallenen Schreibtisch und einigen Stühlen aus Chrom und Plastik. Jackson saß hinter dem Schreibtisch, seine Füße in den kurzen Stiefeln lagen auf der Schreibtischplatte, und zwei Weiße saßen ihm gegenüber auf Stühlen. Die beiden Fremden begrüßten Susan lässig, aber Jackson sprang auf und legte seine langen Arme um sie. Er küßte sie ausgiebig und warf Parnell über ihren Kopf einen fragenden Blick zu. »Hey, Mann, ich dachte, Sie hätten schon längst die Stadt verlassen.«
Parnell warf einen Blick auf die beiden Männer, sah dann wieder Jackson an und sagte schlicht: »Hallo, Jackson.«
»Darf ich Ihnen Gomez und Richards vorstellen. Richards ist der Finanzmann, und Gomez kümmert sich ums Lager.«
»Und Sie?«
»Ich sorge hier für Frieden.«
Richards lachte. »Er will damit sagen, daß er hier der Boß ist.«
Richards war Ende Zwanzig, großgewachsen, blond, mit einem gutgeschnittenen Gesicht, das aber durch seinen weichen Mund verlor. Er trug einen blaßblauen Samtanzug mit dunkelblauem Hemd und einer gelben Strickkrawatte. Er wirkte wie jemand mit größerem Bankkonto, daß er jedoch nicht erarbeitet, sondern ererbt hatte.
Gomez war ein paar Jahre älter als die anderen beiden. Er war nur mittelgroß mit einem schmalen, drahtigen Körper und pockennarbigem Gesicht, das von langen Koteletten eingerahmt war und sich halb hinter einem schweren Schnurrbart versteckte. Sein Anzug hatte wattierte Schultern und eine schmalgeschnittene Hüftpartie.
Jackson zog einen Stuhl für Susan heran und hockte sich mit einer

schmalen Hüfte auf die Schreibtischkante über ihr. Er fragte Parnell, ob er Baker schon gefunden habe.
»Wenn ich ihn hätte, wäre ich nicht mehr hier. Ich wäre überhaupt nicht mehr in New York.«
»Wer ist Baker?« fragte Richards.
»Ein Mafioso, der einen seiner Kunden aufs Kreuz gelegt hat«, antwortete Jackson ironisch.
Parnell setzte sich rittlings auf einen Stuhl, und obwohl er Gomez nicht direkt ansah, spürte er, wie der ihn genau studierte. Er wechselte das Thema.
»Was ist das hier eigentlich für ein Laden?«
»Offiziell ist es eine Diskothek, und da wir keine Ausschanklizenz haben, haben die Bullen keinen Grund, uns Ärger zu machen. Was hat Sie hierhergetrieben?«
»Susan dachte, daß Sie sie vielleicht aufheitern könnten. Sie krankt am Leben und möchte davonlaufen.«
Jackson sah auf sie hinunter, und seine Augen verengten sich ein wenig, wie um eine plötzliche Zärtlichkeitsanwandlung zu verbergen.
»Was ist los, Baby?« fragte er sanft. »Langweilst du dich?«
»Drüben in Europa hatten wir mehr Spaß zusammen.«
»Na klar. Hier können wir auch Spaß miteinander haben. Noch dazu viel gemütlicher.«
»Sie kommen aber schnell zur Sache, schwarzer Mann.«
Jackson brach in ein lautes Lachen aus und sah Parnell an. »Mann, Sie sollten vielleicht nicht soviel Zeit mit Schnüffeln vergeuden und sich mehr um dieses verzogene Kind kümmern.«
»Mein Gott!« rief Richards mit gespieltem Entsetzen aus. »Willst du damit sagen, daß der Kerl ein Bulle ist?«
»Nein, ein Privatdetektiv. Ein Junge ist in Boston hochgegangen, weil er nicht den Unterschied zwischen Gras und H kannte . . .«
»Das stimmt nicht!« unterbrach Susan empört. »Chris Randall wurde reingelegt.«
Richards wandte sich an Parnell. »Das machen Sie also? Bringen ihm den Unterschied bei?« Er lachte. Keiner lachte mit, und so erstarb die Unterhaltung.
Er zog eine Packung Zigaretten heraus und zündete sich eine an. Gomez hob sein schmales Handgelenk und sah auf eine schwere, goldene Armbanduhr, die so viele Anzeigen hatte wie das Cockpit einer Cessna. »Ich habe noch eine Verabredung«, sagte er und stand

auf. »Nett, dich gesehen zu haben, Sue.« Er ging, und nach ein paar Minuten verließ auch Richards das Büro.
»Wie lange kennen Sie Gomez schon?« fragte Parnell Jackson.
»Seit ich zurück bin. Er ist der richtige Mann, obwohl er Puertoricaner ist, und er hat gute Verbindungen.«
»Kennen Sie einen anderen Puertoricaner namens Juan Sancho?«
Jacksons Augen verengten sich. »Ich habe Ihnen schon mal gesagt, Mann, daß es keinen Zweck hat, bei mir rumzuschnüffeln.«
Parnell grinste. »Verschieben Sie hier außer Haschisch noch was anderes?«
»Die Antwortet lautet ›nein‹. Was soll die Frage?«
»Susan hat genug Probleme. Wenn sie hier aufgegriffen wird und die Bullen Nadeln finden, könnte sie glatt aus dem Fenster springen.«
»Machen Sie sich wirklich nur ihretwegen Sorgen?«
»Um Sie auch. Wie sind Sie aus Vietnam rausgekommen?«
»Ich war zu einem Gesundheits-Check in Hongkong, und da bin ich zum Hafen runtergegangen. Da lag ein Frachter unter schwedischer Flagge mit einem sympathischen Kapitän.« Jackson zuckte die Achseln.
»Wie lange haben Sie gedient?«
»Ein Jahr, zehn Monate und eine Woche.«
»Wenn man Sie schnappt, wird man Sie auch noch als Deserteur verknacken.«
Jackson beugte sich über den Schreibtisch vor und rieb seine rosa Handflächen aneinander, als wärmte er ein paar Würfel an. »Was wollen Sie damit sagen, weißer Mann?«
»Ich kenne ein paar Leute, die Ihnen vielleicht beim Militärgericht helfen könnten.«
»Wer?« fragte er zynisch. »Vielleicht der Präsident dieser verdammten Staaten?«
»Warum hörst du ihm nicht zu!« unterbrach Susan ihn scharf.
»Hört auf, mir auf die Nerven zu gehen. Alle beide.« Er stand auf. »Ich gehe jetzt nach oben, um zu sehen, ob auch alle glücklich sind. Kommt ihr mit?«
Susan sagte: »Nein. Ich gehe nach Hause.« Sie schlenderte hinaus, und Parnell grinste Jackson an. »Was haben Sie, das ich nicht habe?«
»Beklagen Sie sich nicht, Mann. Schließlich hat sie sich in Sie verschossen.«
Als das Taxi vor ihrem Wohnblock hielt, fragte Susan Parnell, ob er

noch auf einen Schluck mit hinaufkommen wolle. Er sagte zu, hatte aber Bedenken wegen Papa. Sie erklärte, daß er in Minnesota auf Entenjagd sei. Die Wohnung lag im obersten Stockwerk, hatte eine große Terrasse mit einem umwerfenden Ausblick über den Park und die Stadt dahinter. Eine große Glasfront führte auf die Terrasse. Der Raum war geschmackvoll möbliert. Es gab einen Kamin mit echten Holzscheiten und darüber einen Corot, der wahrscheinlich echt war. Ein Gemäldescheinwerfer fiel darauf. Die Wände und Vorhänge waren in sanften Pastelltönen gehalten, und auf dem Boden lag ein leuchtender Buchara als Kontrast. Es war ein wunderschöner Raum. Nur hatte man nicht das Gefühl, daß jemand hier wirklich wohnte.
Angrenzend befand sich ein sehr viel kleineres Zimmer mit Bücherregalen und zwei ledernen Sesseln mit abgeschabten Armlehnen, einem Farbfernseher und dem Duft von Coronazigarren und Neureichtum. Daran schloß sich ein Flur mit Schlafzimmer an und eine modernst eingerichtete Küche. Parnell schlenderte hinter Susan her in die Küche. Sie nahm eine Flasche Black Label und ein Glas zur Hand und sagte ihm, daß er Eiswürfel und Soda im Kühlschrank finden würde. Sie ging voraus ins Schlafzimmer.
Er schenkte sich ein und blieb einen Augenblick mit seinem Glas in der Frühstücksnische sitzen, weil seine irische Intuition ihm sagte, daß etwas nicht stimmte. Es war nur ein vages Gefühl, und er wußte nicht, ob es sich auf Susan und seine Beziehung zu ihr bezog oder auf Jackson und seine Freunde. Wie auch immer, er hätte besser mit Susan in eine Spätvorstellung oder in einen Nightclub gehen sollen. Noch besser wäre es gewesen, sie hätte ihn gar nicht erst angerufen. Er schob den Gedanken beiseite, trank seinen Drink aus und ging ins Schlafzimmer.
Sie saß an dem Frisiertisch und bürstete ihr langes, kastanienbraunes Haar. Als sie sein Bild im Spiegel entdeckte, warf sie ihm eine Kußhand zu. Er setzte sich auf einen kleinen, chintzbezogenen Sessel, in den er gerade hineinpaßte, und sah sich in dem Zimmer um. Das Bett war größer als ein Billardtisch, und das Kopfende mit eierschalenfarbenem Satin gepolstert. Ein großer Schreibtisch in gebrochenem Weiß war beladen mit Büchern, Zeitungen, Zeitschriften und einem roten, tragbaren Fernseher. Ein zweistöckiges Bücherregal ging über die Breite einer Wand, und darauf lag das Sammelsurium von mädchenhaftem Zubehör, angefangen bei der Stereoanlage bis zu einem abgegriffenen Koalabären.

»Solltest du dich über das Bett wundern – es gehörte meiner Mutter«, sagte sie wie nebenbei. »Dies war ihr Zimmer.«
»Wann kommt dein Vater zurück?«
»Am Montag. Warum ziehst du nicht solange zu mir?«
»Was ist mit den Dienstboten?«
»Es gibt nur eine Putzfrau, die morgens kommt. Ich kann ihr übers Wochenende freigeben.«
»Du führst mich sehr in Versuchung.«
»Ich wünschte, das wäre wahr.« Sie legte die Bürste vor sich auf den Tisch, zog den Reißverschluß an ihrem Kleid herunter und ließ es zu Boden fallen. Dann zog sie die Strumpfhosen über ihre schlanken Hüften hinunter und stieg ins Bett.
»Willst du die ganze Nacht da sitzen bleiben?«
Er lachte leise, schob sich aus dem Sessel und zog sich aus. Er nahm sie in seine Arme. »Vielleicht sollte ich etwas gegen deinen Haschischkonsum unternehmen.«
»Gib mir etwas anderes, wofür es sich lohnt, dann werde ich's aufgeben.«
Er verschloß ihren Mund mit dem seinen und küßte sie hungrig, und als er spürte, wie sich ihre Lippen öffneten und ihre Zungenspitze nach der seinen suchte, vergaß er alle Wenn und Aber. Sie stellte ihre Knie auf, und er drang in sie ein. Dabei wurde ihm noch kurz bewußt, daß sie das ganze Wochenende vor sich hatten. Nichts und niemand hätte ihn mehr aus dem Bett bekommen.
Sie war in der Liebe aggressiv, enthusiastisch und hingebungsvoll, aber er war sich nicht sicher, ob ihre flammende Leidenschaft von seiner Männlichkeit erregt worden war oder von den Joints, die sie vorher geraucht hatte. Durch diese Zweifel war er noch weit im Hintertreffen, als sie sich plötzlich gegen ihn drängte und bebend zum Höhepunkt kam. Er schob seine Hand unter ihren glatten, kleinen Po und hielt sie so fest. Sie versuchte, protestierend die Beine zu schließen, aber je mehr sie sich wehrte, um so mehr geriet er in Fahrt. Als sie ihren Widerstand aufgab, die Ferse einstemmte und sich auf ihn rollte, brauchte er sie nicht länger zu halten. Sie kam noch einmal und noch ein drittes Mal, diesmal gleichzeitig mit ihm.

Er lag auf dem Rücken. Ihr Kopf war auf seine Schulter gebettet, und ihr rechter Arm lag quer über seiner Brust. Sie atmete so ruhig, daß er dachte, sie sei eingeschlafen.

»Ich habe Hunger«, murmelte sie.
»*Mamma mia*. Es ist zwei Uhr.«
»Trotzdem habe ich Hunger.« Sie rollte sich aus dem Bett und schlüpfte in einen hüftlangen, wattierten Hausmantel und verschwand in Richtung Küche. Nach einiger Zeit zog er seine Hosen an und folgte ihr.
Sie hatte den Herd eingeschaltet und eine Bratpfanne aufgesetzt. Skeptisch sah er zu, wie sie einen Karton frischer Eier aus dem Kühlschrank nahm. »Soll ich das nicht lieber machen?« fragte er.
»Ganz sicher nicht. Ich habe Kochunterricht genommen, um dir zu imponieren.« Sie riß die Verpackung von einem fertiggeschnittenen Brotpaket herunter und machte Eier im Brotnest. Sie waren nur wenig verbrannt und schmeckten so gut, daß er um mehr bat. Zum Abschluß aßen sie jeder noch ein Stück Käse, und er sagte: »Das war eine gute Idee von dir.«
»Warum versuchst du, Ulysses Jackson zu helfen«, fragte sie wie nebenbei, während sie das Geschirr einsammelte und in das Spülbekken stellte.
»Du hältst viel von ihm, nicht wahr?«
»Das ist keine Antwort auf meine Frage.«
Parnell zuckte die Achseln. »Ich mag den Neger. Vielleicht, weil er einen Sinn für Loyalität hat, der mir gefällt. Wenn er nicht zurückgekehrt wäre, um herauszufinden, was mit seinem Kumpel Charly passiert war, säße ich jetzt nicht hier.«
»Warum hilft er dir nicht bei deiner Suche nach dem Mann, der Chris Randall reingelegt hat?«
»Aus dem gleichen Grund. Seine Loyalität. Als er nach New York zurückkam, war er pleite und auf der Flucht vor der Armee. Jemand hat ihm geholfen und ihn untergebracht. Er hat Angst, daß der oder diejenigen vielleicht in den Fall Randall verwickelt sind.«
»Aber das sind Schurken!«
Er lachte. »Bist du nicht auch mit ihm befreundet?«
»Jackson ist kein Schurke. Und außerdem mag ich ihn.«
»Er hat auch etwas für dich übrig.«
»Ich weiß. Es ist vielleicht gut so.«
»Warum?«
»Ich brauch doch jemanden, der mich wieder aufrichtet, wenn du mich verläßt.«
Er zog sie neben sich auf die Bank und sah ihr tief in ihre grünen

Augen. »Ich wünschte, ich könnte das Kleingedruckte in deinem Kopf lesen.«
Sie beugte sich vor und küßte ihn flüchtig. »Du bist viel zu müde, um irgend etwas zu lesen. Gehen wir wieder ins Bett.« Sie gingen beide ins Bett, aber es dauerte eine Weile, bevor sie einschliefen.

Um neun Uhr wachte Parnell auf und hörte gedämpfte Geräusche aus der Küche. Susan lag an seiner Seite, mit dem Rücken zu ihm; ihr Kopfkissen verschwand fast unter ihrem üppigen Haar. Sie rührte sich nicht, als er leise aus dem Bett stieg. Er zog sich an und schaute vorsichtig hinaus in den Flur. Die Küchentür war geschlossen. Auf Zehenspitzen schlich er daran vorbei und verließ die Wohnung.

12

Es war ein heller, sonniger Morgen. Parnell ging mit raschen Schritten durch den Park zu seinem Hotel. Noch war die Luft relativ sauber, er atmete tief durch, die Vögel sangen, und das Leben war herrlich. Er sagte sich, daß es eigentlich keinen Grund gebe, nach der Lösung dieses Falles nach Amsterdam zurückzukehren. Jedenfalls nicht sofort danach. Er nahm seinen Schlüssel in Empfang, ging hinauf in sein Zimmer und schloß die Tür auf – und vergaß augenblicklich alle schönen, langhaarigen Bettgenossinnen!
Jemand hatte sich über sein Zimmer hergemacht, und aus dem Zustand, in dem er es hinterlassen hatte, schloß Parnell, daß ihm nichts daran gelegen war, die Spuren seiner Suche zu vertuschen.
Es fehlte nichts, ein Hinweis darauf, daß man ihn nicht hatte berauben wollen. Das überraschte ihn nicht. Er räumte notdürftig auf, um das Zimmermädchen nicht zu beunruhigen, packte seine Sachen und zog aus. Er hinterließ seine Amsterdamer Adresse, ließ sich seine Tasche mit der Randall-Akte aus dem Hotelsafe aushändigen, in der sich auch das Stück von Regazzis Fischkiste befand. Zweimal wechselte er das Taxi, bevor er vor dem Hotel *New Yorker* ausstieg. Er ließ sich seinen Koffer aufs Zimmer bringen und überlegte bei einem Teller Schinken mit Eiern, wer alles gewußt hatte, daß er im *Sheraton* wohnte. Einer von ihnen war Tony Cremona. Und Susan. Und Jackson hatte ihn dort auch aufgesucht.
Er beendete sein Frühstück, rief die Autovermietung an und sagte

ihnen, wo der Mustang sei und daß er ihn nicht mehr brauche. Dann kaufte er Zeitungen und setzte sich in die Hotelhalle. Hauptsächlich machte er sich um Susan Cartwright Sorgen. Wenn sie aufwachte, würde sie ihn vielleicht im *Sheraton* anrufen. Dort würden sie ihr sagen, daß er zurück nach Amsterdam gefahren sei.
Er wartete bis elf, ehe er sie anrief. Susan war hellwach. Sanft sagte er: »Guten Morgen, meine Schöne.«
Sie brüllte: »Du Bastard! Wo bist du? Am Flugplatz?«
»Nein . . .«
»Ich habe in deinem Hotel angerufen, um dir zu sagen, daß ich dich liebe, und was muß ich da erfahren? Daß du die Stadt verlassen hast!« Ihre Stimme war etwas wacklig. »Ich weiß, daß ich dir nichts bedeute . . .«
»Hör zu, Schätzchen, es hat sich etwas Neues in dem Fall Randall ergeben, und ich mußte für eine Weile verschwinden. Ich bin noch immer in New York und werde dich in zwei Tagen anrufen. Sogar eher, wenn ich kann!«
»Wo wohnst du denn jetzt?«
Er zögerte einen Augenblick und merkte sofort, daß das ein Fehler war. »Das weiß ich noch nicht.«
»Du brauchst mich nicht anzurufen.«
Er verlor die Geduld. »Du bist verdammt schwierig. Mußt du nicht ins College oder sonstwohin?«
»Heute nachmittag habe ich ein Seminar«, sagte sie zuckersüß. »Aber da du mir gestern abend alle meine Joints geklaut hast, werde ich statt dessen Jackson aufsuchen.«
»Er hatte verdammt recht, als er sagte, du seist ein verwöhntes Kind!« Er knallte wütend den Hörer auf die Gabel.
Zehn Minuten später rief er noch einmal an. Er entschuldigte sich dafür, daß er die Beherrschung verloren hatte und gab ihr seine Telefonnummer. Er beschwor sie, sie niemandem weiterzugeben, vor allem nicht Jackson. Sie versprach es. Sie sagte, daß sie meistens gegen sechs aus Columbia zurück sei. Aber wenn er heute abend nicht anrufen könne, würde sie das verstehen.

Er lag lesend im Bett, als das Telefon läutete. Er warf einen Blick auf seine Uhr, während er den Hörer abnahm: Es war zehn nach elf.
Susan sagte: »Tut mir leid, dich zu wecken, aber Jackson möchte dich sehen.« Ihre Stimme klang kühl, zu kühl für die Stimme eines

Mädchens, das spät nachts seinen Liebhaber anruft.
»Worum geht's?«
»Chris Randall.«
»Okay. Wo bist du?« Er hatte Angst vor der Antwort.
»Ich bin hier – in der Diskothek.«
»Laß mich mit ihm sprechen.«
Nach einigen Augenblicken der Stille sagte sie: »Er will nicht am Telefon darüber sprechen.«
»Okay, Susan«, sagte er ruhig. »Bleib wo du bist, ich werde gleich dasein. Ich muß mich zwar erst anziehen, und um diese Zeit gibt es hier wenige Taxis in der Gegend, aber ich komme so schnell wie möglich.«
Am anderen Ende wurde eingehängt. Er hätte wissen müssen, daß etwas ähnliches geschehen würde. Und der hatte nicht mal einen Revolver. Während er sich eilig anzog, überlegte er, ob er Cremona anrufen sollte. Und was konnte Cremona tun? Bis der seine Leute mobilisiert hatte und dort einbrach, würden sie vielleicht nur noch Leichen finden.
Er winkte sich mit einer Zwanzigdollarnote ein Taxi heran und stieg zwei Blocks vor der Diskothek aus. Als das Taxi verschwunden war, ging er die nächste Seitenstraße hinunter auf der Suche nach einer Einfahrt oder einem rückwärtigen Eingang. Aber die Häuser standen Wand an Wand. Er fand einen Hinterhof zwischen den Straßen, ging hinein und zählte die Gebäude, bis er zur rückwärtigen Front der Diskothek kam. Kein Licht schien heraus. Aber nachdem die Parterrefenster und die im ersten Stock vernagelt waren, bedeutete das nicht unbedingt, daß drinnen nicht doch Licht war. Er kletterte über den Zaun und schlich leiser als eine Katze durch den Innenhof.
Am Hintereingang stand kein Wächter, woraus er schloß, daß entweder die Tür sicher verriegelt war, oder daß man drinnen unvorsichtig war. Er suchte nach dem Schloß und fand keins. Nicht einmal eine Klinke. Und die Tür war so stabil, daß er eine Axt gebraucht hätte, um sie einzuschlagen. Er trat ein paar Schritte zurück und studierte die rückwärtige Fassade des Gebäudes. Die Fenster im zweiten Stock waren nicht vernagelt, aber es gab keinerlei Halt für eine Hand oder einen Fuß, um sie zu erreichen. Mit einem Klimmzug zog er sich an der Trennmauer zum nächsten Hof hoch und entdeckte an der Hintertür des nächsten Gebäudes einen Knauf.
Er rollte sich über die Mauer und durchsuchte den angrenzenden

Schuppen mit seinem Feuerzeug nach etwas, womit er die Tür öffnen und was ihm später vielleicht als Waffe dienen könnte. Er fand eine Blattfeder aus einem alten Stoßdämpfer und lief damit hinüber zur Hintertür. Er brauchte fünf lange Minuten, um das Schloß zu knakken, und als die Tür sich öffnete, schwitzte er vor Nervosität und Spannung. Der Flur ging geradewegs durch zur Front des Hauses, und im Schein der funzeligen Notbeleuchtung sah er das Brett mit den Namensschildern, ein Anzeichen dafür, daß er sich in einem schäbigen Apartementhaus befand. Er schlich die Treppe hinauf bis zum obersten Flur und kletterte über die Leiter weiter zur Dachluke. Dann schob er den Riegel zurück und schob sich hinaus aufs Dach.
Die Falltür auf dem Flachdach des Diskothekgebäudes war von innen verriegelt. Er spürte, daß seine Zeit knapp war, daher brach er sie mit der Blattfeder gewaltsam auf und hoffte inständig, daß unten niemand das Geräusch des splitternden Holzes hören würde. Er kroch hinein und schloß die Falltür hinter sich.
Er schaute über das Treppengeländer.
Nicht der geringste Lichtschimmer war zu sehen, und die Stille war so dicht, daß man meinte, sie fühlen zu können. Er unterdrückte einen Anflug von Panik, der seine zum Zerreißen gespannten Nerven überkommen wollte. Es war nicht wegen der finsteren Typen, die vermutlich unten in der Dunkelheit auf ihn warteten; es war wegen Susan. Wenn sie ihn von hier aus angerufen hatte, hatte man sie jetzt zum Schweigen gebracht. Und Jackson – wo war der? Wie immer der Schwarze zu ihm stehen mochte, er würde ihn nicht in eine Falle locken.
Parnell schob sich an der Wand entlang die Treppe hinunter und probierte jede Stufe vorsichtig, bevor er sie voll belastete. Er kam bis zum dritten Stock und dann bis zum zweiten. Irgendwo mußte ein Fenster offenstehen, und das ruhelose Gebrause der nie schlafenden Stadt gab ihm einen Teil seines Selbstvertrauens zurück.
Er hatte beinahe den ersten Stock erreicht, als plötzlich ein Lichtschein die Treppe hinauffiel, weil die Bürotür geöffnet worden war. Gomez, der Mann, der für das Lager zuständig war, trat in den Flur und blieb stehen. Parnell drückte sich ohne zu atmen noch enger an die Wand. Gomez sagte: »Es gefällt mir nicht.«
»Die Schlampe hat doch gesagt, daß er im Bett war und einige Zeit brauchen würde.« Der Mann, der das sagte, war in dem Büro. Parnell kannte seine Stimme nicht.

»Es gefällt mir trotzdem nicht. Leo, schau dich mal um.« Nachdem er den Namen Leo erwähnt hatte, konnte Parnell davon ausgehen, daß sie da unten mit Gomez mindestens zu dritt waren.
Ein Mann, kaum größer als Gomez, aber mit gewaltigen Schultern und fast keinem Hals, erschien vor dem Büro. Gomez sagte: »Laß deine Waffe hier. Lino will ihn lebend.«
»Und wenn ich in ihn hineinstolpere?«
»Du hast ja dein Messer, oder?«
Die beiden Männer gingen zurück ins Büro, und einen Augenblick später kam Leo alleine heraus und verschwand in Richtung des Hintereingangs. Parnell schlich sich die letzten Stufen bis zum ersten Treppenabsatz hinunter, schob sacht eine Tür auf und versteckte sich drinnen direkt hinter der Tür.
Wenige Sekunden später stieg Leo die Treppe hinauf. Er blieb auf dem Treppenabsatz stehen und lauschte argwöhnisch; Parnell hielt den Atem an. Leo öffnete die Tür zur Diskothek und knipste die Lichter an. Dann schaltete er das Licht wieder aus, warf einen Blick in den Raum, in dem Parnell war und griff nach dem Lichtschalter. Mit einem Schritt stand Parnell hinter ihm, schob ihm die Blattfeder über den Kopf und zog sie stramm über seine Kehle. »Wo ist sie?« zischte er.
Leo griff nach dem Metall an seiner Kehle und versuchte, den würgenden Druck zu lockern, aber Parnell zog noch enger zu: *»Wo ist das Mädchen?«*
Leo ließ los, und mit einer blitzschnellen Handbewegung zog er sein Schnappmesser. Er drückte auf den Klingenknopf, und die Klinge schoß heraus. Parnell stemmte sein Knie in Leos Rücken und zog mit aller Kraft an der Blattfeder, bis er die kleinen Knöchelchen des Kehlkopfes wie eine Handvoll roher Spaghetti knirschen hörte. Leo fuhr verzweifelt mit dem Messer durch die Luft nach Parnells Hand, und obwohl der Schmerz kaum zu ertragen war, drückte Parnell weiter zu. Schließlich wurde Leos Körper schlaff, und das Messer entglitt seinen Fingern. Parnell hielt ihn mit Hilfe des Metalls in seiner Kehle aufrecht. Und als er tot war, ließ er ihn sacht zu Boden gleiten. Er nahm das Messer an sich, schloß die Klinge und steckte es in seine Tasche.
Er wickelte ein Taschentuch um seine blutende Hand und kroch weiter die Treppe hinunter. Unten schlich er diagonal durch den Flur, bis er in das Büro sehen konnte. Gomez saß hinter dem Schreibtisch.

Er war in Hemdsärmeln und trug eine Pistole im Schulterhalfter. Eine weitere Waffe lag vor ihm auf dem Schreibtisch. Ein zweiter Mann, derjenige, den der Fahrer des *Relais Midi* unterwegs aufgenommen hatte, stand am Fenster und hob mit einem Finger die Ecke der Jalousie hoch. Er trug ein Jackett, und daher war nicht zu sehen, ob er gleichfalls bewaffnet war.
Parnell bewegte sich vorsichtig noch eine Spur näher, um den Rest des Büros übersehen zu können. Ulysses Jackson lag rücklings auf dem Boden am Ende des Schreibtisches. Sein Hals war durchschnitten, und die Blutlache um seinen Kopf vergrößerte sich nicht mehr. Von Susan Cartwright keine Spur.
Parnell schlich zurück in das tiefere Dunkel unter der Treppe und überlegte die Lage. Es war nur eine Frage weniger Augenblicke, bevor Gomez oder sein Kumpan herauskommen würden, um Leo zu suchen. Sie würden nach ihm rufen, und wenn Leo nicht antwortete, würden sie Verdacht schöpfen und Parnell würde seinen einzigen Vorteil, das Überraschungsmoment, verlieren.
Er traute sich zu, mit einem von den beiden fertigzuwerden. Die Chancen, beide ohne Pistole in Schach zu halten, standen acht zu zehn dagegen. Das Vernünftigste war wohl, leise die Treppen wieder hinaufzuschleichen und das Gebäude auf dem gleichen Wege zu verlassen, wie er gekommen war, und die Polizei zu rufen. Aber wenn Susan noch in dem Haus war?
Sie lauerten auf ihn, und wenn sie die Polizei kommen sehen würden, würden sie sichergehen, daß Susan nicht mehr als lebende Zeugin auftreten könnte, bevor sie sich ihren Weg freischossen. *Wenn* sie noch lebte.
Das Licht im Büro kam von einer einzigen Deckenbeleuchtung, und der Lichtschalter mußte an der Tür sein, gleich neben dem Türrahmen. Er drückte sich an der Wand entlang, bis er nur noch zwanzig Zentimeter von der Bürotür entfernt war. Die Tür ging nach innen auf, und die Angeln lagen gegenüber. Also mußte der Schalter auf seiner Seite sein. Er schob seinen Kopf vor, die Wange direkt an der Wand, bis er den Mann am Fenster sehen konnte. Er stand seitlich zur Tür und beobachtete noch immer die Straße.
Gomez am Schreibtisch befand sich außerhalb Parnells Blickfeld, und er wagte nicht, es zu erweitern. Er legte seine Finger an das Schloßloch im Türrahmen, hoffte, daß Gomez nicht gerade zur Tür schaute und griff mit seiner Hand um die Ecke. Seine Finger ertasteten den

Lichtschalter und drückten ihn herunter. Noch immer außerhalb des Raumes ließ er sich auf die Knie fallen, und Gomez brüllte: »Was, zum Teufel!« Sein Stuhl fiel krachend zu Boden. Der Mann am Fenster blieb ruhig. »Wo ist der Hauptsicherungskasten?«
»Im Keller, aber ich glaube, ich habe den Schalter klicken gehört.«
»Wenn jemand hier drin den Schalter ausgeknipst hätte, hätte man ihn doch gesehen, zum Teufel. Er hat draußen die Drähte durchschnitten und ist sicher durch den Keller gekommen.«
»Wo ist Leo?«
»Der Hohlkopf ist wahrscheinlich oben eingeschlafen. Bleib du hier, dann warte ich unter der Treppe.«
Parnell kauerte sich noch enger an den Boden neben der Tür, durch die jetzt der schwache Schein von der Straßenbeleuchtung durch die Jalousie kam. Er beobachtete, wie die scherenartige Silhouette der Beine eines der Männer näher kam, und als das rechte Bein durch die Tür trat, schlug er mit der Kante der schweren Blattfeder mit aller Kraft kurz unter dem Knie gegen das Bein. Der Mann schrie vor Schmerz auf, sein Bein gab nach, und er krachte zu Boden. Parnell entwand seiner Hand die Pistole, sprang auf, griff um den Türrahmen und schaltete das Licht wieder ein. Gomez drückte eine Sekunde zu spät ab.
Parnell blieb an der Außenwand und überprüfte kurz die Ladung der kurzläufigen Achtunddreißiger. »Wirf deine Pistole hier rüber, Gomez. Und dann auch den Colt auf dem Schreibtisch.«
Gomez lachte, aber es war ein dünnes Lachen. »Komm doch rein und hol sie dir, du Scheißer.«
Der Mann in der Tür hatte aufgehört zu schreien, wandte den Kopf, sah Parnell an, und sein Gesicht verzog sich vor Schmerz. Parnell befahl ihm, sich aufs Gesicht zu legen. Er zögerte, und Parnell versetzte ihm einen Schlag. Der Mann rollte zurück und blieb still liegen. »Wo ist das Mädchen, Gomez?«
»Wo Sie sie nicht finden werden. Machen wir ein Geschäft?«
»Na klar. Was haben Sie zu bieten?«
»Ich lasse das Mädchen frei, und Sie gehen hin und reden mit Regazzi.«
»Das klingt nicht schlecht. Wie wollen Sie sie von hier aus befreien?«
»Ich brauche nur zu telefonieren.«
»Einverstanden. Telefonieren Sie.«
Parnell legte sich flach auf den Boden und schob sich zentimeterweise

vorwärts. Dabei hielt er seinen Kopf hinter dem Körper des Mannes gedeckt. Als er das Telefon klicken hörte, schaute er in das Büro. Gomez saß auf dem Boden und war teilweise hinter dem Schreibtisch in Deckung, das Telefon auf seinem Schoß. Er wählte mit der Linken, in der Rechten hielt er die Pistole auf die Tür gerichtet. Parnell hob den Arm und drückte einmal ab. Seine Position war ungünstig zum Zielen. Die Kugel prallte an einem Schreibtischbein ab und streifte Gomez' Brustkasten. Parnell riß seinen Kopf zurück. Dann drückte Gomez dreimal schnell hintereinander ab. Die erste Kugel ließ den Türrahmen wenige Zentimeter neben Parnells Gesicht splittern, die zweite traf die gegenüberliegende Wand und die dritte den Mann auf dem Fußboden. Er bäumte sich auf und versuchte, sich auf seine Hände zu stützen. Aber seine Arme gaben nach, und er fiel aufs Gesicht. »Ich bringe Sie um!« brüllte Gomez.

»Dann müssen Sie sich aber beeilen,« gab Parnell zurück, »bevor die Bullen kommen.«

Aber dann hatte Gomez eine Idee. Er schlich durch das Büro und schaltete nun seinerseits das Licht aus. Damit war Parnells Vorteil dahin. Er könnte an der Tür vorbeihechten zur Haustür, und genau das würde Gomez von ihm erwarten. Seine andere Möglichkeit war, sich in die Dunkelheit unter der Treppe zurückzuschleichen. Während er lautlos über den Boden zur Treppe robbte, war nur das entfernte Hupen eines Autos zu hören.

An der Tür zum Büro gab es eine Bewegung. Sie war aber viel zu vage, um darauf zu schießen, und wenn er sein Ziel verfehlte, hätte Parnell damit seine Position verraten. Und dann spürte er, daß Gomez im Flur war.

Er hörte das leise Klicken des Schlosses an der vorderen Haustür. Er schob die Pistole vor sich, stemmte den Knauf gegen den Fußboden und zielte auf die Tür – es erschien ihm, als zielte er auf ein Teerfaß um Mitternacht. Plötzlich öffnete sich die Tür, aber es gab keine Silhouette, und Parnell drückte nicht ab. Gomez schoß seine Waffe in Richtung auf die Treppe leer und hechtete aus der Tür. Und wenn er sich die Treppe hinunter zum Gehsteig gerollt hätte, wäre er nie in die Schußlinie von Parnells Kugel geraten. Aber Gomez kam auf die Füße, und das Geschoß traf ihn voll in den Nacken.

Parnell schloß die Haustür, verriegelte sie und knipste alle Lichter an. Er fand Susan in dem kleinen Zimmer neben dem Büro, dem Raum mit der Stereoanlage und den Schallplattenregalen. Sie war an einen

Stuhl gefesselt, und breite Heftpflasterstreifen verklebten ihre Augen und ihren Mund. Er riß die Heftpflaster los. Sie schrie vor Schmerz auf. Noch während er die Fesseln mit Leos Messer durchschnitt, hörten sie das Heulen einer sich nähernden Polizeisirene. Susan kam auf die Beine und stolperte mit tauben Gelenken in seine Arme. Er stützte sie und schob sie eilig zum Hinterausgang. Dort entriegelte er die Tür, sie durchquerten den Hof und liefen hinaus auf die Parallelstraße. Zu Fuß gingen sie vier Blocks weiter, bevor ein Taxifahrer anhielt und sie argwöhnisch musterte. Parnell zog eine weitere Zwanzigdollarnote hervor. Als sie mit dem Lift hinauffuhren, kam Susans Beherrschung ins Wanken, und als sich die Wohnungstür hinter ihnen geschlossen hatte und verriegelt war, war es endgültig mit ihr vorbei, und sie weinte hysterisch. Parnell trug sie ins Schlafzimmer, legte sie auf das Bett und ließ sie weinen.

Im Bad wusch er sich das Blut von der Hand und untersuchte die Schnitte. Einer war tief und mußte genäht werden. So gut er konnte, bandagierte er sich, ging in die Küche und füllte zwei Gläser mit Eiswürfeln. Er nahm die Whiskyflasche, ging ins Schlafzimmer zurück und setzte sich. Susan hatte aufgehört zu schluchzen. Ihr Gesicht war im Kopfkissen vergraben, als wollte sie das Gesehene der letzten Stunde auslöschen. Er fragte sie, ob sie etwas trinken wolle. Sie schüttelte den Kopf, ohne aufzusehen.

Er schenkte sich selber ein und nahm einen tiefen Schluck. »Willst du mir alles erzählen?«

»Es war *schrecklich!«* Noch immer war ihr Gesicht im Kissen. »Sie haben ihn einfach ermordet! Und erst danach habe ich dich angerufen!« Er sagte nichts und wartete ab. Nach ein paar Minuten setzte sie sich auf und trocknete mit dem Bettlaken ihre Tränen. »Es tut mir leid. Ich hätte dich nie anrufen sollen.«

»Du hattest keine Wahl. Wieso bist du da heute abend hingegangen?«

»Als ich aus der Uni kam, wartete Pepe Gomez draußen in seinem Wagen und sagte, er würde mich nach Hause fahren. Ich stieg ein, und er sagte, er müsse noch mal kurz bei der Diskothek vorbeifahren. Also ging ich hinein, um Jackson zu begrüßen. Aber Jackson war nicht da. Sie packten mich und sperrten mich im Keller ein. Stundenlang war ich da!«

Sie schwieg. Er schenkte etwas Whisky über die Eiswürfel und reichte ihr das Glas. »Dann kam ein Mann, den ich noch nie zuvor gesehen hatte, herunter, holte mich und nahm mich mit ins Büro. Und da war Jackson. Ein Mann hielt ihm die Arme auf den Rücken, und Gomez drückte ihm ein Messer an die Kehle. Er sagte mir, daß ich dich anrufen solle, und Jackson sagte, daß ich es nicht tun solle.« Susan senkte den Kopf. »Ich wußte, daß sie ihn umbringen würden, wenn ich es nicht täte. Und ich war sicher ...« Sie ließ den Satz in der Luft hängen.

»Du warst sicher, daß ich eine Falle vermuten und mitsamt der Polizei kommen würde.« Sie nickte. »Aber warum haben sie ihn umgebracht?«

»Weil ich an dem Abend, als wir uns alle in Jacksons Büro getroffen haben, Gomez' Argwohn erregt habe, und offenbar hat er mich Lino Regazzi gegenüber erwähnt, dem Mann, für den er dealt. Regazzi hat zwei und zwei zusammengezählt, fünf herausbekommen und kam zu dem Schluß, daß Jackson ihn austricksen wollte. Also mußte Jackson sterben, und du hättest das nie verhindern können.«

Susan nippte an dem Whisky, verzog das Gesicht und setzte das Glas auf den Nachttisch. »Eigentlich überrascht es mich, daß sie dich nicht auch umgebracht haben, nachdem du mich angerufen hast.«

»Einer der Männer, die ich nicht kenne, sagte irgend etwas von einem Brief, den du hättest.«

»Bist du sicher, daß er einen Brief erwähnte?«

»Nun, als Gomez sich überlegte, was man mit mir machen sollte, nachdem ich dich angerufen habe, sagte dieser Mann, man möge vorsichtig mit mir umgehen, er brauche mich, um einen Brief zurückzubekommen.«

Parnell stand auf, und zum erstenmal bemerkte Susan die Bandage an seiner Hand. »Was ist denn mit deiner Hand passiert?«

»Nur ein paar Messerstiche. Nichts Ernstes. Geht's dir jetzt besser?«

»Wieso – wohin willst du?«

»Ich muß meine Hand desinfizieren lassen. Falls der Kerl sein Messer vorher zum Öffnen von rostigen Dosen benutzt hat. Und dann muß ich nachdenken. Warum ziehst du dich nicht aus und gehst schlafen?«

»Zuerst brauche ich ein heißes Bad. Mir tut alles weh.« Sie rutschte vom Bett, knöpfte ihr Hemd auf und zog es aus. An ihrem Oberkörper waren handtellergroße Blutergüsse. Zwei waren unten am Rücken und einer vorne direkt unter der linken Brust. Sie waren jetzt leuchtend rot, und bis morgen früh würden sie blaurot sein.

Als er das sah, verengten sich Parnells Augen gefährlich. »Wer hat

das getan?« fragte er gepreßt.
»Pepe Gomez. Ich bin auf ihn losgegangen, als er Jackson ermordete, und das war, als der Mann sagte, man solle vorsichtig mit mir umgehen.«
»Vielleicht solltest du doch besser zum Arzt.«
»Es tut jetzt nicht mehr so weh.« Sie sah mit einem gequälten Lächeln an sich herunter. »Ich glaube, ich werde so bald keine durchsichtigen Blusen mehr tragen können.«
Parnell ging. Unten traf er den Nachtportier, der in der Eingangstür stand und die vorbeifahrenden Autos beobachtete. Er berührte grüßend seine Mütze, als er Parnell erkannte und der fragte ihn, ob es schwierig sei, in das Haus einzudringen. Der Portier lächelte selbstsicher und sagte, es wäre sicher leichter, in die Chase Manhatten-Bank an der Ecke einzubrechen. Er fragte, warum. »Miss Cartwright hat heute abend einiges hinter sich. Als sie aus dem Kino kam, haben zwei Burschen sie überfallen. Sie fürchtet, daß sie sie bis hierher verfolgt haben könnten.«
»Ich dachte mir schon, daß sie eigenartig aussah, als sie heimkam. Aber machen Sie sich keine Sorgen, Mister. Nicht mal eine Ratte kommt hier ohne mein Wissen herein.«
Parnell steckte ihm eine Zehndollarnote zu. »Gut. Und sollte die Ratte in einem Rolls-Royce mit einer angeblichen Nachricht von ihrem Vater kommen, rufen Sie die Polizei.«
Er ging die Straße hinunter, und als er am Ende des Parks angekommen war, hatte er seinen flammenden Zorn wieder unter Kontrolle und auch seinen ersten, wilden Impuls, hinzugehen, und Regazzi zusammenzuschlagen. Das würde Susans Sicherheit nicht gewährleisten. Nicht, solange er ihn nicht umbrachte. Und wenn er ihn umbrachte, würde das den Fall Randall auch nicht weiterbringen.
Er ging weiter, und als er sein Hotel erreichte, taten ihm die Füße weh: Aber unterwegs war er sich darüber klargeworden, wie er Regazzi bekommen konnte. Und an Frank Baker.

13

Am nächsten Morgen war Parnell in Tony Cremonas Büro, noch ehe der FBI-Agent seine Zeitungen gelesen hatte. Cremona begrüßte ihn mit einem zynischen Lächeln und sagte, daß er, wenn er noch oft

käme, seine Honorare mit ihm teilen müßte. Parnell sagte: »Wie gut, daß du das Thema anschneidest, denn wenn ich nicht bald weiterkomme, wird es keine Honorare mehr geben.«
Cremona wies auf die auf seinem Schreibtisch liegende *Daily News*. »Wie ich sehe, stehen die Namen deiner Korsen schon in der Zeitung.«
Meine Korsen, dachte Parnell und sah Cremona böse an. »Meinst du die Schießerei gestern abend im West Side?«
»Yeah.« Cremona nahm die Zeitung zur Hand. »Hier steht, daß die vier Leichen, die die Polizei fand, identifiziert wurden als Dominique Tomasi, Pepe Gomez, Toussaint Leonardo, und dann war da noch ein Schwarzer namens Ulysses Jackson.« Er ließ die Zeitung sinken und lachte trocken. »Hübsche Namen sind das: Toussaint und Ulysses.«
»Und wer waren die Korsen?«
»Tomasi war ein korsischer Gangster, der in der Gegend von Miami arbeitete. Er stand im Verdacht, Drogen zu importieren, und als sich vor einigen Monaten die Polizei für ihn interessierte, verschwand er im Untergrund. Man vermutete, daß er nach Südamerika gegangen sei. Leonardo ist gebürtiger Korse mit amerikanischer Staatsbürgerschaft, der seit einigen Jahren in New York lebt. Sein Vater besitzt einen Blumenladen an der Second Avenue. Gomez war ein puertorikanischer Dealer in Harlem. Bisher hat die Polizei noch keine Informationen über den Neger. Was hast du auf dem Herzen; ich habe zu tun?«
»Bearbeitest du den Fall selbst?«
»Nein, zum Teufel. Ich hab Wichtigeres zu tun als mich mit einem Kleinkrieg zwischen der Mafia und den Korsen zu befassen.«
»Geht die Polizei davon aus, daß es die Mafia war?«
»Soviel ich weiß, schon." Cremona lehnte sich zurück und legte seine Füße auf den Schreibtisch. Aber seine lässige Art paßte nicht zu dem plötzlich gespannten Gesichtsausdruck. »Bist du deshalb hier?«
»Nein. Ich hätte gern ein paar Informationen über die Beschlagnahme in Tijuana, die du kürzlich erwähntest. Wo steckt der Schmuggler?«
»Im Gefängnis in San Diego. Man hat die Kaution auf eine halbe Million Dollar festgesetzt, die er nicht aufbringen konnte.«
»Hat er geredet?«
»Wenn man denen statt fünfzehn Jahren nur fünf Jahre in Aussicht stellt, reden die immer. Warum?«
»Wie hieß der Lieferant in Frankreich?«

»Das kann ich nachprüfen.« Er stellte die Füße wieder auf den Boden, nahm das Telefon zur Hand und Parnell sagte: »Warte noch einen Moment, bevor du die Drogenfahndung anrufst. Da möchte ich dich um einen weiteren Gefallen bitten.« Cremona seufzte resignierend. »Ich brauche eine Einführung zu dem Drogenfahndungsagenten in Marseille.«

Cremona telefonierte, sprach eine Weile und zog sich seinen Notizblock heran. Er schrieb zwei Namen auf, während er weiter zuhörte. Schließlich sagte er: »Macht euch keine Sorgen«, und legte den Hörer wieder auf.

»Das sind hochbrisante Informationen, und ich würde mich wohler fühlen, wenn ich wüßte, was du vorhast.«

»Ich versuche, Lino Regazzis Verbindungsmann in Korsika herauszufinden. Wenn ich den gefunden habe, kann ich dir versichern, daß du und deine Freunde in der Drogenfahndung sich um einen großen Importeur weniger zu kümmern brauchen.«

Cremona beugte sich über seinen Schreibtisch und starrte Parnell mit seinen durchdringenden, dunklen Augen an. »Hast du Beweise, mit denen du Regazzi des Drogenimports wegen vor Gericht stellen kannst?«

»Beweise, die vor Gericht standhalten würden, noch nicht.«

»Aber du hast herausgefunden, daß er das Zeug einführt.« Parnell zögerte, und Cremona fuhr fort: »Hör mal, Freundchen, wenn ich feststelle, daß du etwas zurückhältst, was wir wissen sollten, hast du nichts Gutes mehr von mir zu erwarten!«

Parnell strich sich nachdenklich übers Kinn. Er hatte gewußt, daß der Augenblick der Wahrheit früher oder später in seiner Beziehung mit dem FBI-Agenten kommen würde. Er hatte nur gehofft, daß es später sein würde. »Ich weiß eine Menge über die Hintergründe, Tony. Aber wenn ich dich jetzt einweihte, dann ergäbe das nichts. Ich wiederhole gar nichts, was dir nützen würde, um Regazzi oder sonst jemanden festzusetzen. Nicht einmal Zeugen!«

»Versuch's mal.«

»Gib mir noch eine Woche.«

Das Schweigen lastete schwer zwischen den beiden Männern, die sich anstarrten. Schließlich sah Cremona auf seinen Block. »Der Tijuanaschmuggler sagt, daß die Lieferung von einem Antoine Serra in Marseille gekauft wurde. Das kann stimmen oder auch nicht. Es ist kein Geheimnis, daß Serra einer der Drogenlieferanten ist, die den

Markt in Marseille kontrollieren. Der Agent der Drogenfahndung in Marseille, an den du dich wenden kannst, ist Nick Ferrante. Hier ist seine Telefonnummer.« Er riß das Stück Papier vom Block und warf es über den Schreibtisch.

Parnell stand auf und steckte das Papier in seine Tasche. „Danke."

»Verschwinde«, sagte Cremona kühl und nahm eine Akte zur Hand.

Parnell flog mit dem Fluglinienbus zum Kennedy-Flugplatz, kaufte ein Rückflugticket für die erste verfügbare Maschine nach Nizza, und während er auf den Aufruf wartete, rief er Susan Cartwright an. Er erklärte ihr, daß er für drei bis vier Tage nicht in der Stadt sein würde und beschwor sie, vorsichtig zu sein. Sie meinte, daß sie sich bei ihrem derzeitigen Befinden sicher drei, vier Tage nicht aus ihrem Apartment fortbewegen würde.

14

Nick Ferrantes Büro befand sich in einer möblierten Wohnung, die er im obersten Stock eines Neubaus mit phantastischem Blick über die Vorstadt von Marseille gemietet hatte. Dort wohnte er auch, und als Parnell ihn um acht Uhr früh anrief, bat ihn Ferrante, heraufzukommen und mit ihm zu frühstücken. Der Tisch war auf der Terrasse gedeckt. Parnell zog sein Jackett aus, lockerte seine Krawatte und setzte sich in einen Sessel, wo ihm die heiße Mittelmeersonne etwas Farbe ins Gesicht zaubern würde. Er fragte Ferrante, ob er diese Wohnung ausgewählt hatte, um ein Auge auf die Opiumfrachter aus der Türkei zu haben. Der Agent lachte und sagte nein, aber er würde diesen Gesichtspunkt das nächstemal mit ins Gespräch bringen, wenn die Zentrale sich über seinen hohen Lebensstandard beklagte.

Während der amerikanische Drogenagent den Kaffee einschenkte, betrachtete Parnell ihn genau. Ferrante war Ende Dreißig, klein, dunkel, seine stämmige Gestalt steckte in einem taillierten Sporthemd und hellen Hosen mit weiten Beinen. Er trug sein schwarzes Haar ziemlich lang, und nach den schweren, goldenen Ringen an seinen Händen zu urteilen, hielt er nicht viel davon, sein Geld den Banken anzuvertrauen. Die schwere goldene Armbanduhr hatte ein breites, massives Armband, dazu kam ein dicker Siegelring am Mittelfinger seiner rechten Hand. Die goldene Kette um seinen Hals mit einem religiösen Medaillon hätte einem kleineren Boot als Ankerkette dienen

können.
Als sie mit dem Kaffee und einem Körbchen frischer Croissants fertig waren, fragte er Ferrante, was er über Antoine Serra und über Lino Regazzi wüßte und über einen Holländer namens Shagen Mulders. Von Mulders hatte Ferrantes noch nie gehört. Dagegen von Regazzi: Das New Yorker Büro hatte vor fünf oder sechs Monaten eine Anfrage geschickt. Über Verbindungen Regazzis zur Drogenszene in Marseille war jedoch nichts bekannt und laut Auskunft seiner Kollegen bei der *Brigade des Stupéfiants*, sagte Ferrante, lag auch auf Korsika nichts gegen ihn vor. Parnell erklärte, daß er Grund zu der Annahme habe, daß Regazzi seine Fischkisten zum Schmuggel von Heroin benutzte, und Ferrante räumte ein, daß das auch der Grund für die Anfrage aus New York gewesen war. Er sagte, daß man Stichproben der Kisten am Flughafen in Ajaccio genommen habe, aber es sei nichts gefunden worden.
Bevor Ferrante mit seinem Bericht über Antoine Serra begann, zündete er sich eine dicke Corona an, und die Zigarre war zu einem Haufen Asche geworden, als er mit seinem Bericht fertig war. Serra, so sagte er, war der letzte von fünf Gangsterbossen, die das organisierte Verbrechen im Süden Frankreichs kontrollierten. Er sei vor vierundsechzig Jahren in Bastia geboren und noch immer stark genug, jemandem den Arm zu brechen. Er war mit fünfzehn nach Marseille gekommen und bereits kurz darauf in der Unterwelt bekannt. Nach dem Krieg ging er nach Indochina und machte ein Vermögen mit Falschgeld. Während seiner Zeit dort organisierte er die Opiumbauern im Goldenen Dreieck.
Nach seiner Rückkehr nach Marseille baute er die Laboratorien für die Herstellung reinen Heroins aus Opium auf, und später übernahm er auch noch die türkischen Lieferanten von den Neapolitanern. Außerdem errichtete er ein Verbrechenssyndikat, in dem es Prostitution, weißen Sklavenhandel, Wettspiele und Protektion gab, aber in den letzten Jahren hatte er viele dieser Nebenzweige seinen Vertrauten übertragen. Er besaß mehrere Mietshäuser, ein Dreisternehotel, ein Cabaret namens *Pigalle* und ein Chalêt in den französischen Alpen. Er hatte seine Verbindungen bei der Polizei, bei der französischen Regierung und bei der katholischen Kirche.
Parnell fragte Ferrante, ob er Serra für ein Mitglied der Korsischen Union hielt. Der Agent lächelte und sagte, es sei nicht ungefährlich, den Namen dieser Organisation in Marseille zu erwähnen.

»Natürlich ist Serra Mitglied; man glaubt sogar, er sei ihr Anführer.« Ferrante hob die Hände. »Aber es ist ihm nichts nachzuweisen, da weder wir noch die französische Polizei jemanden in die Union einschmuggeln konnten«, sagte er lakonisch.
»Es muß eine Verbindung zwischen Regazzi und Serra geben, sonst werde ich aus dem Fall, an dem ich arbeite, nicht schlau.«
»Regazzi hat Korsika 1945 verlassen und sich in den Staaten niedergelassen. Und soweit wir wissen, ist er nur einmal vor zwei Jahren zurückgekehrt. Serra wurde ständig von uns überwacht und wir kennen seine meisten Verbindungen in Nord- und Südamerika. Aber Lino Regazzi gehört eigentlich nicht dazu.«
Parnell lehnte sich in seinem Sessel zurück und sah hinaus über das blitzend blaue Wasser des Mittelmeers, während er über die Informationen Ferrantes nachdachte. Wenn die einzige Gemeinsamkeit bei Regazzi und Serra darin bestand, daß sie beide auf Korsika geboren wurden, würde sein schöner Traum, daß Regazzi von der Bildfläche verschwindet und Frank Baker auf ihr auftauchte, nie Wirklichkeit werden. Traurig schüttelte er den Kopf: Jacksons brutaler Tod und das, was man Susan Cartwright angetan hatte, hatte seine Prioritäten durcheinandergebracht, und er hatte Regazzi nicht mehr als Statisten, sondern als Star der Sache gesehen. Er hätte in New York bleiben und seine mühsame Suche nach Baker fortsetzen sollen.
Ferrante räumte das Frühstücksgeschirr auf einem Tablett zusammen, und Parnell merkte, daß es eine höfliche Aufforderung für ihn war zu gehen. Aber er hatte noch eine Frage. »Haben Sie schon mal Heroin als festes Stück gesehen?«
»Man hat es versucht«, grinste Ferrante müde. »Ich glaube, in dieser Sparte ist so ziemlich alles versucht worden. Aber die Chemiker halten es für undurchführbar, dem weißen Staub einen Erhärter beizufügen. Es sei ein zu langer, mühsamer Prozeß, das Heroin zurückzuverfeinern in ein annehmbares Stadium der Reinheit, und außerdem sei der Verlust dabei beträchtlich.«
»Angenommen, man benutzt einen Erhärter, der nicht wieder entzogen werden müßte. Etwas auf Glucosebasis. Man bräuchte es nur zu mahlen, und da es sowieso vor dem Verkauf auf der Straße gestreckt wird, gäbe es keinen Verlust.«
Ferrante schüttelte skeptisch den Kopf. »Sie vergessen, daß es zwischen den Dealern kein Vertrauen gibt. Mit einem Glucosezusatz als Erhärter gäbe es keine Möglichkeit, den Reinheitsgehalt zu testen,

und dadurch wäre der reale Wert nicht feststellbar.«
»Zugegeben. Aber lassen wir die Frage des Vertrauens mal beiseite. Wenn man eine Menge von fünfzig Prozent Heroin mit fünfzig Prozent Glucose versteift und das dann in die Seiten einer Fischkiste aus Styropor steckt, wäre es dem Zoll so gut wie unmöglich, es zu finden.«
Ferrante grinste. »Sie denken immer noch an Regazzi.« Parnell grinste zurück. »Ich bin ein dickschädeliger Ire.« Er stand auf und zog seine Jacke an. »Vielen Dank für die Informationen, für das Frühstück und für die Sonne. Haben Sie einen Informanten, einen V-Mann in Ajaccio, dem ich trauen kann?«
»Simón Gomar, der Wirt vom *Rascasse*, hört das Gras wachsen. Sie können sich bei ihm auf mich berufen.«
»Ist er Korse?«
»Ja.« Ferrantes dunkle Augen senkten sich. »Mein Vater war Italiener. Er wurde im selben Jahr in denselben Slums Neapels wie Vito Genovese geboren.«

Das *Rascasse* war ein kleines Bistro in einer schmalen, kopfsteingepflasterten Passage zwischen dem Hafen und dem Cours Napoléon, der Hauptstraße von Ajaccio. Platz für einen Fußweg, geschweige denn Straßentischchen, gab es nicht, ein Umstand, der auch sonnenhungrige Touristen fernhielt. Als Ergebnis hatte der Wirt, anstatt Geld in eine italienische Espressomaschine zu investieren, nichts unternommen, um die Ausstattung, mit der die Einheimischen seit zweihundert Jahren zufrieden waren, zu verändern.
Um elf Uhr vormittags machte Parnell einen Erkundungsgang, fand jedoch alles noch geschlossen. Gegen sechs Uhr, als die Stadt nach der landesüblichen Siesta erwachte, kehrte er zurück. An der Bar standen nur zwei Gäste und dahinter ein dünner, habichtartiger Mann mit einem schwarzem Borsalino auf dem Kopf. Er las im *Nice-Matin*. Parnell sagte, daß er Monsieur Gomar suche. Der Mann sah auf und bemerkte lakonisch: »Sie haben ihn gefunden.«
Parnell bestellte eine Tasse Kaffee, warf einen bedeutungsvollen Blick auf die beiden anderen Gäste. Gomar kapierte, machte zwei Espressos und trug sie an einen rückwärtigen Tisch. Er setzte sich. Parnell nahm ihm gegenüber Platz. Er sagte, er sei ein Freund von Nick Ferrante. »Vielleicht möchten Sie ihn anrufen, um sich zu vergewissern«, setzte er hinzu und rührte seinen Kaffee um.

Gomar rieb sich sein frisch rasiertes Kinn, während er den Privatdetektiv gründlich musterte. »Das hängt davon ab, was Sie wollen.«
»Informationen über Lino Regazzi.«
»Da hätten Sie Ferrante fragen sollen. Er hat ihn vor einiger Zeit überprüft.«
»Ich weiß. Nick sagte es mir. Aber ich bin kürzlich über etwas gestolpert, daß mir der Verdacht kam, Regazzi benutzt seine Fischkisten zum Schmuggel von Heroin in die Staaten.«
»Sind Sie von der Drogenfahndung?«
»Nein, ich bin Privatdetektiv und arbeite an einem anderen Drogenfall für einen Mann, der hereingelegt wurde.«
Gomar lächelte. »Da bin ich aber erleichtert.«
»Warum?«
»Wenn Sie gesagt hätten, daß Sie von der Drogenfahndung sind, hätte ich Sie hinausgeworfen. Sie sind zu verdammt groß für einen Fahnder.« Er trank seinen Kaffee aus und schob die Tasse beiseite. »*D'accord.* Ich kann Ihnen nur das sagen, was ich auch Nick schon gesagt habe. Peraldi, der Spediteur, der den Fisch verpackt und auf den Weg zu Regazzi bringt, ist sauber. Ich weiß es, weil er mein Schwager ist. Er hat nicht mal genug Geld, um das Dach seines Hauses zu reparieren.«
»Was ist mit seinen Angestellten?«
»Er hat nur einen kleinen Laden. Es gibt eine Sekretärin – eine ältere Frau, die sich um das Telefon und die Buchführung kümmert – und zwei Männer, die den Lastwagen fahren und die Schwerarbeit machen. Der eine ist von hier, der andere aus Bastia, und ich bin sicher, daß ich es wüßte, wenn einer von ihnen für die Drogenbosse in Marseille arbeiten würde.«
Parnell grinste. »Gibt es keine Drogenbosse auf Korsika?«
»Einige sind *von* hier«, gab Gomar trocken zu. »Es gibt auch einige knallharte korsische Polizeioffiziere in Paris. Sie wünschen sich ein ruhiges Plätzchen fürs Alter, und daher besteht seit Jahren ein stillschweigendes Übereinkommen, daß Korsika aus dem organisierten Verbrechen herausgehalten wird.«
»Wo kauft Peraldi seine Kisten ein?«
»Er kauft sie en gros von einer Plastikfirma in Marseille.«
»Warum in Marseille?«
»Aus dem einfachen Grund, weil es auf der Insel keine Plastikfabrik gibt, die sie produziert.«

Drei Gäste betraten das Bistro, und Gomar stand auf, um sie zu bedienen. Er schien es nicht eilig zu haben, an Parnells Tisch zurückzukehren. Da Parnell keine weiteren Fragen hatte, zahlte er und ging mit der Bemerkung, daß er morgen vielleicht noch mal hereinschauen würde.
Er ging die Straße am Hafen entlang, bis er zu Peraldis Spedition kam. Und wie Gomar gesagt hatte, war es nur ein kleiner Betrieb. Ein Lagerhaus, von dem ein Teil der Front zum Büro ausgebaut war und dahinter lag ein offener Hof, der zum Teil überdacht war. Er ging um den Block herum, bis er über die Mauer in den offenen Teil sehen konnte. Berge von Kartons und Kisten lagen herum, auch Obst- und Gemüsekörbe für den Transport zu den Märkten auf dem Festland. Mittendrin stand ein zehn Jahre alter Citröen-Lastwagen. Mehrere unordentliche Haufen von Plastikfischkisten waren an der Wand gestapelt, einige schon grüngrau vor Alter und Feuchtigkeit.
Nach einem ausgiebigen Abendessen kletterte er um Mitternacht über die rückwärtige Wand in Peraldis Hof. An wahllos herausgesuchten Fischkisten piekte er winzige Löcher in die Seiten. Sie waren durch und durch aus Plastik. Er riß das Herstelleretikett von einer der Kisten ab und steckte es ein. Am nächsten Morgen kehrte er nach Marseille zurück.

Er mietete sich bei Hertz einen Simca und fuhr hinaus in das neue Industriegebiet nördlich von Marseille. Nach einigem Suchen fand er die Firma Ste. Industrielle de Polyester und parkte weiter unten an der Straße. Es war eine mittelgroße Fabrik, die sich mit ihren Flachbauten über einen Morgen Land erstreckte, und aus der Anzahl der geparkten Wagen schätzte Parnell die Belegschaft auf achtzig bis neunzig Personen: viel zuviele, wie ihm schien, um in dieser Firma Drogenaktivitäten abzuwickeln. Verwirrt fuhr er nach Marseille zurück. Regazzis Fischkisten wurden in dieser Fabrik hergestellt, und der Zwischenraum in der Kiste, die er in New York untersucht hatte, war von vornherein eingeformt und nicht erst nachträglich herausgeschnitten worden.
Er parkte vor dem Gewerbeamt, und die für die Akten zuständige Dame vermittelte ihm als Gegenleistung für seine fünfzig Francs eine Fotokopie der registrierten Artikel und der Namen der Direktoren der Firma Ste. Industrielle des Polyester. Vom Bistro nebenan aus telefonierte er mit Nick Ferrante, gab ihm die Namen der drei Direktoren

durch und fragte ihn, ob er etwas über sie wüßte. Ferrante verneinte, sagte aber, daß er es bei der Polizei überprüfen wolle. Er bat Parnell, ihn in zehn Minuten noch einmal anzurufen.

Als Parnell zehn Minuten später wieder am Telefon hing, sagte Ferrante, die ersten beiden Männer seien hiesige Bürger, gegen die nichts vorläge. Der dritte Direktor, Jean-Baptiste Maestracci, war genauso sauber. Bei ihm gäbe es jedoch eine interessante Familienzugehörigkeit, setzte Ferrante hinzu: Maestracci war der Schwiegersohn von Antoine Serra. Parnell grinste in die Muschel. Endlich hatte er eine Spur gefunden.

Am Nachmittag bekam er auf dem Standesamt im Rathaus eine Fotokopie der Heiratseintragung zwischen Maestracci und Francisca Serra. Und am gleichen Abend suchte er Renée Delaitre auf, das Mädchen, das er in Amsterdam in Shagen Mulders' Bett gefunden hatte.

Es war nicht schwierig, sie zu finden: Renées Name stand im Telefonbuch, und ihr Farbfoto, nackt und angestrahlt von einem Scheinwerfer, hing zusammen mit verschiedenen anderen in dem Schaukasten am Eingang des *Pigalle,* einem teuren Nachtclub im Vergnügungsviertel von Marseille. Da Parnell ihre häusliche Situation nicht kannte, beschloß er, sie an ihrem Arbeitsplatz aufzusuchen.

Gleich innerhalb des Eingangs war eine Bar, an der stehende Gäste mit teleskopischem Sehvermögen einen Blick auf das nackte Fleisch werfen konnten, ohne soviel zu zahlen wie drinnen an den Tischen. Ein schmaler Gang trennte mit einer massiven Eichentür einen rauchigen Raum von den Vorräumen, wo die Männer an den Tischen herumsaßen und mit hohem Einsatz spielten. Die kleine Bühne war eine Glasplattform in der Mitte des Fußbodens, mit Scheinwerfern von unten, die eigenartige Körpereffekte hervorriefen, wenn die Mädchen die letzten Hüllen fallengelassen hatten. Parnell drückte dem Oberkellner fünfzig Francs in die Hand und durfte sich daraufhin einen Tisch auswählen. Er setzte sich an einen kleinen seitlichen Tisch, von wo er gut sehen konnte, ohne selbst so leicht gesehen zu werden.

Renée war die letzte Stripteasetänzerin, die auftrat. Und nach Parnells Meinung war sie bei weitem die beste. Sie hatte Rhythmus, einen schönen Körper ohne weiße Bikiniflecken, und als sie schließlich völlig nackt war, zog sie eine erotische, langsame, hüftrollende Nummer ab, so daß die reichen Bourgeois an den Tischen ringsum sich die Lippen anfeuchteten. Er verstand, weshalb Shagen Mulders Interesse an ihr gefunden hatte. Was er nicht verstand, war, warum der Manager des *Pigalle* sie hatte mit ihm gehen lassen. Sie war seine Attraktion und hatte sicherlich einen Vertrag.

Als sie von der Bühne gehüpft und verschwunden war, rief er seinen Kellner an den Tisch. Er hielt ihm eine Hundertfrancsnote unter die Nase und sagte, daß sie ihm gehörte, wenn er Mademoiselle Renée überreden könnte, auf einen Drink zu ihm zu kommen. Der Kellner sagte, daß er zwar das Geld nehmen könnte, aber er könne Mademoiselle nicht herbringen: Es war strikt gegen die Regeln des Hauses, daß sich eine Künstlerin von den Gästen einladen ließ. Parnell gab ihm das Geld und sagte, er solle den Rest behalten. Dann ging er hinaus und setzte sich in den Simca.

Nach einer halben Stunde erschien Renée und stieg in ein Taxi, das der Portier für sie herangepfiffen hatte. Sie war allein. Parnell verfolgte das Taxi bis zu ihrem Haus und beobachtete, wie sie hineinging. Einige Augenblicke später wurde es in zwei Fenstern im fünften Stock hell. Er wartete weitere zehn Minuten und fuhr dann mit dem Lift bis zum fünften Stock. Er suchte die Türen ab, bis er ihr Namensschild gefunden hatte. Er drückte auf die Klingel.

Sie nahm sich Zeit, die Tür zu öffnen und auch dann nur mit vorgelegter Kette. Leise sagte er: »Hallo, Baby, kennst du mich noch?«

Sie riß im Wiedererkennen die Augen auf. »Verdammter Schuft! Verschwinde!« zischte sie und knallte die Tür zu. Er trat zurück, verlagerte seine zweihundert Pfund auf den rechten Fuß und trat die Tür in die Kette. Die Schrauben rissen aus, und die Tür krachte gegen die Wand. Renée rannte in die Wohnung und packte sich das Telefon. »Verschwinden Sie hier, sonst ruf ich die Polizei!«

Er schloß die Tür hinter sich und lehnte sich mit dem Rücken dagegen. »Mach das, dann brauche ich es nicht zu tun.« Er lauschte, ob sich die Nachbarschaft auf sein gewaltsames Eindringen hin rührte und ließ gleichzeitig den Blick über das fröhlich möblierte Studioapartment gleiten. Er entdeckte keinerlei Anzeichen eines männlichen Bewohners.

»Was wollen Sie damit sagen?« fragte Renée und ihre Augen verengten sich.

»Die holländischen Bullen suchen nach dir.« Draußen im Korridor war alles still geblieben, also ging er weiter in den Raum und setzte

sich auf eine Sessellehne. Renée trug das Oberteil eines weißen Pyjamas, das gerade lang genug war. Sie hatte sich abgeschminkt und ihre langen schwarzen Haare in zwei dicke Zöpfe geflochten. Jetzt sah sie mehr wie das Mädchen von nebenan aus und kaum wie eine Nackttänzerin. »Man möchte dringend mit dir über den Tod von Shagen Mulders sprechen. Und über eine Drogenlieferung.« Er schüttelte den Kopf. »Du hättest nicht so schnell aus der Stadt verschwinden sollen. Die Polizei glaubt, daß du etwas weißt.«
Sie stellte das Telefon zurück. »Ich bin nicht weggelaufen. Als ich genau wußte, daß Shagen tot war, bin ich nach Marseille zurückgefahren.«
»Und hast nicht mal bis zur Beerdigung gewartet.«
»Was wollen Sie?«
»Informationen.«
»Wer *sind* Sie überhaupt?«
»Jemand, der dir einigen Ärger ersparen kann.«
Sie lachte ironisch. »Sie sind hier in Marseille und nicht in Amsterdam. Ein Telefonanruf von mir genügt, und Sie finden sich mit einer Ankerkette um den Hals auf dem Grunde des Hafens.« Sie ging hinüber zu dem großen Diwan, verschränkte ihre schlanken Beine zum Schneidersitz und sah ihn lauernd an.
»Hast du gesehen, wie ein Mädchen aussieht, wenn sie vom fünften Stock auf das Pflaster gefallen ist?«
»Das würden Sie nicht wagen!«
»Woher wußtest du, daß Shagen eine Ladung Heroin nach Boston geschickt hatte mit einem Collegejungen als Kurier?«
»Ich weiß gar nicht, wovon Sie reden.« Mit gespielter Gleichgültigkeit studierte sie die Fingernägel ihrer rechten Hand.
Er stand auf, öffnete das Fenster und warf einen Blick hinunter auf die Straße. Er ließ das Fenster offen und sah sie an. »Schau, Baby, deinetwegen wurde Mulders umgebracht. Und der einarmige Charly. Ein Schwarzer, mit dem ich aus New York befreundet war, endete mit durchschnittener Kehle. Und verschiedene andere Typen, mit denen ich nicht befreundet war, wurden ebenfalls liquidiert. Du glaubst doch wohl nicht, daß mir eine weitere Leiche schlaflose Nächte bereiten würde; deshalb solltest du es dir noch einmal überlegen.«
»Wieso meinetwegen?« Ihre Stimme klang jetzt etwas unsicher.
»Du hast es dem amerikanischen Zoll gesteckt, daß Shagen eine Lieferung hatte.«

»Sie sind verrückt.«
»Ich weiß. Shagens Matrosen auf der *Schwarzen Möve*, die du an dem Abend angerufen hast, haben mich arg zusammengeschlagen. Die Ärzte wollten mich gleich dabehalten.«
»Hätten sie das nur getan.«
Er grinste. »Vielleicht tun sie das, wenn diese Nacht vorbei ist.«
»Ich flehe Sie an, ich habe den ganzen Abend garbeitet und bin erschöpft. Können wir nicht morgen darüber reden?«
»Ich weiß, daß du gearbeitet hast. Ich habe dir im *Pigalle* zugesehen. Du bist phantastisch. So gut, daß nur Tony Serra persönlich dir freigegeben haben kann, um mit Shagen Mulders zu gehen.«
»Wenn Sie schon alle Antworten wissen, warum verschwinden Sie dann nicht endlich, zum Teufel?«
»Als wir das letztemal zusammen waren, hattest du es nicht so eilig, mich hinauszuwerfen.« Renée tat einen tiefen Seufzer. »Also, ich gehe jetzt ins Bett.«
»Na also, jetzt redest du vernünftig.« Er lockerte seine Krawatte.
»Sie – Sie *Schuft*!« Sie vergrub ihr Gesicht in den Händen und schluchzte.
Er wählte eine Flasche Hennessy aus der Flaschensammlung auf dem Schränkchen neben dem Fenster und schenkte sich ein. Er ließ sich in dem Sessel nieder und legte lässig ein Bein über die Lehne. Und während er den Kognak schlürfte, überlegte er, wie man eine Frau zum Sprechen bringen könnte, ohne sie aus dem Fenster zu werfen.
Nach einer Weile sah sie zu ihm auf. »Sind Sie ein Bulle?«
»Nein. Ich bin Privatdetektiv und versuche, dem Collegejungen zu helfen, den Shagen reingelegt hat.«
»Ich möchte auch einen Drink.«
Er ging abermals hinüber zu dem Schränkchen, nahm die Kognakflasche; im selben Augenblick sprang Renée auf die Beine und schoß zur Tür. Er wußte, daß er sie nicht mehr einholen würde, bevor sie draußen war. Also warf er die Flasche an die Tür. Sie ging krachend in Scherben, sie duckte sich und legte schützend den Arm vor das Gesicht. Er holte sie ein, packte einen ihrer Zöpfe und riß ihren Kopf zurück. »Ich gebe dir dreißig Sekunden zum Sprechen«, knurrte er, »bevor ich dein Gesicht mit dem Flaschenhals von der Kognakflasche bearbeite. *Wer hat dem Zoll den Tip gegeben?*«
Sie sah ihn höhnisch von unten an, aber jetzt hatte er sich wieder in der Gewalt. Er schlug ihr ins Gesicht, und sie wäre gestürzt, wenn er

sie nicht an den Haaren festgehalten hätte. Er hob die Hand, um sie abermals zu schlagen, als sie kalt sagte: »Ich war's nicht.« Diese französische Schlampe hat gute Nerven, dachte er. »Wer dann?«
»Ich weiß es nicht. Serrat hat mich gebeten, ihn anzurufen, wenn Shagen eine Lieferung auf den Weg bringt.«
»Woher wußtest du, daß er eine Lieferung hat?«
»Bitte – Sie tun mir weh.« Er warf sie auf den Diwan und beugte sich über sie. »Woher wußtest du das?«
»Ich sah ihn, wie er das Zeug in einer Leinentasche in seiner Wohnung versteckte, und er hatte mir von dem Studenten erzählt. Er hielt das Ganze für einen Witz.«
»Hat Shagen früher schon Lieferungen für Serra abgewickelt?«
»Ja natürlich; er war zuständig für den Transit durch Kanada.«
»Warum hat Serra dich nach Amsterdam geschickt, um ihn auszuspionieren?«
Sie zögerte, ein Anzeichen dafür, meinte er, daß sie versuchte, von den Tatsachen zu den Lügen zu kommen. »Mehrere Lieferungen waren verlorengegangen, und Serra glaubte, daß Shagen ihn auszutricksen versuchte. Und als Shagen mich dann fragte, ob ich zwei Wochen mit ihm nach Amsterdam kommen wollte, forderte Serra mich auf, zu gehen und die Augen offenzuhalten.«
Parnell hatte sich auf die Tischkante gesetzt und nahm das Telefon. Er wählte, und Renée fragte, wen er anrufen wolle.
»Die *Brigade des Stupéfiants*. Mir gelingt es nicht, die ganze Wahrheit aus dir herauszubringen. Vielleicht schaffen es die Bullen.«
»Schwein!« zischte sie und ging mit gespreizten Fingern auf ihn los. Eine Hand konnte er abfangen, aber die scharfen Nägel der anderen fuhren ihm durchs Gesicht. Er verlor das Gleichgewicht, fiel vom Tisch und landete schwer auf dem Boden, wobei er sie mit sich zog. Er versuchte, ihre andere Hand zu packen, und sie stieß ihm ihr Knie zwischen die Beine. Er brüllte auf vor Schmerz und schlug ihr so heftig ins Gesicht, daß ihr Blick verschwamm. Er rollte sie auf den Rücken und setzte sich rittlings über sie. Mit einer Hand umklammerte er ihre beiden Handgelenke und hob die andere, um sie noch einmal zu schlagen, wenn sie sich weiter wehrte. Das Pyjamahemd war hinaufgerutscht über ihre kleinen, bebenden Brüste, sie hatte die Augen geschlossen. Und als er auf sie hinunterschaute, überkam ihn das plötzliche, wilde, fast unkontrollierbare Verlangen, sie zu nehmen. Sie öffnete die Augen und starrte zu ihm hinauf. »Worauf wartest

du?« fragte sie wütend und spürte sein Verlangen.
Er lachte und damit verflog seine Stimmung. Er ließ sie los und rieb sich den Unterleib. »Ich warte, bis der Schmerz vorbeigeht. Du kämpfst nicht besonders fair.«
Er stand auf, und sie kam mit einer graziösen, weiblichen Bewegung auf die Beine. Dann zog sie ein paar Kleenextücher aus der Packung und reichte sie ihm mit der Bemerkung, daß sein Gesicht blutete. Er ging ins Bad und besah sich den Schaden im Spiegel, während sie sich in die Badezimmertür lehnte und ihn beobachtete.
»Tony Serra will die Mafia ausschalten«, sagte sie mit ruhiger, gelassener Stimme. »Er sagt, daß sie so sehr damit beschäftigt sind, sich gegenseitig zu bekämpfen, daß man keine Geschäfte mehr mit ihnen machen kann. Jedenfalls nicht ohne ein unnötig hohes Risiko. Also übernimmt er den Markt. Wenn sie bei ihm kaufen wollen, beliefert er sie nach wie vor. Und dann sorgt er dafür, daß der Zoll rechtzeitig einen Wink bekommt.«
»Netter Bursche. Damit wird auch klar, warum die Lieferungen an Korsen wie Lino Regazzi durchkommen.« Er hatte den Namen so gleichgültig wie möglich erwähnt und beobachtete ihre Reaktion im Spiegel. Aber sie ließ sich nichts anmerken. »Hast du ihn kennengelernt, als er hier war?«
»Regazzi? Von dem habe ich noch nie gehört.«
»Machen die anderen Bosse in Marseille bei Serra mit?«
»Ja, alle Korsen.«
»Warum erzählst du mir das jetzt alles?«
»Weil ich Angst habe. Du wußtest genug oder hast genug erraten, daß du zur Polizei gehen könntest, und die würde mich verhaften und als Kronzeugin behalten, bis sie Serra erwischen. Und die Zeugen, die in Fälle um Tony Serra verwickelt sind, leben oft nicht lange."
»Warum hast du dich auf ein so gefährliches Unternehmen eingelassen?«
»Man hat zu tun, was er sagt, sonst bekommt man in dieser Stadt keine Arbeit. Jedenfalls nicht in Cabarets.«
Er knüllte das Kleenex zusammen, warf es in den Papierkorb und sah auf seine Uhr: Es war halb drei und das erste Flugzeug nach New York flog um halb zehn Uhr morgens. Damit hatte sie sieben Stunden, sich die Situation zu überlegen und zu dem offensichtlichen Schluß zu kommen, daß der sicherste Weg, sich selbst zu schützen, war, ihren Freund anzurufen, dessen Spezialität es war, Leute im Hafenbecken

zu versenken. So wie sie es in Amsterdam gemacht hatte. Er konnte die Telefonschnur herausreißen – und sie könnte sich anziehen und außerhalb der Wohnung telefonieren. Er könnte sie mit zum Flughafen nehmen – was kompliziert war. Oder er konnte hierbleiben, bis es Zeit war, zum Flugplatz zu fahren. »Ich dachte, du wolltest ins Bett?«

»Und was wirst du tun?«

Er grinste und begann sich auszuziehen. »Was ich schon damals hätte tun sollen, als wir uns das erstemal begegneten. Dann wäre vielleicht einiges anders geworden.«

Sie musterte ihn einige Augenblicke schweigend mit verschleiertem, nachdenklichem Blick. Und dann wandte sie sich um und nahm die Tagesdecke von dem großen Diwan, faltete sie ordentlich zusammen und hängte sie über eine Sessellehne. Sie nahm zwei Kopfkissen aus dem Schrank und schlüpfte zwischen die Laken.

Er legte sich neben sie, nahm ihr Gesicht in beide Hände und küßte sie wild. Und als er den stärker werdenden Druck ihres Beines spürte, hob er eine Hüfte, und sie glitt unter ihn. Als er in sie eingedrungen war, hielt sie ihn fest, um seine Bewegungen zu unterbinden: statt dessen zog sie ihre langsame, hüftrollende Nummer aus dem *Pigalle* ab. Sie wurde immer schneller, bis beide genau gleichzeitig zum Höhepunkt kamen.

Einige Zeit später murmelte sie: »Hättest du mich wirklich aus dem Fenster geworfen?«

»Du wolltest mich immerhin in den Hafen werfen lassen. Und noch dazu mit einer Ankerkette um den Hals.«

Sie stützte sich auf einen Ellbogen, schob ihr langes Haar über die Schulter zurück und sah ihn an. »Was hast du jetzt vor?«

Er lachte lautlos. »Ich hätte schon eine Idee, aber ein bißchen brauche ich noch, um wieder soweit zu sein.«

»Das ist doch nicht dein Ernst.« Sie spielte mit den Fingern auf seiner Brust. »Was wirst du unternehmen, nachdem ich dir das alles erzählt habe?«

»In Marseille nichts. Wie Tony Serra seine Rechnungen zahlt, geht mich nichts an. Ich werde morgen früh nach New York fliegen, und wenn du gescheit bist, tust du so, als wären wir uns nie begegnet. Solltest du dir aber Sorgen machen und die Stadt verlassen wollen, werde ich dich unterstützen, bis du einen neuen Job gefunden hast. Damit riskiere ich nicht viel, denn wie ich schon sagte, du bist phantastisch. Sogar angezogen.«

Sie wandte sich von ihm ab. Nach ein paar Minuten war sie eingeschlafen. Er wachte früh genug auf, um das Flugzeug zu erreichen und zog sich leise an. Renée lag auf der Seite, mit dem Gesicht zur Wand, und wenn sie durch ihn aufgewacht war, ließ sie es sich nicht anmerken. Er zählte zweitausend Dollar ab und breitete sie auf seinem Kopfkissen aus. Tausend waren der Rest von Shagen Mulders' Geld und die zweiten Tausend hoffte er, von Randall zurückzubekommen. Er vermutete, daß Renée Delaitre beim Aufwachen an diesem Morgen den dringenden Wunsch haben würde, sich den Staub Marseilles von den Füßen zu schütteln.

Während er im Abflugraum des Flughafens auf den Aufruf seiner Maschine wartete, nahm er das winzige Tonbandgerät aus seiner Tasche, schraubte den Kopfhörer ein und hörte seine und Renées Stimmen ab. Alles war aufgezeichnet, sogar der laute Klatscher, als er sie geschlagen hatte. Er stellte das Band ab und steckte das Gerät zurück in seine Tasche.

15

Don Salvatore Garafaldo überreichte die Notiz, die er am frühen Morgen durch einen Boten erhalten hatte, seinem Sekretär und Berater, Carlogero Buscetta, der gerade hereingekommen war. Die beiden Mafiosi saßen in Garafaldos Penthousewohnung mit dem Blick über den East River. Garafaldo war klein, dick, mit eisgrauem Haar, das genau zur Farbe seiner Augen paßte, und trug einen braunen, seidenen Morgenmantel, der seine Sonnenbräune hervorhob, die er sich während seiner Ferien auf Barbados geholt hatte. Buscetta war groß, klapperdürr mit Glatze und einer Hautfarbe wie alter Schnee. Man sagte, daß man ihn abgesehen von seinen dunklen, lebhaften Augen für eine Leiche halten und ihn schon vor langer Zeit hätte begraben können.

Er las die kurze, handgeschriebene Notiz und die Unterschrift. »Parnell«, bemerkte er nachdenklich. »Von dem habe ich schon gehört. Er ist Privatdetektiv und hat in der Stadt alle möglichen Fragen über die Organisation gestellt.« Er warf noch einen Blick auf den Zettel: *Ich habe eine Nachricht für Sie von Tony Serra in Marseille. Sollten Sie Interesse haben, rufen Sie mich an.*

»Warum sollte Serra ausgerechnet *ihm* eine Nachricht schicken?«
»Das läßt sich feststellen. Ich rufe ihn an.«
»Nicht von hier aus. Sogar er war gescheit genug, eine handgeschriebene Notiz zu schicken.«
Buscetta stand auf. »Möchten Sie mit ihm sprechen?«
»Nur, wenn du es für richtig hältst.«
Buscetta ging, und Garafaldo ging in sein Schlafzimmer. Er zog ein weißes Hemd, eine schwarze Krawatte und einen seiner schwarzen Seidenanzüge an. Vor zwei Nächten war Eddy Capolla erschossen worden und heute nachmittag sollte die Beerdigung stattfinden. Capolla war nur ein kleiner Fisch gewesen, und im Hinblick auf die derzeitige Situation würde man sein Erscheinen nicht erwarten. Aber die Moral des Clans war so gesunken, daß Buscetta gemeint hatte, es wäre doch gut, wenn Don Salvatore der Witwe Capolla sein Beileid persönlich ausdrückte.
Buscetta rief Parnell von einem Drugstore aus an, sagte, daß er wegen der Nachricht anriefe und fragte ihn nach seiner Zimmernummer. Parnell gab sie ihm, und Buscetta sagte, er sei in einer halben Stunde dort. Nachdem er aufgelegt hatte, bestellte sich Parnell beim Zimmerservice eine Flasche Johnny Walker.

Buscetta sah aus dem Fenster und blickte sich dann in dem Zimmer um. Parnell sagte ihm, er könne unbesorgt sein, es gäbe keine Wanzen. Buscetta setzte sich auf einen der Stühle und legte seinen schwarzen Hut auf die knochigen Knie. »Ich bin Don Salvatore Garafaldos *consiglière*. Was wollen Sie?«
Parnell grinste. »Wie kommen Sie auf die Idee, daß *ich* etwas will?«
»Tony Serra würde niemals durch Sie eine Nachricht schicken. Er schickt überhaupt keine Nachrichten.«
»Kennen Sie ihn?«
»Ich habe gefragt, was Sie wollen.«
»Ein Geschäft.«
»Was für ein Geschäft?«
»Ich will Frank Baker.«
»Wer ist Frank Baker?«
»Er war Angelo Mantellis Verbindungsmann in Boston.«
»Und warum wollen Sie den?«
»Als Entlastungszeugen in einem Fall, an dem ich arbeite.«
Buscetta schwieg so lange, daß Parnell ihn schließlich fragte, ob er

einen Drink wolle, um das Schweigen zu brechen. Buscetta sagte, einen Fingerbreit, aber pur, es sei kalt draußen. Parnell schenkte zwei Gläser ein und reichte ihm eines.
»Woher wissen Sie, daß uns Lieferungen verlorengegangen sind?«
»Ich lese Zeitungen. Ich weiß auch Einzelheiten über das Wie und Warum einer Beschlagnahme – der elf Kilo, die Shagen Mulders aus Amsterdam an Mantelli geschickt hat.«
Buscetta kippte den Whisky in einem Zug hinunter und stellte das Glas auf den Teppich neben sich. »Sie sprudeln Namen hervor wie ein Telefonbuch. Was haben Sie, um das zu untermauern?«
»Geben Sie mir Baker, dann zeige ich's Ihnen.«
Buscetta stand auf und setzte seinen Hut auf. »Haben Sie vor, mit noch weiteren Leuten ins Geschäft zu kommen?«
»Nein, ich räume Ihnen eine exklusive Option ein. Für vierundzwanzig Stunden.«
»Und was ist danach?« Buscettas Gesichtsausdruck war unverändert, aber seine Stimme war leiser geworden. Und wenn Parnell den *consiglière* besser gekannt hätte, hätte er kein Zeitlimit gesetzt.
»Dann wende ich mich an die Korsen«, sagte er. Buscetta nickte schweigend und ging.
Parnell ging ans Fenster und starrte hinaus auf die Silhouette Manhattans. Er machte sich keine Sorgen über die Fragen, die Buscetta gestellt hatte: Er machte sich Sorgen um die Fragen, die er nicht gestellt hatte. Entweder wußte Garafaldos Berater alles von dem Fall Randall oder Mantelli hatte dieses Geschäft auf eigene Rechnung gemacht und Buscetta wußte weder davon noch von Frank Baker.
Später rief Parnell Susan Cartwright an und sagte, daß er sie gerne wiedersehen würde. Sie verabredete sich mit ihm auf einen Drink und schlug eine Bar an der 89. Straße vor. Er wäre lieber mit ihr essen gegangen, aber sie sagte, daß ihr Vater mit einer schlimmen Grippe zurückgekommen sei, und daß sie sich um ihn kümmern müsse. Er fragte sich, warum sie so zurückhaltend war; aber vielleicht war ihr Vater in Hörweite des Telefons und sie konnte deshalb nicht offen sprechen.

Kurz nach sechs verließ Susan das Haus. Sie ging die Fifth Avenue hinauf, und der Mann, der gegenüber ihrem Apartmenthaus zusammengesunken auf einer Parkbank gesessen hatte, stand auf, strich seinen Mantel glatt und folgte ihr. Als sie die Bar betrat, wartete er ein paar Minuten, bevor er ebenfalls hineinging. Er sah sich den Mann, mit dem sie zusammen am Tisch saß, genau an, ging dann hinaus und rief Lino Regazzi von einem benachbarten Drugstore an. Er gab Regazzi eine ziemlich gute Personenbeschreibung von Parnell. Regazzi wies ihn an, an dem Mann dranzubleiben und herauszufinden, wo er wohnte.

Susan und Parnell redeten und tranken Cocktails. Susan wirkte sehr ernüchtert, und sie beschrieb recht langatmig Jacksons Beerdigung, auf der sie war. Parnell fragte sie, was sie sonst getan hätte, und sie sagte, nichts, sie sei nicht einmal ausgegangen. Sie fragte ihn nicht, wo er gewesen sei.

Er begleitete sie zurück zu ihrem Haus, ohne seine Essenseinladung noch einmal anzubringen. Er hatte volles Mitgefühl mit ihren kürzlichen traumatischen Erlebnissen, aber andererseits mußte ein Mädchen, das sich mit Leuten wie Jackson, Gomez und Richards einließ, auch mit so etwas fertigwerden. Er sagte, daß er ein paar Tage lang beschäftigt sein würde und daß sie danach vielleicht aufs Land fahren könnten. Sie sagte, sie würde es sich überlegen, und er solle sie anrufen.

Den nächsten Tag verbrachte er in seinem Zimmer im *Commodore* oder in der Hotelbar, wo man ihn erreichen konnte, falls Buscetta anrief. Er rief nicht an, Parnell war sich nicht sicher, ob es wegen Garafaldo war, der die vierundzwanzig Stunden Option aus Prinzip verstreichen ließ oder ob er einfach kein Interesse an dem Geschäft hatte.

Auch Regazzis Mann, der Parnell beschattete, blieb den ganzen Tag in den Aufenthaltsräumen des Hotels. Aber im Gegensatz zu Parnell war er vollkommen entspannt. Für fünfzig Dollar pro Tag war er bereit, den Rest des Jahres in Hotelsesseln herumzusitzen. Unten an der Ecke der Straße, in der sich das Hotel befand, saß Juan Sancho mit drei von seinen Leuten in einem blauen Buick. Seine Anweisungen waren präzise: Bring den Detektiv her, aber lebend. Und obwohl er schon einige lange Stunden dieses Tages damit verbracht hatte, sich zu überlegen, wie man einen Mann aus einem Hotel im Zentrum New Yorks kidnappen könne, fiel ihm erst bei Einbruch der Dunkelheit eine brauchbare Lösung ein.

Buscettas Anruf erreichte Parnell im Frühstücksraum, wo er sich bei einer dritten Tasse Kaffee überlegte, ob er mit Tony Cremona ins Geschäft kommen könnte: Die Beweise, die er gesammelt hatte, würden Regazzis Drogenaktivitäten zu einem Ende bringen, und als Gegenleistung würde er das Versprechen bekommen, daß Randall billig davonkäme. Buscettas Anruf war kurz. Er verabredete sich mit ihm am Empfang in einer halben Stunde; dort würde ein Mann nach ihm fragen. Parnell fragte, wie er erkennen sollte, daß es der richtige Mann war. Buscetta sagte, daß er ihn nach seinem Namen fragen sollte: der sei Cantevale. Parnell trank seinen Kaffee aus und ging in die Empfangshalle. Dort ließ er sich aus dem Hotelsafe seine Aktentasche geben.

Cantevale führte ihn hinaus zu einem Taxi, das vor dem Hotel wartete. Sie stiegen ein, und der Fahrer fädelte sich in den Verkehrsstrom ein, ohne eine Adressenangabe abzuwarten. Parnells Bewacher rannte aus dem Hotel und setzte sich auf den Beifahrersitz neben Sancho. Er deutete auf das Taxi, und Sancho verfolgte es.

Das Taxi fuhr vor einem Wohnblock an der Park Avenue an den Bordstein. Cantevale schob eine Zehndollarnote in den Zahlschlitz. Er lief in das Gebäude, und Parnell mußte sich beeilen, um mit ihm Schritt zu halten. Einer der beiden Lifte stand im Parterre. Cantevale drückte auf den Knopf, und als die Türen auseinanderglitten, griff er hinein und drückte den Knopf zur zehnten Etage. Dann lief er zur Treppe, und Parnell folgte ihm hinunter in die Tiefgarage. Cantevale rutschte hinter das Lenkrad eines blaßgrünen Fleetwood, der zwischen den Autos der Hausbewohner geparkt war. Der Motor lief, und der Wagen rollte schon an, als Parnell neben ihm einstieg. Er fuhr die Auffahrt zur Lexington Avenue hinaus und bog an der ersten Kreuzung nach Osten ab. Parnell ließ sich so tief wie möglich in den Sitz rutschen. Cantevale sah ihn an und meinte auf Parnells vielsagenden Blick schlicht: »Alles Routine.«

Sancho hielt fünfzig Meter hinter dem Taxi, und als die beiden Männer in dem Haus verschwunden waren, wies er den Mann neben sich an, hineinzugehen und nachzusehen, bis zu welchem Stock der Lift fuhr. Als der Mann in der Eingangshalle war, passierte der einzig fahrende Lift gerade die sechste Etage. Er beobachtete die Anzeige, und als die im zehnten Stock anhielt, drückte er auf den Liftknopf. Er wartete, bis der Lift unten ankam, um sicherzugehen, daß er leer war. Er kehrte zum Wagen zurück und sagte Sancho, daß die Männer im zehnten Stock ausgestiegen seien. Sancho ließ ihn neben sich einsteigen und erklärte während der nächsten zehn Minuten haarklein, wie sie den Detektiv schnappen sollten, wenn er aus dem Gebäude kam.

Er wiederholte den Plan mehrere Male, bis er sicher sein konnte, daß sogar José, einer der Männer im Fond, der genug Muskeln aber keinen Grips hatte, den Plan auch verstanden hatte. Als er damit fertig war, wies er sie an, ihre Waffen zu entladen.

Zusammen mit zwei Männern wartete Don Salvatore Garafaldo im Wohnzimmer seiner Penthousewohnung. Der eine war sein Berater Buscetta, der andere Rosario »Rosy« Orlando, der das Drogengeschäft des Clans nach Mantellis Tod übernommen hatte. Er war ein kräftig gebauter Mann Anfang Vierzig und schien im Gegensatz zu Garafaldo sehr auf seine Figur zu achten. Buscetta stand auf, um Parnell zu begrüßen, die anderen beiden Männer blieben sitzen. Cantevale setzte sich auf einen Stuhl gleich neben der Tür. Don Salvatore sagte: »Mein Berater hat mir gesagt, daß Sie interessante Informationen haben, mit denen Sie ins Geschäft kommen wollen. Setzen Sie sich.«

Parnell ließ sich in einen Sessel fallen und stellte seine Aktentasche auf den Fußboden neben sich. »Nicht ins Geschäft kommen; ich möchte ein Geschäft machen.«

Don Salvatore lächelte kurz. »Sie sagten, Sie hätten eine Nachricht von Tony Serra für mich.«

»Das war nur ein Aufhänger. Ich habe eine Nachricht von Serra, aber er hat sie nicht mir direkt gegeben, und sie war auch nicht speziell für Sie bestimmt.«

»Ich höre.«

»Haben Sie ein Tonbandgerät?«

Don Salvatore warf Buscetta einen fragenden Blick zu, und Buscetta ging hinaus. Niemand sprach ein Wort, bis er mit einem tragbaren Philipsgerät zurückkam und es auf den Tisch stellte.

Parnell legte das Band ein, das er vorher sorgfältig geschnitten hatte und stellte das Gerät an. »Tony Serra will die Mafia ausschalten.« Renée Delaitres Stimme war laut und klar. »Er sagt, daß sie so sehr damit beschäftigt sind, sich gegenseitig zu besiegen, daß man keine Geschäfte mehr mit ihnen machen kann. Jedenfalls nicht ohne ein unnötig hohes Risiko. Wenn sie bei ihm kaufen wollen, beliefert er sie nach wie vor. Und dann sorgt er dafür, daß der Zoll rechtzeitig einen Wink bekommt.«

Parnell drückte auf die Stoptaste, und nur das entfernte Geschepper eines Hubschraubers, der den East River hinaufflog, unterbrach das Schweigen.

Schließlich sagte Orlando: »Wer ist die Schlampe?« Er starrte mit schmalen, bösen Augen auf das Gerät.
»Eine von Serras Angestellten, die sein Vertrauen genießt.«
»Wie heißt sie?«
»Sie steht unter meinem Schutz.«
Don Salvatore sagte: »Hören wir uns das Band noch einmal an.« Als Parnell es das zweitemal abgespielt hatte, murmelte Don Salvatore: »Diese verdammte Kröte. Für wen hält er sich denn eigentlich?«
»Einige Leute halten ihn für das Oberhaupt der Korsischen Union«, sagte Parnell, während er das Band wieder an sich nahm.
Keiner sagte ein Wort, und er spürte, wie sich die Atmosphäre gewandelt hatte. Es war, als hätte ein Statist dem Star die Show gestohlen. Parnell spürte, daß er nicht länger im Mittelpunkt der Aufmerksamkeit stand; er steckte das Band in seine Aktentasche und setzte sich. Und er fragte sich, ob ihn überhaupt jemand hindern würde, wenn er einfach hinausginge.
»Was haben Sie sonst noch?« fragte Buscetta.
»Die ganze Geschichte. Aber zuerst wollen wir über Baker reden.«
»Das Band ist nicht gerade ein Beweis dafür, daß Serra uns hereinlegen will.« Buscetta schien sowohl sich selbst als auch Parnell beschwichtigen zu wollen.
»Warum werden seine Lieferungen an Sie beschlagnahmt, während seine Lieferungen an Lino Regazzi durchkommen?«
Orlando verlor die Beherrschung. »Okay, Sie Stinktier«, zischte er. »Sagen Sie es uns.«
»Dazu bin ich bereit. Aber wie ich schon sagte, muß Baker der Bostoner Polizei erklären, wie Mulders' Kurier, Randall, hereingelegt wurde. Dann bekommen Sie alle Tatsachen von mir.«
»Und Baker bekommt zehn Jahre.«
»Das glaube ich nicht. Außer, er ist vorbestraft. Er stellt sich und legt ein Geständnis ab. Bei guter Führung ist er in drei oder vier Jahren wieder draußen. Sie könnten ihn ja finanziell dafür entschädigen.«
»*Wir* sollen ihn entschädigen?« wiederholte Orlando sarkastisch. »Sie spinnen wohl.«
»Zwei von Serras Lieferungen sind kürzlich beschlagnahmt worden. Die eine ging an Sie, die andere flog an der Grenze von Tijuana auf. Ich weiß nicht, welchen Effekt der Verlust der Tijuanalieferung hatte, aber als Ihre Lieferung nicht ankam, konnten Sie den Markt von Harlem nicht mehr versorgen, und Regazzi übernahm ihn. Wenn man

zusammenrechnet, was das an Geld ausmacht, stimmen Sie mir sicher zu, daß der Betrag, den Sie Baker zahlen sollten, dagegen ein Trinkgeld ist.«

Orlando wollte etwas erwidern, aber Buscetta schnitt ihm das Wort mit einer Handbewegung ab. »Die Polizei wird Baker fragen, für wen er arbeitete.«

Parnell zuckte die Schultern. »Mantelli. Den können sie nicht mehr hochgehen lassen.«

»Es ist kein Geheimnis, daß Mantelli ein Mitglied unseres Clans war.«

»Es ist auch kein Geheimnis, daß der Drogenhandel zu den Geschäften Don Salvatores gehört. Und da er als freier Mann hier sitzt, heißt das, daß man es ihm nicht beweisen kann.«

Der Don ging hinüber zum Tisch, wählte eine dicke Zigarre aus und schnitt das Ende mit einem massiv silbernen Zigarrenabschneider ab. Er nahm sich viel Zeit, die Zigarre anzuzünden, und die Augen aller im Raum beobachteten ihn. »Wie kriegt Regazzi sein Zeug durch den Zoll?«

Parnell spürte, daß er angebissen hatte und daß es Zeit war, noch einen Köder auszuwerfen. »In seinen Plastikfischkisten. Es ist eine sehr, sehr raffinierte Sache, und der Kopf ist Serras Schwiegersohn, Jean-Baptiste Maestracci in Marseille.«

Don Salvatore setzte sich schwer auf die Couch. »Zeigt ihm den Burschen.«

Cantevale ging mit Parnell hinunter ins Erdgeschoß. Sie verließen das Gebäude durch den Liefereingang, gingen dann die Straße hinunter bis zu einem Chevrolet Impala, der am Straßenrand parkte. Ein Mann saß hinterm Steuer und ein zweiter im Fond. Cantevale öffnete die hintere Tür für Parnell, der stieg ein. Cantevale seinerseits stieg neben dem Fahrer ein, wandte sich zu Parnell um und sagte lakonisch: »Frank Baker.«

Die verschüchterte Figur, die auf dem Sitz neben Parnell zusammengesunken war, paßte mehr oder weniger zu O'Malleys Personenbeschreibung von Baker, aber er wirkte überhaupt nicht wie ein hartgesottener Mafioso. Sein leerer Blick, sein vages Lächeln und die Augen, die hierhin und dorthin wanderten, ohne wirklich etwas zu sehen, erweckten in Parnell den Verdacht, daß Baker gedopt war. Wenn er in einer Bar auf dem nächsten Hocker neben ihm gesessen hätte, wäre er nie darauf gekommen, daß der Baker war. Und diese Überlegung

weckte einen neuen Verdacht: Vielleicht war er gar nicht Baker. Vielleicht war er nur ein Strohmann des Clans. Er fragte ihn nach seiner Bostoner Adresse. Baker gab die richtige Straße und Hausnummer an.
»Erinnern Sie sich an den Namen des Hausmeisters?«
Bakers Augen blieben einen Moment am selben Punkt hängen. »Warten Sie mal – ich glaube, er hieß O'Malley. Ja, richtig. O'Malley.«
Er konnte trotzdem ein Strohmann sein, überlegte Parnell. Die Antworten bezogen sich auf Dinge, die auch Buscetta gewußt haben konnte. Oder die er speziell für eine solche Gelegenheit wie jetzt ausfindig gemacht hatte. »Ist dies der gleiche Wagen, den Sie in Boston hatten?«
»Ich hatte in Boston kein Auto. Ange Mantelli hatte mir gesagt, ich solle ein Taxi nehmen, wenn ich's eilig hätte. Das sei auch viel sicherer.«
»Sollten Sie die Lieferung von Randall am Flughafen übernehmen? Oder sollte er zu Ihrer Wohnung kommen?«
Baker sah Cantevale an. »Was soll das alles?«
»Beantworte die Fragen, Frank.« In der Aufforderung schwang keine Drohung mit.
»Mulders hatte verlangt, daß ich mich mit ihm am Flugplatz treffe, und falls wir uns verpaßten, sollte ich ihn bei sich zu Hause anrufen.«
»Sie wußten, daß er Heroin dabei hatte und kein Gras?«
»Warum sollte er Gras dabeihaben, zum Teufel?«
»Wie hat er es transportiert?«
»In der alten Leinentasche. Die haben wir schon öfter benutzt.«
Parnell legte seine Hand auf Bakers Knie. »Danke, Frank, Sie helfen mir, und ich werde mich darum kümmern, daß Ihnen geholfen wird.«
Bakers Gesicht wurde sichtlich blasser. »Was meint er damit?«
»Schau, Frank«, sagte Cantevale ruhig, »die Leute rechts und links von dir, Mulders und Ange, sind tot. Richtig? Jetzt haben wir uns lange den besten Weg überlegt, um dich zu schützen. Und während wir überlegen, gehst du mit Ricco auf einen Drink und ißt vielleicht auch mal was. Geht zu *Sammy Chen's* und da bleibt ihr, bis du von mir hörst.«
Parnell und Cantevale stiegen aus dem Wagen, und der fuhr davon. Als sie zurück waren in der Penthousewohnung, fragte Buscetta Parnell, ob er zufrieden sei.
»Er kommt mir wie ein gutherziger Barkeeper an der nächsten Ecke

vor. Wie kommt es, daß Mantelli ihm Drogenlieferungen im Wert von Tausenden von Dollars anvertraut hat?«

»Er war einer der besten Chemiker in der Branche. Er konnte auf ein halbes Prozent genau die Reinheit des Heroins analysieren. Was bei dem Zeug, das wir heutzutage geliefert kriegen, sehr wichtig ist.«

»Und was hatte Mantelli gegen ihn in der Hand?«

»Er hat ihn gut bezahlt«, sagte Orlando kühl.

Parnell schüttelte den Kopf. »Den nicht.«

»Er ist aufgeflogen, weil er in seinem Keller Aufputschpillen hergestellt hatte. Mantelli brauchte zu dem Zeitpunkt dringend einen Chemiker und hat dafür gesorgt, daß die Anklage fallengelassen wurde.«

»Bekomme ich ihn?« Parnell war ziemlich sicher, daß man ihm Baker überlassen würde. Zum einen hatten sie Baker für ihn bereitgehalten, ein Zeichen dafür, daß sie bereit waren, auf den Handel einzugehen. Zum zweiten war Baker, wenn er auch für die Mafia arbeitete, selber kein Mafioso, wodurch weder Familienbande oder Blutsverwandtschaft im Spiel waren, welche die Entscheidung des Clans hätte beeinflussen können. Und drittens war da Don Salvatores anhaltendes Schweigen. Er hatte wenig oder gar kein Interesse an Baker gezeigt. Im Gegenteil, seit Parnell die Korsische Union erwähnt hatte, schien Garafaldo jegliches Interesse an diesem Gespräch verloren zu haben. Parnell hätte sein gesamtes Spesengeld von Randall dafür gegeben, einen Blick in das Computerhirn des Dons tun zu können.

Buscetta warf einen Blick auf Don Salvatore und wiederholte die Frage, ein Anzeichen dafür, dachte Parnell, daß der *consigliere* auch merkte, daß sein Boss mit den Gedanken woanders war.

Don Salvatore sagte seufzend: »So wie es jetzt aussieht, steht es vier zu sechs dagegen.«

Parnell dachte einen Moment darüber nach und beschloß dann, aufs Ganze zu gehen. Er legte ein weiteres Band in das Philipsgerät ein, und zwar das Band, auf dem die ganze Unterhaltung zwischen ihm und Renée Delaitre in ihrer Wohnung in Marseille aufgenommen war. Er hatte auch die Hintergrundgeräusche draufgelassen, einschließlich der zerbrechenden Flasche.

Als er das Band abgespielt hatte, fragte Don Salvatore: »Wer hat Shagen Mulders umgebracht?«

»Ich stand neben ihm, und er hielt mich für einen Drogenfahnder und wollte mich umlegen. Da hat ihm ein Freund von mir die Kehle

durchschnitten.«
»Na klar. Sie gehen nicht gerade auf Zehenspitzen, wenn Sie an einem Fall arbeiten, nicht wahr?« Parnell schwieg, und der Don sagte: »Also gut. Jetzt, jetzt sagen Sie mir, wie Regazzi seine Lieferungen durchbekommt.«
Parnell beschrieb recht ausführlich, wie sein Verdacht, daß es eine Verbindung zwischen dem im *Relais Midi* servierten Fisch und den Drogen erweckt wurde, der dann zur Entdeckung einer zerbrochenen Fischkiste in einem Blumenladen an der Second Avenue geführt hatte. Er überreichte Don Salvatore das Stück von der Fischkiste, das er in seiner Aktentasche mitgebracht hatte. Dann erzählte er von Ajaccio und beschrieb die Ergebnisse seiner dortigen Nachforschungen und von denen in Marseille. Er zog zwei Fotokopien hervor mit den Namen der Direktoren der Plastikfabrik und eine Kopie der Heiratsurkunde von Maestracci mit Tony Serras Tochter. Dann lehnte er sich zurück und wartete auf weitere Fragen.
Orlando untersuchte das Styroporstück mit lebhaftem Interesse. »Diese Schwachköpfe beim Zoll sind doch wirklich zu blöd, daß sie das Heroin in diesem Versteck nicht entdeckt haben. Sie hätten doch bloß einen Eispickel gebraucht.«
»Das hat mich anfangs auch stutzig gemacht«, gab Parnell zu. »Als ich aus Marseille zurück war, habe ich mich mit einem Chemiker der Drogenfahndung in Verbindung gesetzt. Der erklärte mir, daß man Heroin mit heißer, flüssiger Glucose vermengen kann auf der Basis sechzig zu vierzig. Beim Abkühlen würde es fest werden bis zur Konsistenz von Würfelzucker. Offensichtlich hat Maestracci seine Platten so geformt, daß sie in die ausgesparten Seitenschlitze der Fischkosten paßten, und wenn sie hier ankamen, brauchte Regazzi sie nur zu mahlen, wie man Würfelzucker mahlen kann.«
»Sicher. Aber dann hat er ein zu vierzig Prozent verschnittenes Produkt.«
»Zugegeben. Mit wieviel Prozent verschneiden Sie es, bevor es auf den Straßenmarkt kommt?«
»Das ist Geschäftsgeheimnis«, gab Orlando zurück.
»Wenn es nicht so geheim wäre, käme ich mit neunzig Prozent ungefähr hin?« Orlando schwieg, und Parnell fuhr fort: »Wo Sie es doch sowieso mit Glucose verlängern, gibt es doch gar kein Problem.«
»Wieviel bekommt Regazzi pro Monat?«
»Den Glucoseanteil mitgerechnet, würde ich sagen vier bis fünf Kilo

reines Heroin pro Woche.«
»Vier bis fünf Kilo *pro Woche?«* wiederholte Orlando fassungslos. »Wenn ich jede Woche soviel Stoff bekäme, könnte ich ganz New York übernehmen.«
»Das scheint Regazzi auch vorzuhaben«', bemerkte Don Salvatore trocken. Er stand auf, drückte den Zigarrenstummel in einem Aschenbecher aus, und Parnell spürte, daß die Besprechung so gut wie zu Ende war. Er sammelte seine Beweisstücke ein, und während er sie in seiner Aktentasche verstaute, sagte der Don: »Gebt ihm Baker.«
Parnell stand auf. »Was ist mit Regazzi?«
»Was soll mit ihm sein?« Don Salvatores Augen waren kalt und hart. »Sie haben bekommen, was Sie wollten. Jetzt machen Sie, daß Sie hier rauskommen, bevor ich's mir anders überlege.«
Buscetta ging Parnell nach bis in den Flur. »Wo wollen Sie ihn übernehmen?«
»Ich kann ihn gleich jetzt abholen.«
»Er muß wenigstens etwas eingeweiht werden. Cantevale wird ihn gegen vier zu Ihrem Hotel bringen. Warten Sie in der Eingangshalle.«
»Wo wohnt er, falls irgend etwas schief geht?«
Buscetta zögerte. „Warum sollte etwas schief gehen?«
»Don Salvatore hat gesagt, daß er mir gehört. Wie ist seine Adresse?«
Buscetta gab sie ihm, und während Parnell mit dem Lift hinunterfuhr, öffnete er seine Aktentasche und suchte nach einem Stück Papier, um sich die Adresse aufzuschreiben. Er kritzelte sie hastig auf die Rückseite einer der beiden Fotokopien.

Don Salvatore stand am Fenster und sah hinaus, ohne etwas zu sehen. Orlando saß noch immer ausgestreckt im Sessel, als Buscetta zurückkehrte.
Don Salvatore fragte: »Was ist das für eine Lieferung über Tijuana, die er erwähnt hat?«
Orlando antwortete: »Zehn Kilo, die Mandolini von Serra gekauft hatte. Er benützt schon seit sechs Monaten die mexikanische Route und glaubte, als der Wagen durchsucht wurde, daß es einfach Pech gewesen sei.« Orlando kicherte. »Der wird Augen machen, wenn ich ihn aufkläre.«
Der Don wies Buscetta an, ein Treffen mit Mandolini zu vereinbaren, und zwar noch am gleichen Abend. Er fragte Orlando, wer Regazzis Dealer in Harlem sei und Orlando sagte: »Juan Sancho.« Don Salva-

tore befahl ihm, seiner habhaft zu werden und ihn auszuquetschen wie einen Schwamm: Er wollte sämtliche Namen von Sanchos Straßendealern bis hinunter zum Kleinsten haben.

16

Auf dem Rückweg zum Hotel überlegte sich Parnell, wie er Baker am sichersten nach Boston bringen könnte. Der Gedanke, ihn gleich bei der New Yorker Polizei abzuliefern, gefiel ihm nicht. Bis er nach Massachusetts überstellt wäre, konnte Baker und seiner Aussage zuviel zustoßen. Er könnte ihn auch Tony Cremona überlassen, aber dieser Gedanke gefiel Parnell ebensowenig. Der FBI-Agent hatte kein Interesse an Amateuren wie Randall und daran, was mit ihnen passierte. Er war daran interessiert, die Bosse festzunageln, Leute wie Garafaldo, und er könnte Baker zur eigenen Verwendung mißbrauchen.

Parnell beschloß, Baker selbst nach Boston zu bringen. Und da es ihm zu gefährlich erschien, im Zug oder Flugzeug zu reisen, würde er einen Wagen nehmen. Er ging zum Empfang des Hotels und bestellte sich einen Leihwagen für halb vier.

Juan Sancho saß bis ein Uhr draußen vor dem Apartmenthaus in der Park Avenue. Seine Geduld war am Ende. Die Männer, die mit ihm im Wagen warteten, wagten schon seit einer halben Stunde nicht mehr, ihn anzusprechen. Er vermutete, daß der Detektiv ihn abgehängt hatte, aber wollte es nicht einmal vor sich selber zugeben. Schließlich nahm Paco Gonzales allen Mut zusammen und sagte, daß er Hunger habe. Und weil er der erste war, der dieses Thema anschnitt, beschloß Sancho, ihn am längsten warten zu lassen. Er mußte aussteigen den Eingang beobachten, während die anderen für eine halbe Stunde zum Essen fuhren. Sancho steuerte einen Stehimbiß an der Third Avenue an und einer plötzlichen Eingebung folgend, rief er das Hotel *Commodore* an. Er fragte den Portier, ob Parnell schon zurück sei. Der Portier sagte, vermutlich wäre er in seinem Zimmer, denn der Schlüssel sei nicht unten am Brett. Sancho hängte ein, und als sie gegessen hatten, nahmen sie noch zwei Hamburger für Paco mit. Sie fuhren zurück zu dem Apartmenthaus, ließen Paco einsteigen und parkten den Buick dann nahe dem Eingang des Hotels *Commodore*.

Cantevale saß auf dem Beifahrersitz des Chevrolets, den Ricco fuhr, und Baker befand sich im Fond. Es war zehn nach vier, und Cantevale beobachtete die Straße genau, als sie sich dem Hotel näherten, falls Parnell sich polizeiliche Unterstützung für die Übernahme Bakers verschafft hatte. Daher bemerkte er auch die fünf Männer in dem Buick, die seinen Verdacht erregten. Im Vorbeifahren erkannte er Juan Sancho, den er in Don Salvatores Auftrag herbeischaffen sollte: Sowie er Baker los sein würde, würde er Orlando anrufen.

Parnell hatte seinen Koffer und seine Aktentasche auf dem Rücksitz des gemieteten Ford verstaut und stand gleich innerhalb des Hoteleingangs, von wo er den Verkehr beobachtete. Als er Cantevale ankommen sah, lief er zu dem Wagen und riß die hintere Tür auf. Er sagte: »Schnell, Frank, komm!« und schob ihn zu dem Ford. Er fuhr um den Chevrolet herum, während Cantevale ausstieg, um im Hotel zu telefonieren. Da sah Cantevale Sanchos Buick vorbeirasen. Er sprang zurück in den Wagen und wies Ricco an, dem Buick zu folgen.

Parnell fuhr die Madison Avenue in nördlicher Richtung hinunter. Sancho blieb hinter einem langsam fahrenden Taxi hängen und drückte wütend auf die Hupe. Der Taxifahrer nahm den Fuß vollends vom Gas, und es dauerte eine Weile, bis Sancho um ihn herumfahren konnte. Er holte den Ford wieder ein, und aus Angst, ihn zu verlieren, blieb er dicht hinter ihm, zu dicht. Als Parnell auf Höhe der 72. Straße war, wußte er, daß der Buick ihm folgte. Die spiegelnde Sonne auf der Windschutzscheibe machte es ihm unmöglich, den Fahrer zu identifizieren, er sah nur eine dunkle Sonnenbrille. Dann fragte er Baker, was Cantevale ihm gesagt hatte.

»Er hat gesagt, ich hätte mit Ihnen zu gehen oder nicht mehr lange zu leben«, antwortete Baker dumpf.

»Wird man sich um Sie kümmern? Ich meine finanziell?«

»Cantevale hat gesagt, daß wir uns darüber nach dem Prozeß unterhalten werden. Wer, zum Teufel, sind Sie überhaupt?«

»Ein Privatdetektiv, engagiert, um Randall die Anklage wegen Heroinschmuggels vom Leib zu schaffen.«

»Damit hatte ich nichts zu tun.«

»Das ist mir klar. Aber die anderen beiden Männer, die ihn hätten entlasten können, sind tot.« Baker sackte in seinem Sitz zusammen und starrte vor sich hin. Er sagte nichts. »Sie haben sich da in eine gefährliche Sache hineinziehen lassen, Frank«, sagte Parnell mit ruhiger, freundlicher Stimme, ohne Vorwurf. »Und ich weiß nicht, wie ich Sie da herausholen könnte.«

»Wie meinen Sie das? Ich fahre doch mit Ihnen, oder?«
»Ja, aber es ist ein langer Weg nach Boston, und wir haben jetzt schon einen Verfolger.« Baker wollte sich umdrehen, aber Parnell warnte ihn: »Nicht umdrehen. Die brauchen nicht zu wissen, daß wir sie entdeckt haben!«
Baker suchte in seinen Taschen, bis er eine verknautschte Packung Camel fand. Er zündete sich mit nervösen Fingern eine Zigarette an.
»Warum reisen wir nicht mit dem Flugzeug oder Zug?«
»Das werden wir vielleicht noch müssen. Aber erst hören Sie mir mal zu, und hören Sie mir gut zu. Sollte irgend etwas geschehen, dann hauen Sie ab. Wieviel Geld haben Sie dabei?«
»Vielleicht zwanzig Dollar.«
Parnell gab ihm seine Brieftasche. »Nehmen Sie sich hundert raus.«
Baker zählte fünf Zwanziger ab und reichte die Brieftasche zurück.
»Der einzige Mann, der mächtig genug ist, Sie jetzt zu beschützen, ist Wingate Randall, der Vater des Jungen.«
Baker schnaufte durch die Nase. »Der wird sich schon um meinen Schutz kümmern. Für fünf Jahre.«
Parnell wies mit dem Daumen über seine Schulter. »Die Typen da hinten geben Ihnen keine fünf Minuten.«
»Wer sind sie?« Baker schwitzte.
»Ich weiß es nicht. Vielleicht hat Garafaldo es sich anders überlegt. Oder es sind Mitglieder der Bande, die Mantelli umgebracht hat.«
Oder vielleicht, fügte Parnell in Gedanken hinzu, sind es Lino Regazzis Leute. Bakers Stimme unterbrach seine Gedanken. »Warum drükken Sie nicht aufs Gas? Hängen Sie sie ab!«
Parnell fuhr nicht schneller. »Ich glaube nicht, daß sie irgendwas unternehmen werden, solange wir noch in der Stadt sind. Aber sollten Sie es doch tun, werde ich die Typen aufhalten und Sie laufen was das Zeug hält. Fahren Sie nach Boston. Nehmen Sie einen Bus und steigen Sie zwei- bis dreimal um. Gehen Sie zu Randall und sagen Sie, daß ich Sie schicke. Sagen Sie ihm auch, daß Sie für seinen Sohn aussagen werden, wenn er verspricht, sich bei dem Prozeß um Sie zu kümmern.«
Baker sah auf seine Füße hinunter und schüttelte traurig den Kopf.
»Sie haben ganz recht, ich bin dick im Schlamassel.«
»Mulders und Mantelli wären sicher Ihrer Meinung. Wenn sie noch lebten«, fügte Parnell bedeutsam hinzu.
Sancho folgte Parnell über die Kreuzung der 86. Straße. »Der fährt,

als würde er schlafen«, murmelte er. »Wir werden ihn uns gleich hier schnappen.«
»Mitten auf der Madison Avenue?« fragte Paco neben ihm. »Du mußt verrückt sein.«
»Hör zu, du Niete, tu, was dir gesagt wird. Wenn ich ihn an den Bordstein dränge, dann springt ihr raus und packt ihn euch.«
»Was ist mit dem Mann neben ihm?«
»Bringt den auch, wenn ihr könnt.« Sancho hängte sich hinter ein schnellfahrendes Taxi. Er fuhr fast Stoßstange an Stoßstange mit dem Taxi, und als Parnell den Buick herankommen sah, war er hinter einem Bus gefangen. Das Taxi sauste vorbei, dahinter der Buick. Er sah hinüber, bereit sich zu ducken, falls er eine Waffe sehen sollte. Sancho fuhr voraus und riß das Lenkrad herum. Metall knirschte, als die beiden Wagen zusammenkrachten, und Parnell stemmte den Fuß auf die Bremse. Sancho bremste gleichzeitig und drückte den Ford nach rechts. Der holperte auf den Bordstein. Kurz vor einem Laternenpfahl blieb er stehen.
Das hintere Ende des Buicks blockierte Parnells Tür. Er griff hinüber zur Beifahrertür, stieß sie auf und brüllte Baker an, zu laufen. Baker sprang heraus und rannte zwischen den erschrockenen Passanten hindurch, die vor Staunen wie angenagelt auf dem Trottoir standen. Er rannte in die Richtung, aus der sie gekommen waren. Parnell wollte hinter ihm aus dem Wagen klettern, aber Paco knallte ihm die Autotür auf die Beine. Als Parnell aufblickte, hatte er die Pistole von Paco vor der Nase. José öffnete die Tür, packte ihn am Arm und riß ihn heraus. Sie zerrten ihn in den Buick, und Sancho raste mit quietschenden Reifen davon, noch ehe die Türen wieder geschlossen waren.
Ricco hatte einen halben Block hinter dieser Szene angehalten, und er und Cantevale beobachteten das Geschehen verwundert. Sie sahen Baker vorbeirennen, aber der mußte sich darauf konzentrieren, keine Leute umzustoßen und bemerkte sie daher nicht. Sie ließen ihn laufen. Als Sancho weiterfuhr, wies Cantevale Ricco an, ihm unauffällig zu folgen. Sancho überquerte die Second Avenue und fuhr in eine Garage. Ricco fuhr langsam vorbei. Cantevale ließ ihn an der nächsten Telefonzelle halten.

Tony Cremona schenkte sich zwei Fingerbreit Whisky ein, fügte einen Schuß Wasser hinzu und ein paar Eiswürfel. Dann setzte er sich in

seinen Lieblingssessel. Sein fünfzehnjähriger Sohn Joe, der jetzt schon größer als der Vater war, erzählte ihm seine Tageserlebnisse, und Tony hörte wohlwollend mit einem Ohr zu. Das andere Ohr erwartete die Nachrichten im Fernsehen. Das Telefon läutete, und Joe ging dran. Es stand im Flur der altmodischen Wohnung in Brooklyn, die Cremona von seinen Eltern geerbt hatte.
Joe rief: »Daddy, es ist für dich!«
Cremona trank schnell einen Schluck und übernahm den Hörer.
Eine Stimme fragte: »Sind Sie Tony Cremona vom FBI?«
»Ja, bin ich.«
»Hier ist Captain McCarthy vom 19. Bezirk. Kennen Sie einen Mann namens Tim Parnell?«
»Ja. Was ist mit ihm passiert?«
»Er wurde um halb fünf heute nachmittag auf der Madison Avenue gekidnappt. Er fuhr einen Mietwagen und wir fanden seine Aktentasche und seinen Koffer auf dem Rücksitz. In der Aktentasche war ein Adreßbuch, in dem auch Ihr Name stand.«
»Wissen Sie, wer ihn entführt hat?«
»Es gab verschiedene Zeugen, aber wie so oft deckte sich keine einzige Aussage mit der anderen. Es war auch nicht festzustellen, wie viele Entführer es waren. Der Mann, der vorher mit dem Opfer im gleichen Wagen war, ist entkommen und hat sich noch nicht bei der Polizei gemeldet. Wer ist Parnell?«
»Ein Privatdetektiv aus Amsterdam, der hier einen Drogenfall untersucht.«
»Drogen? Ach, daher die seltsamen Tonbänder, die wir in seiner Aktentasche fanden.«
Cremona wurde hellwach. »Was haben Sie sonst noch gefunden?«
»Zwei Fotokopien von französischen Dokumenten, eine Spesenliste mit einigen Duplikaten von Flugzeugtickets und, ach ja, dann noch ein dickes Stück Plastik, weiß. Scheint Teil einer Kiste oder etwas ähnlichem zu sein.«
»Ein Stück Plastik?« wiederholte Cremona leise. »Ich komme sofort. Und tun Sie mir einen Gefallen, Captain, stecken Sie alles wieder in die Aktentasche und verschließen Sie sie gut, bis ich da bin.« Er legte auf, trank seinen Whisky aus und nahm seine Jacke. Auf dem Weg durch die Küche sagte er zu seiner Frau, daß sie nicht mit dem Essen auf ihn warten solle. Er würde in etwa einer Stunde zurück sein. Er stieg in seinen fünf Jahre alten Dodge und fuhr nach Manhattan.

McCarthy breitete den Inhalt von Parnells Aktentasche auf dem Schreibtisch aus. Cremona studierte die Fotokopie der Heiratsurkunde von Maestracci und Francisca Serra und bemerkte die hastig auf die Rückseite gekritzelte Adresse von Frank Baker in Bronx. Er schrieb sich die Adresse in sein Notizbuch. McCarthy holte ein Tonbandgerät, und sie hörten sich die Bänder an. Eingehend untersuchte Cremona das Stück von Lino Regazzis Fischkiste.
Er zog McCarthys Telefon über den Tisch zu sich und versuchte, Bill Chambers zu erreichen, einen älteren Agent, mit dem er befreundet war. Er fragte Chambers, ob ein paar seiner Leute frei wären.
»Ein paar kann ich immer auftreiben. Warum?«
»Es geht um Lino Regazzi. Sagt dir der Name etwas?«
»Mir scheint, den habe ich schon mal gehört.«
»Er wohnt in einem Haus drüben in Flushing und besitzt ein Restaurant, das *Relais Midi*. Es geht um Heroin und sehr viel Geld. Auch um weiße Plastikfischkisten, die zum Schmuggel von Heroin von ihm benutzt werden. Und bringt um Himmels willen einen Hausdurchsuchungsbefehl mit.«
Wenige Minuten später befand sich Cremona auf dem Rückweg nach Hause und unterwegs überlegte er, was er mit Parnell machen sollte. Falls er lebendig wieder auftauchte. Trotz seiner Verärgerung bewunderte er Parnells Arbeit und Erfolg. Gleichzeitig mußte man ihm beibringen, daß das Zurückhalten von Beweisstücken kriminell war. Plötzlich mußte Cremona lächeln. Jetzt wußte er, wie er dem großen Iren eine Lektion erteilen konnte. Er wendete und fuhr in Richtung Bronx.

Als Frank Baker nicht mehr laufen konnte, verkroch er sich an der Lexington Avenue in einer Bar. Der erste Brandy beruhigte seine Nerven. Nach dem zweiten Brandy kehrte sein Mut langsam zurück. Gegen halb sieben verließ er die Bar. Er war nicht betrunken, aber da er auch mittags vor Aufregung kaum hatte essen können, war er auch nicht nüchtern. Aber jetzt hatte er Hunger. Er kannte sich in diesem Teil New Yorks nicht aus, also fuhr er mit der U-Bahn nach Bronx. In *Henry's Bar und Grillroom* aß er ein T-Bone-Steak, das er sich durch die Großzügigkeit des Privatdetektivs leisten konnte, und krönte es mit einer doppelten Portion Vanilleeis mit heißer Schokoladensauce. Während er aß, überlegte er sich gründlich seine Situation. Aber erst, als er den Grillroom verließ und zu den mattglänzenden Sternen durch den New Yorker Smog hinaufschaute, kam er zu einem Entschluß. Er würde nicht fünf Jahre in den Knast gehen. Nicht einmal für ein Jahr, egal, wieviel man ihm zahlte. Und er würde sich auch nicht umlegen lassen wie Mulders und Ange Mantelli. Er zählte in Gedanken sein Vermögen zusammen. Mit dem Geld in seiner Tasche und den Aufputschpillen, die er noch in seinem Zimmer versteckt hatte, könnte er es bis Kalifornien schaffen. Und wie dieser Kerl gesagt hatte, würde er mit dem Bus fahren und in jeder größeren Stadt umsteigen. Mein Gott, Kalifornien! Hocherhobenen Hauptes ging er auf das Haus zu, in dem sich sein möbliertes Zimmer befand.

Ein Siebzehnjähriger mit rotem Kraushaar und hagerer Gestalt erhob sich von der Treppenstufe und ging auf Baker zu.

»Hey, Frank«, sagte er leise, »verkaufst du mir ein paar Pillen?«

»Jetzt nicht, Hymie, ich hab's eilig.«

»Ich brauch's aber, Frank.«

»Okay, okay, morgen vielleicht.« Baker ging weiter.

»Morgen ist es vielleicht zu spät.«

»Hymie, ich hab's heute abend furchtbar eilig und außerdem selber Probleme, okay?«

»Weiß ich. Eins deiner Probleme wartet oben in deinem Zimmer auf dich.«

Baker packte den Jungen am Pullover und riß ihn hoch. »Was sagst du da?«

»Krieg ich meine Pillen?«

Baker ließ ihn nicht los. »Wer ist oben? Die Bullen?«

»Er hat es mir nicht gesagt.«

Baker hatte ein Gefühl, als würde das Eis in seinem Magen erneut gefrieren. Er ließ den Jungen los. »Okay, du kriegst deine Pillen, aber rede erst.«

»Na gut. Dieser Kerl kam daher und fragte, wo du wohnst. Mrs. Arndt hat's ihm gesagt. Also hat er geparkt und ist raufgegangen.«

»Wo – wo steht der Wagen?«

Hymie wies auf den fünf Jahre alten Dodge weiter unten an der Straße.

»Wie sah er aus?«

Hymie zuckte die Achseln. »Wie'n Itacker.«

»Hast du ihn früher schon mal in dieser Gegend gesehen?« In seiner Panik dachte Baker an Cantevale. Oder Ricco. Und dann erinnerte er sich, daß beide Männer wußten, wo er wohnte und Mrs. Arndt nicht

hätten zu fragen brauchen. Und die fuhren auch keine verbeulten Wagen.
Hymie schüttelte den Kopf, und Baker sagte: »Dank dir, Junge. Komm in einer Stunde wieder, dann schenke ich dir zwei Pillen.«
Hymie trollte sich die Straße hinunter, und Baker untersuchte die Türen des Dodge. Sie waren verschlossen. Es war ganz sicher kein Polizeiauto. Und in diesem Teil der Stadt tauchten Drogenfahnder immer nur paarweise auf.
Er drückte sich durch die dunkelsten Hinterhöfe und Straßen, bis er zur U-Bahn kam. Er fuhr nach Port Authority und studierte recht lange die dortigen Fahrpläne. Er konnte nach Hartford fahren, dort umsteigen, um nach Providence zu kommen, wieder umsteigen und morgen gegen Mittag in Boston ankommen. Er kaufte sich eine Fahrkarte nach Hartford und blieb im Waschraum so lange auf der Toilette sitzen, bis es zwei Minuten vor Abfahrt seines Busses war.

17

Denise Regazzi lauschte Gustav Mahlers *Fünfter Symphonie* aus der Stereoanlage, die Lino ihr zum Geburtstag geschenkt hatte, als es an der Haustür läutete. Es war spät für einen Besucher, und sie wäre ängstlich gewesen, wenn nicht in letzter Zeit ziemlich oft geschäftliche Besucher von Lino zu später Stunde gekommen wären. Sie öffnete die Haustür mit vorgelegter Kette, und als sie den langhaarigen Hippie im Trainingsanzug mit kniehohen, kalbsledernen, schwarzen Stiefeln vor sich sah, wollte sie rasch die Tür zuschlagen und verriegeln. Aber der Mann stellte blitzschnell seinen Fuß in die Tür und knipste die Kette mit einer mächtigen Drahtschere durch. Er stieß die Tür auf, schob ihr ein Papier ins Gesicht und fragte, ob ihr Mann zu Hause sei. Sie konnte gerade noch »nein« sagen, bevor sie in blankem Terror die Augen aufriß, als noch drei weitere langhaarige junge Männer mit gezückten Pistolen durch die Tür drängten. Sie dachte an Vergewaltigung und Raub, in dieser Reihenfolge, und schrie. Der Anführer schob das Papier in seine Tasche, hielt ihr den Mund zu und hob sie hoch. Er trug sie ins Wohnzimmer und ließ sie in einen Sessel fallen. Er sagte: »Wir sind von der Polizei, Ma'am, also machen Sie uns keinen Ärger.« Einer seiner Leute nahm die Mahlerplatte vom Plattenteller und legte statt dessen Johnny Nash's *Stir it up* auf und drehte

das Gerät auf volle Lautstärke.
Sie begannen im Wohnzimmer, und als sie weitergingen ins Eßzimmer, war jedes Möbelstück nur noch zersplittertes Holz, die Vorhänge heruntergerissen und die Polster aufgeschlitzt. Das einzige, was nicht vernichtet oder herausgerissen war, war die Deckenbeleuchtung, die Stereoanlage und das Telefon. Mrs. Regazzi war aus ihrem Sessel zu Boden geschubst worden, um auch dessen Polster aufschlitzen zu können, und dort saß sie, das Gesicht in den Händen verborgen und weinte leise vor sich hin.
Dieselbe Behandlung ließen sie dem Eßzimmer angedeihen, und dann gingen sie in die Küche. Als sie unten fertig waren, gingen sie nach oben. Mrs. Regazzi hörte das Splittern von Holz und fing unter Schluchzen an zu beten.
Schließlich war es vorbei, und der Fahnder im Trainingsanzug kehrte ins Wohnzimmer zurück. »Okay, Ma'am, bevor wir die Wände einreißen – wo ist es?« Er mußte die Frage wiederholen, bevor er damit zu Mrs. Regazzis dumpfem Hirn durchdrang.
Sie murmelte: »Ich weiß nicht – ich weiß gar nicht, wovon Sie reden.«
Der Fahnder sah auf die Frau auf dem Fußboden hinunter und schüttelte den Kopf. Nie wußten sie, wovon man redete und wenn man es gefunden hatte, hatten sie es nie zuvor gesehen. »Wir suchen nach Heroin. Das ist eine Droge, Rauschgift, und Ihr Mann hat es an Schulkinder verkauft.«
Mit tränenumflortem Blick sah sie zu ihm auf. »Ich schwöre Ihnen – ich schwöre, daß nichts davon hier ist.«
»Wo ist Regazzi?«
»Ich weiß es nicht. Vielleicht in seinem Restaurant. Bitte – bitte, lassen Sie mich ihn anrufen.«
Der Fahnder schüttelte den Kopf, und in diesem Augenblick läutete das Telefon. Er nahm ab und hörte eine Weile zu. Chambers fragte ihn, wie sie weiterkämen, und der Fahnder sagte, daß sie das Haus auseinandergenommen, aber bisher nichts gefunden hätten. Chambers sagte ihm, sie sollten zum *Relais Midi* hinüberfahren. Seine Leute hätten gerade angerufen und gesagt, daß sie die Fischkisten gefunden hätten und Hilfe bräuchten.
Der Fahnder rief seine Männer herunter. Sie gingen aus dem Haus und ließen die Haustür offen. Mrs. Regazzi schloß und verriegelte sie und lehnte sich eine Weile mit der Stirn gegen das kühle Holz der Tür. Wie betrunken taumelte sie zurück ins Wohnzimmer und sah, daß die

Lämpchen der Stereoanlage noch glühten. Sie nahm die Stereoanlage in die Arme wie ein Baby und schrie hysterisch.

Von einer Telefonzelle auf der Second Avenue aus erreichte Cantevale nach drei vergeblichen Versuchen Rosy Orlando. Er schilderte ihm, wie sich Sancho den Privatdetektiv auf der Madison Avenue geschnappt hatte, und Orlando kicherte. Er meinte, dieser neunmalkluge Parnell säße ganz schön in der Tinte. Er ließ sich von Cantevale die Garage beschreiben, in die Sancho gefahren war, und als Cantevale erwähnte, daß nebenan ein Blumenladen sei, sagte Orlando, daß er Bescheid wüßte. Er wies Cantevale an, die Front zu beobachten und Ricco am Hintereingang zu postieren.

Jan Sancho hatte weniger Glück mit seinen Telefonaten als Cantevale und mußte erst zum *Relais Midi* fahren, bis er Regazzi kurz vor sechs traf. Regazzi wollte, daß er bei Einbruch der Dunkelheit einen Wagen zum Restaurant schicken sollte. Sancho bat ihn um eine präzisere Zeit: Regazzi sagte, um neun Uhr.

Paco kam um zehn vor neun an, und da der Türsteher schon heimgegangen war, parkte er den Oldsmobile und ging hinein zum Chef. Einige Gäste saßen noch bei ihrem Kaffee, und Regazzi wies Henry, den Oberkellner an, dazubleiben und später abzusperren, da er selber eine Verabredung hätte. Maria Sancho saß an einem der Tische mit einem Handelsvertreter aus Detroit zusammen, der sie eingeladen hatte, während sie darauf wartete, daß Sancho sie abholte.

Regazzi stieg in den Fond des Oldsmobile, und als Paco um die Ecke bog, kam ein verbeulter roter Volkswagen die Straße herunter und hielt vor dem *Relais Midi*. Die Türen flogen auf, und vier Männer stürmten in das Restaurant. Ein normaler Streifenwagen hielt hinter dem VW, aber aus dem stieg niemand aus.

Als der Oldsmobile sich der Garage näherte, kroch Regazzi hinunter auf den Boden des Wagens. Er war noch nie selbst so nah an die Garage oder den Blumenladen herangekommen, und er wäre auch jetzt nicht hier, wenn die Situation nicht so brenzlig geworden wäre. Deshalb hatte er auch bis Einbruch der Dunkelheit gewartet und nicht seinen eigenen Wagen genommen.

Cantevale hatte beobachtet, wie Paco allein aus der Garage gefahren war, und er hatte auch seine Rückkehr beobachtet, anscheinend war er wieder allein. Er nahm an, daß Paco Lebensmittel für die Bande

eingekauft hatte.
Paco zog die Spinde heraus, und Regazzi ging durch die kleine Geheimtür in den Blumenladen. Als er Parnell an Händen und Füßen gefesselt auf einem Stuhl im rückwärtigen Arbeitsraum hocken sah, fiel ihm ein Stein vom Herzen. Er sagte: »Gut gemacht, Sancho«, und setzte sich auf die Kante des Arbeitstisches. Sancho grinste breit, und José, Sanchos Muskelmann, starrte Regazzi mit weit aufgerissenen Augen an. Es war das erstemal, daß er den großen Boss persönlich sah. Regazzi fragte Parnell, ob er immer noch jede Nacht um Mitternacht seine Rückmeldung machte.
Parnell hatte mehrere lange Stunden hinter sich, um seine Situation zu überdenken und wie er da wohl herauskäme. Garafaldo hatte mit der Entführung nichts zu tun. In einem redseligen Augenblick hatte Sancho, nachdem sie ihn hierher gebracht hatten, ihm erklärt, wie sie sein Hotel beobachtet hatten. Daher konnte er davon ausgehen, daß Regazzi nichts von seinem Zusammentreffen mit dem Mafiaboss wußte. Die Polizei würde seine Aktentasche in dem Leihwagen finden. Und obwohl sich darin alle Unterlagen über Regazzis Drogenring befanden, standen darin weder dessen noch Sanchos Name, und die Polizei würde einige Zeit brauchen, um das Puzzle zusammenzufügen. Die brennende Frage war nur, wieviel Zeit!
Er versuchte zu lächeln. »Sie glauben doch nicht, daß ich ohne Rückversicherung durch New York marschiere? Nicht in diesen Zeiten, wo ein Mann am hellichten Tage mitten auf der Fifth Avenue gekidnappt werden kann.«
Sancho lachte: Es war prima gelaufen. Man sollte vielleicht einen Film daraus machen. Mit Puertoricanern in der Hauptrolle statt Sizilianern.
Regazzi warf einen Blick auf seine Uhr. »Da Sie sich erst um Mitternacht melden müssen, haben Sie noch zweieinhalb Stunden, um uns zu erzählen, wo Ihre Rückversicherung sich befindet und wie wir an sie herankommen.«
»Ich kann Ihnen sagen, wo sie ist, aber ich bin der einzige, der sie holen kann.«
Regazzi schüttelte den Kopf: »Sie erschweren nur Ihre Lage. Was meinst du, Juan?«
Sancho zuckte die Achseln. »Ich finde, wir überlassen ihn José, dann wird er bis Mitternacht schon reden.« José stieß sich von der Wand ab, an die er gelehnt stand, und Sancho sagte: »Zeig ihm mal deinen

Bizeps, Muskelmann.«
José trat einen Schritt vor, und obwohl Parnell glaubte, sich auf seine Reflexe verlassen zu können, duckte er sich einen Sekundenbruchteil zu spät, und Josés hammerartige Faust erwischte ihn seitlich am Kopf. Er fiel mitsamt dem Stuhl zu Boden. Sancho hob den Stuhl auf, und Parnell schaffte es, auf die Füße zu kommen und sich wieder zu setzen.
»Wo ist der Rest der Fischkiste?« fragte Regazzi ruhig. »Und die Namen, Daten und Orte, von denen Sie mir erzählt haben?«
Parnell ließ sich Zeit mit der Antwort, und Sancho sagte: »Du verschwendest nur deine Zeit, Lino.« Er nickte José zu, und der schlug Parnell noch einmal, und Parnell ging abermals zu Boden. Diesmal blieb er liegen. José trat ihn in den Unterleib. Er klappte, vor Schmerzen stöhnend, zusammen und José trat ihn ins Gesicht. Er war schon fast bewußtlos.

Der blaßgrüne Fleetwood fuhr in die Tankstelleneinfahrt und hielt neben der ersten Zapfsäule. Der Tankwart kam aus seinem winzigen Büro und Orlando, der im Fond saß, ließ das Fenster herunter und bat, den Wagen aufzutanken. Cantevale schlenderte zu dem kleinen Schaufenster hinüber und betrachtete die Auslage. Als der Tank voll war, gab Orlando dem Tankwart eine Hundertdollarnote. Der Tankwart ging in sein Büro, um das Wechselgeld zu holen, und Cantevale folgte ihm. Er rammte dem Mann seine Pistole in den Rücken und schob ihn durch die Verbindungstür in die Autowerkstatt. Orlando und drei weitere Leute sprangen aus dem Cadillac und rannten gleichfalls in die Werkstatt. Der Fahrer fuhr den Wagen einen halben Block weiter. Dort parkte er am Straßenrand, zündete sich eine Zigarette an und ließ sich tiefer in den Sitz gleiten.
Der Überfall an sich beunruhigte den Tankwart nicht. Während der letzten vier Monate war er dreimal überfallen worden. Aber der nagelneue Cadillac beunruhigte ihn: Gangster, die solche Autos fuhren, gaben sich gewöhnlich nicht mit dem Kleingeld einer Tankstelle ab. Er überlegte, wie er Sancho nebenan warnen könnte, als Orlando ihn fragte, wo die Tür zu dem Blumenladen sei.
»Da müssen Sie hier die Straße runter.«
Orlando versetzte ihm einen gezielten Faustschlag in den Magen. Er klappte zusammen, und Orlando landete noch einen Handkantenschlag in seinem Genick. Der Mann ging zu Boden. Sie gingen nicht

sanft mit ihm um, dachte er, aber das war nichts gegen das, was Sancho ihm mit seinem berüchtigten Rasiermesser antun würde, wenn er nicht redete. Er blieb auf dem Boden liegen und schloß die Augen.
Orlando packte sein rechtes Handgelenk und öffnete die Tür des danebenstehenden Wagens. Er hielt sie gegen das Schloß und knallte die schwere Wagentür zu. Der Tankwart schrie heiser auf und kam auf die Knie. Er steckte seine gebrochene Hand unter die linke Achselhöhle und schaukelte stöhnend auf den Knien hin und her.
»Wo ist die Tür?« fragte Orlando barsch.
Der Tankwart wies mit dem Blick auf die Spinde. »Da – hinter den Spinden«, murmelte er dumpf.
Orlando nahm seinen Revolver am Lauf und schlug den Knauf dem Mann krachend auf den Kopf. Cantevale murmelte: »Mein Gott, er hat es uns doch gesagt, oder?«
»Sicher. Und jetzt wird er es niemandem anders mehr sagen.«
Zwei seiner Leute zogen die Spinde heraus, und Orlando studierte eine Weile die geschlossene Geheimtür. Dann wies er seine Leute an, die Spinde zurückzuschieben und aus den Reifen aller Wagen, die in fahrbarem Zustand waren, die Luft rauszulassen. Cantevale meinte, das wäre doch viel zu laut, und man sollte lieber die Zündungskabel durchschneiden.
Orlando warf einen Blick auf das Oberlicht in der Decke. »Wenn diese Kerle da rauskommen«, sagte er zu Cantevale, »werden sie nach dem ersten Schuß annehmen, daß wir hinter den Wagen versteckt sind. Klettere auf das Dach und nimm die Maschinenpistole mit. Schieß auf jeden, der rauskommt, außer auf Sancho.«
»Was ist mit dem Detektiv?«
»Was soll mit dem sein?«
»Don Salvatore hat mit ihm ein Geschäft gemacht.«
»Sicher. Und der Don hat mir auch gesagt, daß wir Harlem zurückerobern müsssen. Ich will Sancho, und ich will ihn lebend.«
»Und was willst du machen, wenn er sich den Detektiv schnappt und ihn als Schutzschild benutzt?«
Orlando trollte sich und Cantevale ließ sich von den anderen helfen, einen Lieferwagen unter das Oberlicht zu schieben. Er kletterte hinauf, öffnete das Oberfenster und kroch hinaus aufs Dach. Sie reichten ihm die Maschinenpistole und Reservemunition hinauf.
Draußen auf der Straße postierte Orlando zwei seiner Leute an

Punkten, von wo aus sie den Vordereingang des Blumenladens bewachen konnten und schickte einen dritten Mann zum Hintereingang, um Ricco zu helfen. Auch ihnen gab er die gleichen Instruktionen: auf alles schießen, außer auf Sancho, selbst wenn sie mit erhobenen Händen herauskämen.
Er ging zurück in die Garage, suchte im Telefonbuch die Nummer des Blumenladens und wählte die Nummer. Die Leitung war besetzt. Er legte wieder auf und zündete sich eine Zigarre an. Er hatte es nicht eilig. Und war auch nicht besonders nervös. Wenn er diesem puertoricanischen Schwein sagte, daß er umzingelt sei, würde er nicht mit erhobenen Händen herauskommen – er würde auf allen vieren herausgekrochen kommen.

Als Regazzi vorne im Blumenladen das Telefon läuten hörte, wies er Sancho an, ranzugehen. Es war seine Frau Maria. Er sagte: »Hallo Schätzchen, tut mir leid, daß ich so spät dran bin«, aber sie schnitt ihm das Wort ab und fragte aufgeregt, ob Regazzi da sei. Er sagte, Moment, und rief Regazzi.
Regazzi verließ den Arbeitsraum, und Parnell, der noch immer am Boden lag, öffnete die Augen. Alles tat ihm weh, aber sein Kopf war jetzt wieder klar. Er wußte, daß die Zeit gegen ihn arbeitete und er etwas unternehmen mußte. Paco war im Flur, und José stand noch immer ihm gegenüber an die Wand gelehnt. Die hintere Tür hatte ein Schnappschloß, und es würde einige Sekunden dauern, sie zu öffnen. Außerdem ging die Tür nach innen auf. Eine weitere verlorene Sekunde. Das Fenster war noch seine beste Chance. Es war normales Glas, groß genug, um hindurchzuspringen, und der Fall in den Hof würde nicht tiefer als anderthalb bis zwei Meter sein. Mit gefesselten Handgelenken würde er sich bei dem Sprung durch das geschlossene Fenster vielleicht einen Arm oder die Schulter brechen. Aber das war besser als eine Kugel im Genick. Solange jedoch auch seine Füße gefesselt waren, würde er nirgendwo hingehen oder springen können. Nicht einmal, wenn sie ihn alleine ließen.
Maria berichtete Regazzi, daß die Drogenfahnder sein Restaurant auseinandergenommen hätten, und als sie Einzelheiten schilderte, versagte ihre Stimme. Sie erklärte, daß man sie für einen Gast gehalten habe, und sie daher zusammen mit den anderen hätte gehenlassen, nachdem sämtliche Namen zu Protokoll genommen worden waren. Sie erzählte weiter, daß man Henry, als er ihre

Ausweise verlangte, mit einem Pistolenlauf den Kiefer gebrochen hätte.

Regazzi hörte ihr schweigend zu. Er sagte ihr, daß sie heimgehen solle und sich keine Sorgen mehr zu machen brauchte. Als er den Hörer aufgelegt hatte, waren seine Augen kalt wie Stahl. Sancho fragte ihn, was los sei, aber er kümmerte sich nicht um ihn. Er wählte seine Privatnummer.

Das Telefon läutete lange, bevor seine Frau antwortete. Als sie sich meldete, war ihre Stimme so heiser, daß er sie kaum verstehen konnte. Sie sagte, daß Männer dagewesen wären und ihr Heim zerstört hätten. Er versuchte, sie zu beruhigen, aber sie redete immerfort dasselbe, bis er schließlich sagte, daß er so bald wie möglich kommen würde und auflegte.

Er ging zurück in den Arbeitsraum und starrte auf den immer noch am Boden liegenden Parnell. In seiner fürchterlichen Wut hätte er ihn umgebracht, wenn er eine Pistole in der Hand gehabt hätte. Mühsam rang er um Beherrschung. Der Detektiv würde sterben. Aber nicht hier. Und auch nicht in der Garage. Die Drogenfahnder konnten sein Restaurant und sein Haus auseinandernehmen und würden nichts finden, was ihn belasten könnte. Aber wenn sie den Blumenladen durchsuchten und die Leiche fanden – oder auch nur Blut – von dem Mann, der ihn hochgehen lassen hatte, würde die Anklage nicht nur auf Drogenhandel, sondern auf Mord lauten. Er wies Sancho an, Parnells Fußfesseln zu lösen, damit er gehen konnte, aber seine Hände gefesselt zu lassen. »Fahr mit ihm irgendwohin und bring ihn um. Aber langsam. Und beseitige die Leiche so, daß sie nie gefunden wird.« Sancho sah ihn mit erstaunt hochgezogener Augenbraue an, und Regazzi sagte nur: »Er hat uns die Drogenfahnder auf den Hals gehetzt.«

Sancho nahm sein Rasiermesser und schnitt den Strick durch. Parnell kam auf die Füße und sah nur betäubt zu, wie Sancho das Rasiermesser zusammenklappte und es grinsend wieder einsteckte.

»Ich gehe zusammen mit Paco zuerst hinaus«, sagte Regazzi. »Gebt uns fünf Minuten Zeit.« Er starrte Parnell haßerfüllt an.

Paco öffnete die Tür zur Garage und schob die Spinde zurück; Regazzi war dicht hinter ihm. Paco, gefolgt von Regazzi, ging hinüber zu dem Oldsmobile. Cantevale feuerte auf dem Dach liegend durch das Oberfenster. Die erste Salve erwischte Regazzi, und der Korse wirbelte herum, stand für Sekundenbruchteile auf den Zehenspitzen, während sein Körper wie ein Sieb durchlöchert wurde. Paco sprang hinter den Oldsmobile, aber Cantevale riß die Waffe herum und erledigte ihn mit der nächsten Salve.

Als Sancho das Schießen hörte, rannte er zur Tür und schaute in die Garage. Parnell machte drei Riesenschritte und sprang durch das geschlossene Fenster. Er drehte sich halb in der Luft und landete auf seiner Schulter. Er nutzte seinen Schwung und rollte über den Boden, bis er an einer Reihe Müllcontainer krachend landete. Dort blieb er liegen.

Ricco stand im Schatten einer Mauernische, als er die Schüsse hörte. Er zog seine Pistole und richtete sie auf den Hinterausgang des Blumenladens. Das Licht war schlecht, und Orlandos Anweisungen machten ihm Sorgen. Wie sollte er Sancho identifizieren, ohne daß der genug Zeit fand, zuerst zu schießen? Als er den Mann durch das Fenster fliegen sah, fiel Ricco vor Verblüffung der Kiefer herunter. Er erkannte sofort, daß der Mann zu groß war, als daß es sich um den Puertoricaner hätte handeln können. Er blickte zurück auf den Laden und sah in dem zerbrochenen Fenster eine Silhouette. Die Silhouette fing an zu schießen, und Ricco schickte vier Kugeln in den Mann. Eine Stimme, die von den Müllcontainern kam, sagte: »Vorsicht, da ist noch einer drin.«

José sah, wie Sancho im Fallen einen Grabkranz umklammerte, der neben dem Fenster an der Wand hing, und langsam zu Boden sackte, den Kranz über sich. Sein Spatzenhirn sagte ihm, daß wenn in der Garage geschossen wurde und auch am Hintereingang, seine einzige Fluchtchance der Vordereingang zum Laden wäre. Er rannte nach vorn und sah durch das Schaufenster hinaus. Niemand war zu sehen. Er sperrte die Tür auf, zog seinen Revolver und stürmte hinaus. Er rannte quer über die Straße. Orlandos beide Revolvermänner eröffneten sofort das Feuer auf ihn. José rannte im Zickzack, und die beiden schossen weiter, bis er zwischen zwei geparkten Wagen verschwand. Er rannte noch immer, als er den Jefferson-Park erreicht hatte.

Rosy Orlando lief in die Garage. Er erkannte Lino Regazzis schmalen Körper, der zusammengekrümmt auf dem ölverschmierten Beton lag, und wußte, daß er sich keine Sorgen mehr um Sancho zu machen brauchte. Er wußte auch, daß er jetzt keine Schwierigkeiten mehr haben würde, den Drogenmarkt von Harlem zurückzuerobern. Er ging rasch die Straße hinunter zu seinem Wagen und wies den Fahrer an, ihn zu einem Austernrestaurant in Brooklyn zu fahren. Dort saßen

vier Männer, unter ihnen ein Polizeileutnant, in einem Hinterzimmer des Restaurants beim Poker. Wenn notwendig, würden sie schwören, daß er den ganzen Abend dort gewesen sei.
Ricco drückte sich mit gezückter Pistole vorsichtig an der Wand im Hinterhof entlang bis zu den Müllcontainern. Er erkannte Parnell und lachte. Er sagte, wie gut, daß er durchs Fenster gekommen sei und nicht durch eine der Türen. Er steckte seine Waffe ein und durchschnitt die Fesseln an Parnells Handgelenken. Er überlegte, ob Orlando von ihm erwarten würde, den Detektiv mitzubringen, als er Polizeisirenen näher kommen hörte. Er rannte durch den Hof. Parnell kam auf die Beine, stellte fest, daß er nichts gebrochen hatte und ging in die andere Richtung davon.

19

Parnell lehnte sich in seinem Schreibtischsessel zurück, streckte seine langen Beine auf dem Tisch aus und starrte trübe in den Schneeregen vor seinem Bürofenster, den der Wind von der Nordsee hertrieb. Das Dröhnen einer Düsenmaschine, die in Shipol abhob, übertönte das Heulen des Windes.
Miss Kluver, seine Sekretärin, schaute zur Tür herein und unterbrach seine melancholischen Gedanken. Sie sagte, daß sie nach Amsterdam führe und ob sie irgend etwas für ihn miterledigen solle. Er gab ihr den Scheck, den er an diesem Morgen mit seiner Post erhalten hatte und bat sie, den für ihn auf der Bank einzureichen. Die Unterschrift auf dem Scheck war R. Wingate Randall, und der Betrag setzte sich aus seinem Honorar und den Spesen zusammen und keinem Cent mehr. Randall hatte sich mit der Bezahlung Zeit gelassen. Parnell fragte sich, ob diese Verzögerung und das Fehlen eines Bonus eine Art Wink mit dem Zaunpfahl war, daß, obwohl Frank Baker im Bostoner Gefängnis saß, Randalls Hoffnungen nicht allzu hoch waren, daß dessen Aussage seinem Sohn entscheidend helfen könnte.
Parnell war das ziemlich egal. Wie immer, wenn er einen schwierigen Fall hinter sich hatte, fühlte er sich wie ein luftleerer Fußball, den die Kinder noch immer über den leeren Platz kickten. Auch das Wetter drückte auf sein Gemüt. Und er war ehrlich genug, vor sich selbst zuzugeben, daß Susan Cartwrights kühles Verhalten seine Männlichkeit gekränkt hatte. Bevor er aus New York abflog, hatte er mehrmals

in ihrer Wohnung angerufen, und als sich niemand meldete, war er hingefahren. Der Portier hatte gesagt, daß Mr. Cartwright für den Winter nach Florida gefahren sei und wahrscheinlich Miss Cartwright mitgenommen habe.
Parnell zog das Telefon zu sich heran und rief seine Exfreundin in Amsterdam an. Sie überschlug sich fast, ihn nach so vielen Wochen des Schweigens wiederzuhören, aber er hätte eher anrufen sollen, denn an diesem Abend war sie schon besetzt. Er legte auf und rief eine andere Exfreundin bei der KLM am Buchungsschalter im Flughafen an. Er erkundigte sich, ob sie ihm irgend etwas Richtung Süden in die Sonne anzubieten hätte. Sie sagte, es gäbe nachmittags eine Maschine nach Malaga und am Abend eine zur Algarve. Er entschied sich für Spanien, und sie versprach ihm einen Platz in der Maschine.

Die Luft in Marbella war seidenweich und noch immer warm von der Hitze des Tages. Das Mittelmeer lag wie ein leuchtender Spiegel im letzten Licht eines grandiosen Sonnenuntergangs. Parnell schlüpfte in dunkelblaue Hosen, einen dunkelblauen Rollkragenpullover und einen weißen Blazer und ging los, um sich zu amüsieren. Aber die Saison war vorbei in Marbella: der Jet-Set war abgereist.
Beim ersten Drink in der nächsten Bar fragte er sich, warum er nicht nach Paris oder Rom gefahren war, um seine Batterien wieder aufzuladen.
Als der Barkeeper mit einer Flasche Sherry auf ihn zukam, schüttelte Parnell den Kopf. Er fragte ihn, wo denn hier was los sei. Der Barkeeper zog bedeutungsvoll eine Augenbraue hoch und sagte, in Torremolinos. Parnell fragte ihn, wo er einen Wagen bekommen könne, und der Barkeeper meinte, zufälligerweise habe sein Schwager ein Taxi.
In Torremolinos ging Parnell ins *Campino*. Es war voll mit langhaarigen deutschen Trampern und ihren Mädchen. Er nahm einen Drink und ging dann weiter zu *Pepe's*. Das war voll mit amerikanischen GI's und ihren dunkeläugigen, spanischen Bettgenossinnen. Die dröhnende Musikbox vertrieb ihn auch von hier sehr bald. Er wanderte zum Strand hinunter und hörte von weitem jemanden gekonnt Gitarre spielen. Er folgte den Klängen bis in eine kleine Bodega, die noch aus einem Jahrhundert stammte, als die Touristikbranche diesen Streifen der Mittelmeerküste noch nicht Costa del Sol getauft hatte.
Das Licht war schummrig, und der blaßblaue Rauch verringerte die

Sicht auf ein Minimum und hatte ein vertrautes Aroma. Er lehnte sich mit dem Ellbogen auf die Theke und bestellte einen Soberano. Der Gitarrist beendete sein Stück, und seine jugendlichen Zuhörer applaudierten begeistert. Parnell entdeckte ganz hinten in der Bodega ein Mädchen mit kastanienbraunem Haar. Sie saß mit dem Rücken zu ihm, so daß er ihr Gesicht nicht sehen konnte, aber es durchzuckte ihn so heftig, weil er glaubte, daß es nirgends auf der Welt noch einmal einen solchen ins Tizianrot spielenden Schopf geben könnte. Der Junge neben ihr war ein bärtiger Riese mit langen blonden Haaren. Links von ihr saß ein hagerer, dunkler, bartloser und unscheinbarer Typ.

Parnell schlängelte sich zu ihnen durch, und das Mädchen drehte sich um. Sie war ausgesprochen hübsch. Aber sie war nicht Susan Cartwright.

Er ging zu seinem Glas auf der Theke zurück und starrte nachdenklich vor sich hin. Wenn der Anblick eines Mädchens mit kastanienbraunem Haar ihn dermaßen traf, hätte er es vielleicht doch anders anfangen sollen. Vielleicht hätte er mehr Interesse und Verständnis für Susans Probleme zeigen sollen. Dann säße er jetzt sicherlich nicht in einer spanischen Bodega, einsam und ausgebrannt an der Bar. Statt dessen würde er vor seinem Kamin sitzen, in Hausschuhen, mit Susan auf der Couch an ihn gekuschelt und bei schöner Musik. Er kippte den Brandy hinunter. Vielleicht wäre es was geworden: Wenn sie sich nicht an die holländische Mentalität gewöhnen konnte, hätte er seinen Laden genausogut in Rom oder sonstwo weiterführen können. Sogar, wenn sie darauf bestand, irgendwo in den Staaten.

Bei diesen Vorstellungen überkam ihn ein schönes, warmes Gefühl. So schön, daß er sich fragte, ob es vielleicht doch nicht zu spät sei. Er könnte anrufen und das herausfinden. Schließlich hatte sie ihm nicht *gesagt*, daß Schluß sei. Er sah auf seine Uhr und rechnete den Zeitunterschied zwischen Torremolinos und Florida aus. Da drüben war es jetzt Nachmittag, und sie war sicher ausgegangen. Und was tat sie? Saß sie in einem Schuppen wie diesem, wo ihre Genossen den Joint kreisen ließen? Nachdenklich rieb er sein Kinn. Vielleicht sollte er es noch mal überschlafen und erst morgen anrufen.

Er legte Geld für seinen Brandy auf die Theke, und während er auf das Wechselgeld wartete, sah er wieder zu dem Mädchen, das all diese Gedankengänge ausgelöst hatte. Ihre beiden Begleiter sahen aufmerksam und spekulativ zu ihm herüber. Sie sprachen mit dem Mädchen.

Parnell wandte sich ab und nahm sein Wechselgeld. Bis er das Trinkgeld abgezweigt hatte, stand das Mädchen plötzlich neben ihm. »Hallo, Fremder.« Ihr Akzent klang irisch. »Suchen Sie vielleicht ein nettes, junges, fröhliches Mädchen?«
Parnell lachte still in sich hinein, während in seinem geistigen Kamin das Feuer erlosch.